小書痴的下剋上

為了成為圖書管理員不擇手段！

第五部 女神的化身 VIII

香月美夜——著
椎名優 繪 許金玉 譯

本好きの下剋上
司書になるためには
手段を選んでいられません
第五部 女神の化身 VIII

N
庫拉森博克境界門
哈爾登查爾
海茲菲德
瑞丹
奎涅
蘭瑟爾
阿斯曼
波瓦
庫列瑪
富柏
羅溫
沃特
庫拉森博克管理
舊卓斯卡境界門
布朗
國境門
克倫
伯格
格雷茲
葛雷修
艾倫菲斯特
直轄地
赫辛
法雷培爾塔克境界門
高克
達道夫
哈瑟納
喬伊索塔克
巴賽爾
萊瑟岡古
格拉罕
佛司特
威圖爾
珀斯
嘉爾敦
伊庫那
格利貝
亞倫斯伯罕境界門
艾倫菲斯特

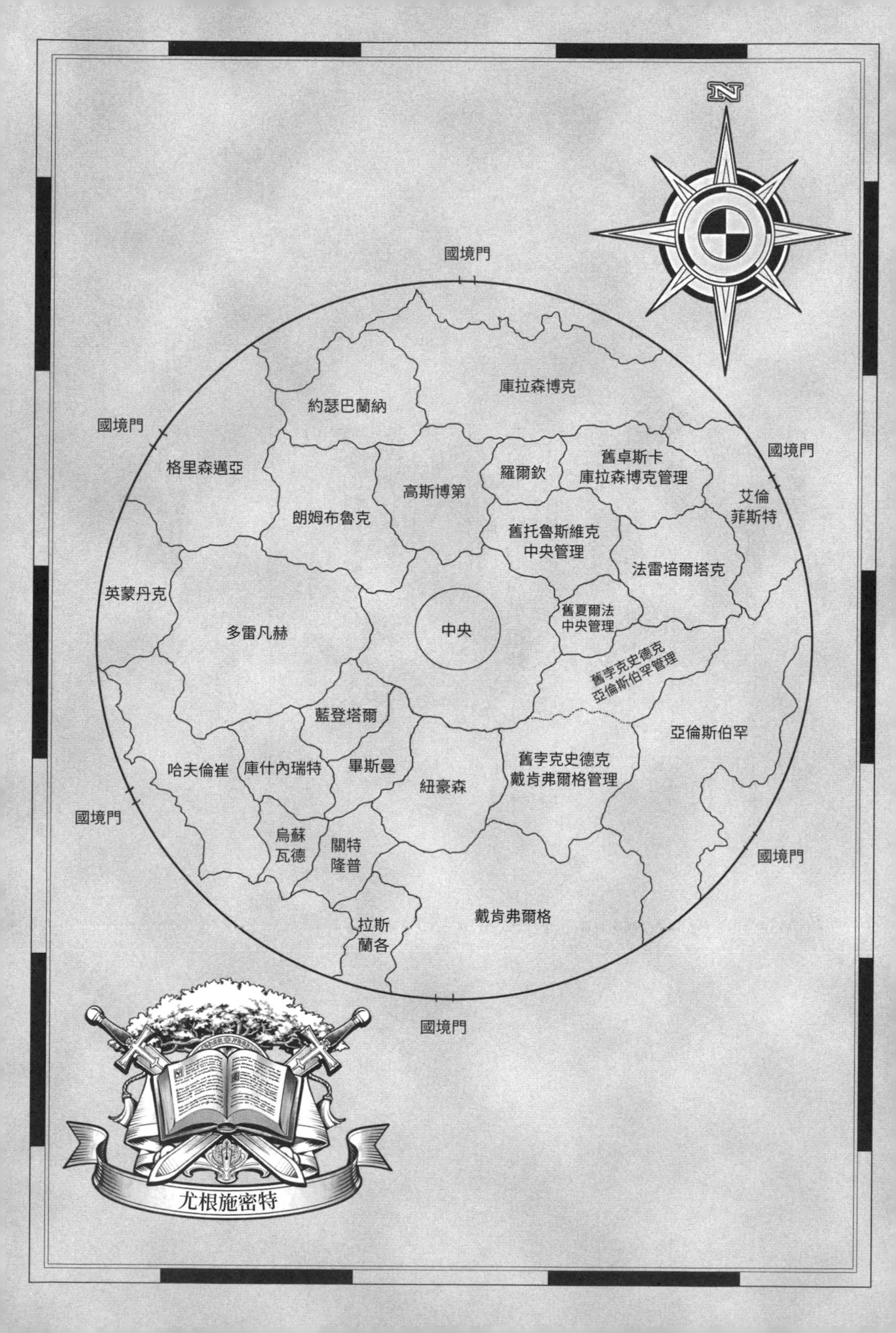
N
國境門
庫拉森博克
約瑟巴蘭納
國境門
格里森邁亞
羅爾欽
舊卓斯卡
庫拉森博克管理
國境門
艾倫
菲斯特
高斯博第
朗姆布魯克
舊托魯斯維克
中央管理
法雷培爾塔克
英蒙丹克
多雷凡赫
中央
舊夏爾法
中央管理
舊孛克史德克
亞倫斯伯罕管理
藍登塔爾
亞倫斯伯罕
哈夫倫崔
庫什內瑞特
畢斯曼
紐豪森
舊孛克史德克
戴肯弗爾格管理
國境門
烏蘇
瓦德
關特
隆普
國境門
拉斯
蘭各
戴肯弗爾格
國境門
尤根施密特

CONTENTS

第五部 女神的化身VIII

登場人物

第四部
劇情摘要

進入貴族院就讀後，羅潔梅茵既是問題兒童，也是連續兩年的最優秀者。在學期間，她因為釋出祝福成了魔導具的主人，還與大領地比了迪塔、為王族提供戀愛方面的建議，更打倒了黑色魔物、治癒採集場所……與此同時，因知曉斐迪南出生秘密的中央騎士團長所提出的建言，國王下令要斐迪南入贅至亞倫斯伯罕。斐迪南於是奉命前往了亞倫斯伯罕……

韋菲利特

齊爾維斯特的長男，羅潔梅茵的哥哥。貴族院四年級生。

羅潔梅茵

本書主角。在諸神的力量下成長到了約莫成年前後的外表，但內在還是沒什麼變。為了看書，依然是不擇手段。現為貴族院四年級生。

艾倫菲斯特的領主一族

齊爾維斯特

收養羅潔梅茵的艾倫菲斯特領主，羅潔梅茵的養父。

芙蘿洛翠亞

齊爾維斯特的妻子，三個孩子的母親。羅潔梅茵的養母。

夏綠蒂

齊爾維斯特的長女，羅潔梅茵的妹妹。貴族院三年級生。

麥西歐爾

齊爾維斯特的次男，羅潔梅茵的弟弟。

波尼法狄斯

齊爾維斯特的伯父，卡斯泰德的父親，羅潔梅茵的祖父。

斐迪南

艾倫菲斯特的領主一族。奉王命前往了亞倫斯伯罕。

奧黛麗

羅潔梅茵的首席侍從。哈特姆特的母親。

莉瑟蕾塔

中級侍從。安潔莉卡的妹妹。

谷麗媞亞

貴族院五年級生，中級見習侍從。已獻名。

哈特姆特

上級文官兼神官長。奧黛麗的么子。

克拉麗莎

上級文官。哈特姆特的未婚妻。

羅德里希

貴族院四年級生，中級見習文官。已獻名。

菲里妮

貴族院四年級生，下級見習文官。

柯尼留斯

上級護衛騎士。卡斯泰德的三男。

萊歐諾蕾

上級護衛騎士。柯尼留斯的未婚妻。

安潔莉卡

中級護衛騎士。莉瑟蕾塔的姊姊。

馬提亞斯

貴族院六年級生，中級見習騎士。已獻名。

勞倫斯

貴族院五年級生，中級見習騎士。已獻名。

優蒂特

貴族院五年級生，中級見習護衛騎士。

達穆爾

下級護衛騎士。

貝兒朵黛

貴族院一年級生，上級見習侍從。布倫希爾德的妹妹。

艾倫菲斯特的貴族

布倫希爾德	羅潔梅茵的前近侍， 齊爾維斯特的未婚妻。
黎希達	齊爾維斯特的上級侍從。
卡斯泰德	騎士團長，羅潔梅茵的貴族父親。
艾薇拉	卡斯泰德的第一夫人， 羅潔梅茵的母親。
拉塞法姆	斐迪南的下級侍從。
艾克哈特	斐迪南的上級護衛騎士。 卡斯泰德的長男。
尤修塔斯	斐迪南的侍從兼文官。黎希達的兒子。
薇羅妮卡	齊爾維斯特的母親。現正受到幽禁。
布麗姬娣	羅潔梅茵的前近侍。 基貝・伊庫那的妹妹。
維克多	布麗姬娣的丈夫。
戴爾克	中級貴族兼見習青衣神官， 戴莉雅的弟弟。
貝特朗	中級貴族兼見習青衣神官， 勞倫斯的弟弟。

亞倫斯伯罕的貴族

喬琪娜	亞倫斯伯罕的第一夫人。 齊爾維斯特的大姊。
蒂緹琳朵	亞倫斯伯罕的領主一族。 喬琪娜的女兒。
萊蒂希雅	亞倫斯伯罕的領主候補生。
休特朗	斐迪南的上級護衛騎士。 前騎士團長。
賽吉烏斯	斐迪南的侍從。
雷蒙特	斐迪南的中級見習文官， 貴族院五年級生。
菲亞吉黎	萊蒂希雅的上級見習侍從。 休特朗的女兒。
傅萊芮默	上級貴族。前貴族院教師。
戈雷札姆	已向喬琪娜獻名的文官。 前基貝・格拉罕。
賽兒緹	已向喬琪娜獻名的侍從。 戈雷札姆的妹妹。

他領貴族

席格斯瓦德	中央的第一王子。下任國王。
赫思爾	艾倫菲斯特的舍監。
齊格琳德	戴肯弗爾格的第一夫人。
藍斯特勞德	戴肯弗爾格的領主一族。
漢娜蘿蕾	戴肯弗爾格的領主候補生， 貴族院四年級生。
海斯赫崔	戴肯弗爾格的上級騎士。

神殿相關人員

法藍	神殿長室的首席侍從。
莫妮卡	神殿長室與廚房的助手。
妮可拉	神殿長室與廚房的助手。
吉魯	負責管理工坊。
葳瑪	負責管理孤兒院。
康拉德	見習灰衣神官。菲里妮的弟弟。

平民區相關人員

昆特	梅茵的父親。
伊娃	梅茵的母親。專屬染布工匠。
多莉	梅茵的姊姊。專屬髮飾工藝師。
加米爾	梅茵的弟弟。
路茲	多莉的未婚夫。
班諾	普朗坦商會的老闆。
珂琳娜	奇爾博塔商會的裁縫師。
艾拉	羅潔梅茵的專屬廚師。產假中。

其他

雷昂齊歐	蘭翠奈維的使者。
沃克	前灰衣神官，後在伊庫那成家。

第五部

女神的化身VIII

序章

昨日接續著今日，今日延續至明日，時間如此周而復始，不曾停歇。日常生活亦是如此，每天都像是把昨天又過了一遍。然而，根據自己的親身經歷，尤修塔斯非常清楚乍看下一成不變的日常生活，有時也會戛然而止，並在頃刻間發生天翻地覆的變化。

好比他不惜獻名也想得到斐迪南信任的時候，好比斐迪南因為前任領主離世，被逐出貴族社會不得不進入神殿的時候，好比斐迪南奉王命前來亞倫斯伯罕的時候。然後，時間一轉眼來到了現在……

「萊蒂希雅大人?!您魔力供給結束了嗎?!」

「請開門，我有急事。」

本該在領主辦公室內供給魔力的萊蒂希雅，話聲卻突然從身後的房門內側傳來。尤修塔斯與艾克哈特不禁對看一眼。

兩人的主人斐迪南儘管身分還只是未婚夫，卻被要求了為基礎魔法供給魔力。斐迪南接受了這樣的要求後，今天一如往常地進入供給室，順便還要指導萊蒂希雅、聆聽她想要商量的事情。

供給魔力時，能夠待在通往供給室的領主辦公室裡的，只有該領領主一族旁系的上級貴族近侍，而尤修塔斯與艾克哈特都不能進入亞倫斯伯罕的領主辦公室。儘管其他近侍總說魔力供給時他們可以回房休息，但兩人必然都是守在門外。這是為了把蒂緹琳朵阻擋在外，也是因為斐迪南吩咐過他們，一旦發現蒂緹琳朵靠近就要立刻通知他。

「……發生什麼事了？」

「但那女人不在不是嗎？」

既然蒂緹琳朵不在這裡，應該不會有什麼狀況才對。然而，最糟糕的事態還是發生了。因為萊蒂希雅從領主辦公室走出來後，將小巧的籠子遞給了尤修塔斯。那是斐迪南平常繫於腰間的籠子，裡頭放有騎獸用魔石與三個形如白繭的獻名石。

「斐迪南大人說……快走……」

尤修塔斯狠狠地倒抽口氣後屏住呼吸，耳朵深處傳來高亢的耳鳴。萊蒂希雅手裡的東西令他不敢置信。就在這一瞬間，他在亞倫斯伯罕的日常生活徹底崩潰瓦解。

這陣子來，儘管受不了蒂緹琳朵的言行舉止，面對囂張跋扈的蘭翠奈維一行人也只能忍氣吞聲，再加上羅潔梅茵失蹤以後不再提供餐點過來，眼看主人的身體越來越消耗過度，尤修塔斯心中始終焦慮不安，然而就在這樣的日子也宣告瓦解以後，他才明白原來這樣還不算太糟。

……斐迪南大人！

尤修塔斯一把搶過萊蒂希雅手中的籠子。錯不了，這是他們的獻名石。若不是出了什麼事，斐迪南絕不可能把獻名石交給其他人。

……到底發生什麼事了？到底是誰……

在他一片空白的腦海裡，倏然響起斐迪南說過的命令。彷彿早已預知到自己會有危險，斐迪南曾這麼下令：

「在我有生命危險時，我會把名字還給你們。這是為了不連累你們，也為了讓你們能確實地把情報送回艾倫菲斯特。一定要聽命行事。」

尤修塔斯看向左手上的籠子，再用右手按住自己的胸口，確認還藏在內袋裡的那幾張紙。轉移陣的使用許可證、要交給奧伯・艾倫菲斯特的資料、顯示斐迪南有生命危險的獻名石，此刻皆在尤修塔斯手中。

……現在，非走不可嗎？

尤修塔斯恐懼得渾身顫慄，連牙關也合不攏。明知應該奉命拋下主人離開，雙腳卻動彈不得。此時的他並不曉得斐迪南在魔力供給室裡發生了什麼事，只知道斐迪南雖然身陷險境，但還活著，以及他與艾克哈特再怎麼想進去救人，也沒有資格進入魔力供給室。

「妳到底對斐迪南大人做了什麼？」

「咿……」

聽見同僚低沉的問話聲，尤修塔斯驀然回神，發現艾克哈特正準備要責問萊蒂希雅。她的護衛騎士們則是往前一站，意圖保護自己的主人。現場氣氛一觸即發。

……這個笨蛋！

眼看艾克哈特徹底失去理智，尤修塔斯剎那間冷靜下來。絕不能讓艾克哈特變出武器，尤修塔斯大步一跨伸出手去。

「艾克哈特，現在不是問話的時候，必須優先執行斐迪南大人的命令！斐迪南大人說了什麼?!」

揪住他的衣領這麼怒吼後，艾克哈特如遭雷擊般地回過頭來。但是，燃起的怒火似乎一時間還是難以平息，艾克哈特緊緊咬牙，惡狠狠地瞪著萊蒂希雅。

現在沒有時間等艾克哈特冷靜下來了。再不馬上離開，反而是艾克哈特會因為變出武器對著亞倫斯伯罕的領主一族萊蒂希雅，而被扣下來問話。

……絕不能在這裡就讓一切結束。

尤修塔斯瞪了萊蒂希雅與領主辦公室一眼後，隨即轉身邁步。兩人沒有理會從領主辦公室裡出來的休特朗與賽吉烏斯的呼喊，朝著轉移廳拔腿狂奔。他們不能被追上，不能停下腳步。

「走這邊。」

在城堡裡奔跑太醒目了。甩掉追來的人以後，尤修塔斯立刻彎進下人在用的狹窄走廊，艾克哈特默默跟上。

尤修塔斯面帶微笑，若無其事地對著一路遇到的下人輕輕揮手，並在快步行進的同時從籠子裡拿出自己的獻名石。

「尤修塔斯?!」

「現在必須立刻解除獻名，否則我們說不定還沒完成斐迪南大人的命令，就跟著登上前往遙遠高處的階梯了。」

「別說這種不吉利的話！」

艾克哈特怒目喝斥，但尤修塔斯不為所動，握著獻名石解除主人的魔力。白繭消失以後，掌心上只剩下原原本本的獻名石，就連白色外盒也不復存在。與此同時，先前一直包覆住自己全身的斐迪南的魔力也消失了。明明平常從不曾意識到，但消失以後，卻有強烈的失落感襲來。

「……我無論如何都會完成斐迪南大人最後的命令，但你想和主人一起死的話也無所謂。即使真的發生了最糟的情況，我也能在向齊爾維斯特大人報告的時候，幫你把魔石送還給卡斯泰德大人或是艾薇拉大人。如何？」

聽到尤修塔斯說萬一他沒能完成主人最後的命令就亡故，可以幫忙把魔石送回父母身邊，艾克哈特不改臉上的煩躁之色，伸出手說：

「拿來。等把斐迪南大人蒐集到的情報與證據交給奧伯，也確認他真的已經亡故，我便會追隨他的腳步。」

「那也不錯啊。」

很符合艾克哈特的個性。尤修塔斯這樣心想著，遞出裝有獻名石的籠子。因為他雖然可以憑著魔力相互吸引的感覺找到自己的獻名石，卻無法辨別他人的獻名石。

「就是這個吧。」

找到自己的獻名石後，艾克哈特用顫抖的手取出，再把籠子還給尤修塔斯。尤修塔斯不語地接過籠子，快步繼續移動，同時偷偷觀察身旁的艾克哈特。只見艾克哈特臉上的神情幾乎快哭出來，開始解除獻名，一眼便能看出他握著獻名石的手在顫抖。

當年因為食物被人下毒，艾克哈特同時失去了妻子海德瑪莉與她肚子裡的孩子。他本想跟著兩人一起離開，但已經獻名的他，性命是屬於主人的。斐迪南並不允許艾克哈特跟隨妻子的腳步，而是命令他要「連同海德瑪莉的份活下去」。

自那之後，艾克哈特一直是連同海德瑪莉的份侍奉斐迪南，並且活到現在。因為海德瑪莉笑著說過：「我們夫妻倆要一起侍奉斐迪南大人喔。」他活在這世上的意義，就是侍奉斐迪南，連同妻子的份為主人盡忠。

……他一定比我還痛苦吧。

獻名本是要證明自己會豁出性命對主人忠貞不二，如今他們卻得親手解除。被迫面對自己無法保護主人，而且不夠忠心、不夠犧牲奉獻的事實，實在教人感到羞愧且不甘。而能夠共享這些情感的人，在這世上只怕屈指可數吧。

……最後就是拉塞法姆了吧。

尤修塔斯看向籠子裡剩下的拉塞法姆的獻名石。拉塞法姆因為是下級侍從，力量不足以自保，所以被留在了艾倫菲斯特。斐迪南說過，在他舉行完星結儀式、確定成為領主的配偶前，拉塞法姆都不能過來。星結儀式延期一事，拉塞法姆肯定比任何人都要感到惋惜吧。

……結果沒能遵守與拉塞法姆的約定。

尤修塔斯與艾克哈特曾答應過拉塞法姆，會先在亞倫斯伯罕打點好，讓這裡的近侍們能夠接納身為下級貴族的他；也會保護斐迪南大人，不讓傳出了許多危險傳聞、顯然有所圖謀的喬琪娜大人傷害他。然而，兩人終究沒能保護好斐迪南。

……來得及把獻名石還給拉塞法姆嗎？

一旦拉塞法姆的獻名石出現異常變化，便是斐迪南命盡之時，不知斐迪南能否撐到歸還獻名石那時候。光是想像斐迪南的生命即將到達終點，尤修塔斯便感到胃裡的東西幾欲翻湧而上。但要是真的吐了，恐怕淚水、咒罵、憤怒與絕望也都會抑止不住，讓他的身體就此無法動彈。於是尤修塔斯強壓下所有情感，只是不停鞭策自己的雙腳，一再說服自己：一定要優先執行斐迪南大人的命令。

來到下人走道通往走廊的門前，尤修塔斯先是吐了一口長長的氣。切換好情緒後，他重新掛上一如既往的吊兒郎當笑容。接下來就要到轉移廳了，絕不能被看守的騎士們發現情況有任何不對勁。

「艾克哈特，你的情緒都顯露在臉上了。快收起你的怒火，因為我們現在是奉斐迪南大人之命，要去找雷蒙特。」

轉移廳或許已經透過奧多南茲得到消息，所以必須小心行事。只不過，方才萊蒂希雅拿著獻名石出來時，臉上是一副完全不明白發生了什麼事的表情。因此在場眾人應該正忙著向她問清來龍去脈，或是設法聯繫人在供給室裡的斐迪南，抑或聯繫蒂緹琳朵，請她同意他們搜捕尤修塔斯二人，多半不會想到要聯絡轉移廳的人吧。

「哦？兩位又要去貴族院嗎？」

「我們要去送批改好的作業，還要把這些原料送去給赫思爾老師……因為赫思爾老師最擅長的，就是從弟子斐迪南大人這裡搜刮走她調合所需的原料啊。真教人傷腦筋呢。」

果然轉移廳這裡還未收到任何消息。負責看守的兩名騎士見到尤修塔斯與艾克哈特出現，儘管面露驚訝之色，但一看到兩人出示的轉移陣使用許可證，便不疑有他地準備發動轉移陣。

「今天斐迪南大人並未同行呢。來自艾倫菲斯特的兩位近侍竟然離開主人身邊，還真是難得。」

平常除了貴族院開學與領主會議這兩個時期，幾乎沒有人會使用轉移陣。因此之前就知會過轉移廳的值守騎士，告訴他們貴族院未開放的時候，雷蒙特也會待在赫思爾的研究室，並且由斐迪南負責監督，蒂緹琳朵也已經准許他們為了研究使用轉移陣。只不過截至目前為止，兩人還不曾撇下主人自行前往貴族院。為免騎士起疑，尤修塔斯輕輕聳肩說道：

「反正護衛騎士裡還有原是騎士團長的休特朗在，魔力供給時也不會有什麼狀況發生，我們離開一會兒也沒問題吧。況且去貴族院跑腿的時候，赫思爾老師常會要求我們幫忙調合，其他近侍又不了解她的作風，所以不好拜託他們。」

正在聯繫宿舍，告知有人要使用轉移陣的騎士驚訝地眨眨眼睛。

「咦？她還要求侍從與騎士幫忙調合嗎？」

「是啊。斐迪南大人就讀貴族院的時候，也經常被她使來喚去。我雖然是侍從，但調合能力都與文官不相上下了。這次跑腿可能還得住上一晚，真是不想面對。」

「哈哈，與艾倫菲斯特的共同研究還真辛苦啊。」

與宿舍那邊聯繫完畢後，騎士們笑著向尤修塔斯與艾克哈特招手示意。兩人一站上轉移陣，黑金兩色的火焰隨即浮現。伴隨著些許騰空飛起的感覺，一轉眼兩人便遠離了亞倫斯伯罕的城堡。

對著宿舍裡的騎士們同樣堆起笑容後，尤修塔斯與艾克哈特旋即步出轉移廳。兩人一直慢步走著，直到確定騎士們再也聽不見自己的腳步聲；等到彎過轉角，尤修塔斯再掏出隨身攜帶著的魔導具信。這封魔導具信上有齊爾維斯特的簽名，等於是他核發的許可證，在他們遇到緊急情況時，可以使用貴族院裡艾倫菲斯特舍的茶會室避難。

「艾克哈特，移開那個礙事的花瓶。」

艾克哈特移開走廊上的花瓶後，尤修塔斯便把信紙攤在檯面上，用思達普變成的筆寫下文字。除了告知事態緊急外，也請求與奧伯會面，並且簽上自己的名字。他再把信遞給艾克哈特，他也一樣簽下自己的名字。

最後把魔導具信放進信封裡，封起封口後，信便化作白鳥往外飛去。彷彿要追隨白鳥的腳步一般，尤修塔斯與艾克哈特開始在宿舍裡狂奔。現在不是開放期間，因此宿舍裡沒有人會為此責怪他們。

從玄關大廳離開宿舍後，兩人再朝著艾倫菲斯特的茶會室在中央樓裡奔跑，很快地來到八號茶會室的門前等候。一名似乎是收到了信的騎士急急忙忙前來開門。

「我們已向奧伯·艾倫菲斯特稟報，請在此稍候。」

帶著兩人進入茶會室後，那名騎士便退出房間。如今尤修塔斯與艾克哈特已經不再持有具有認證功能的胸針，因此無法進入艾倫菲斯特舍，只能待在茶會室裡等著齊爾維斯特到來。

尤修塔斯環顧茶會室一圈後，開始動手整理桌椅，以備稍後與奧伯會面。緊接著，他重重地坐在其中一張椅子上。儘管這副模樣毫無貴族風範，但身體實在太過沉重。

「……看來拉塞法姆還不要緊。」

艾克哈特也往旁邊的椅子坐下，如此低喃。聞言，尤修塔斯看向金屬籠子。獻名石還在，沒有變化，代表斐迪南還活著。但就算親眼確認了這一點，坐定不動以後，依然能感覺到絕望正一點一點地在啃蝕自己。

……即使來到了這裡，我們也救不了斐迪南大人。

只要交出斐迪南所託付的情報，尤修塔斯與艾克哈特想必就能重回艾倫菲斯特，而且還有證據可以聲討亞倫斯伯罕吧。但是，斐迪南並不會因此得救。無論是奧伯．艾倫菲斯特，還是未持有古得里斯海得的君騰，都無能為力。如今斐迪南人在他領的供給室裡，沒有任何人救得了他。

……明明斐迪南大人那般勞心勞力，到頭來卻是落得一場空。

不可饒恕。尤修塔斯油然生起這樣的念頭。無論是下達命令的君騰，還是在羅潔梅茵失蹤後便完全不提供情報，也不再費心送來餐點與藥水的艾倫菲斯特。

此次會面，端看齊爾維斯特大人的反應，否則我會拋開艾倫菲斯特，不計後果地向亞倫斯伯罕的領主一族展開復仇——尤修塔斯如此下定決心。

包括把公務全丟給斐迪南，自己卻完全不做事的蒂緹琳朵；巧言誆騙她，害得他們工作量大增的蘭翠奈維；以及在斐迪南繁忙時還占用他的時間、接受他的指導，最後卻害他身陷險境的萊蒂希雅與她身邊的人，這些人他一個也不會放過。

真想暗地裡殺了蒂緹琳朵與萊蒂希雅，讓亞倫斯伯罕的領主一族滅亡。若沒有了能管理大領地的領主一族，君騰肯定會為此頭痛不已吧。

「尤修塔斯，你在想什麼？」

「我在想要挑亞倫斯伯罕城堡裡的哪個地方，又要設置什麼魔導具。」

「……在那之前，我得親眼看著他們斷氣。可不能讓他們趁亂逃了。」

「那不如先預留一條生路，在他們以為得救的時候，再把他們推進絕望深淵，這樣好像也不錯。」

兩人相視放聲大笑，眼裡都帶著瘋狂。笑聲雖然輕快，但心裡都恨不得馬上不顧一切地展開復仇，卻又只能極力克制，因此房內的氣氛肅殺又沉重。

房門無預警地「喀嚓」一聲打開。「打擾了。」幾名侍從走了進來，趕在奧伯到來前準備茶水。

「實在抱歉，是騎士怠慢了。竟然也沒端杯茶水給客人……」

「現在不是貴族院的開放時間，我們又是突然來訪，所以並非是騎士招待不周……請問奧伯．艾倫菲斯特預計何時抵達？」

尤修塔斯這麼詢問後，準備著茶點的侍從們露出苦笑。

「很快便會到了唷，因為他也不停在催促我們。」

「讓你們久等了。」

如侍從所說，確實很快，齊爾維斯特遠比預期的還要快就抵達了。尤修塔斯迅速地瞥了一眼拉塞法姆的獻名石，還沒有任何變化。

「茶水準備得差不多了吧？你們快點退下，接著去做準備。」

不只尤修塔斯兩人，齊爾維斯特看起來也十分焦急。讓侍從退下的同時，他還往桌上放了防止竊聽魔導具。確認所有人都握好魔導具後，尤修塔斯才開口道：

「奧伯．艾倫菲斯特，其實是斐迪南大人他……」

「我知道。他中毒倒下了吧？羅潔梅茵告訴我了。」

還沒開始說明就被打斷，尤修塔斯與艾克哈特有些反應不過來。

「大小姐回來了嗎？先前還聽說她下落不明……」

「你們是從哪裡聽說的？我們明明小心謹慎，不讓消息走漏出去。」

齊爾維斯特怒目瞪來，艾克哈特卻試圖改變話題：「現在是斐迪南大人的事情更重要。」由於不想透露情報來源，本想含糊帶過，然而齊爾維斯特並不接受。

「我們還奉了王族之命封鎖消息，快說出你們的情報來源。這次的事情說不定還會再經由那個管道走漏風聲。」

「……是赫思爾老師。我們以調合做交換，請她提供情報。」

尤修塔斯萬不得已地回答後，齊爾維斯特垮著臉嘆氣道：「看來之後還得提醒赫思爾。」但發現情報來源並不是需要警戒的對象後，齊爾維斯特顯得如釋重負，表情瞬間放鬆下來。

「對了，這是羅潔梅茵要給你們的。應該能讓你們的臉色好看一點吧。」

說著，齊爾維斯特拿出回復藥水。現在因為亞倫斯伯罕裡的回復藥水已所剩不多，對於該在何時飲用總是讓尤修塔斯與艾克哈特極其苦惱。他們感激地收下羅潔梅茵好心提供的藥水，儘管味道十分可怕，恢復效果卻非常驚人。

「那麼大小姐又是從何處得到消息？我們在斐迪南大人出事以後，就立即使用轉移陣趕來這裡……」

「她收到了斐迪南的遺言。」

「什麼?!」

這種情況下所說的「遺言」，是指人在遇到生命危險時，會釋放魔力將自己當下情況傳達出去的一種現象。魔力會轉化成影像，讓人可以看見釋放魔力的人。一般認為收到的，都是釋出魔力的人心裡非常重視的對象。由於大多不是刻意為之，而是在無意識間釋放魔力，因此經常是發生在戰鬥期間，所以即使收到影像，通常對方也沒能得救，這種現象便被稱作是魔力所發出的遺言。換言之，羅潔梅茵親眼看到了尤修塔斯與艾克哈特無從知曉的現場情況。

「喬琪娜現在人在何處？據羅潔梅茵所說，擬定計畫要排除斐迪南的人正是她。」

由於喬琪娜一副事不關己的模樣，也早在好幾天前便離開離宮，又與萊蒂希雅毫無交集，因此他們絲毫沒有發現是她在背後操控。尤修塔斯咬牙切齒地道：

「她說要去舉行祈福儀式，約莫十天之前便離開了離宮。」

「這也就是說，她很可能明天就到艾倫菲斯特了吧。」

齊爾維斯特重重嘆氣。

「這一切真是喬琪娜大人策劃的嗎？」

「嗯。羅潔梅茵說了，擬定計畫的是喬琪娜，向斐迪南撒毒粉的則是蒂緹琳朵。」

……蒂緹琳朵大人？當時人在供給室裡的不是萊蒂希雅大人嗎？

蒂緹琳朵應該不可能在供給室裡，因為斐迪南想方設法把她阻絕在外。羅潔梅茵提供的情報，明顯與他們的所見所聞有出入。尤修塔斯正想問清楚時，齊爾維斯特趕在他開口前咧嘴笑道：

「今日午夜，羅潔梅茵會前往營救斐迪南。」

「您說什麼？」

尤修塔斯一時之間無法理解，只能瞪大雙眼愣在原地。這種事何來的勝算？斐迪南可是在他領的供給室裡遭遇生命危險，根本沒有任何人救得了他。

「這種事辦得到嗎？那位年幼的大小姐……」

「嗯？不，她現在已經長大，不再年幼了喔。你們見了想必會大吃一驚。」

從去年的領地對抗戰至今，尤修塔斯他們已經超過一年以上沒有見到羅潔梅茵，所以她想必長高了不少吧。但是，這不是尤修塔斯想說的重點。

「大小姐說了，她能成功救出斐迪南大人嗎？」

「羅潔梅茵還威懾了波尼法狄斯說：『所以只要能來得及，我就可以去救斐迪南大人吧？』然後決定了要在午夜出發。我想她應該有什麼判斷的依據，認為斐迪南可以撐到那時候。她說她有勝算。」

縱使午夜才出發，也依然有勝算。自己的主人還不會命喪於此。光是知道這一點，尤修塔斯整個人便從緊張當中解脫，身體也放鬆下來。方才等著齊爾維斯特時，他彷彿身處在一片漆黑、連束光也沒有的絕望深淵當中，如今眼前卻像是乍放光明。發現一切還有轉圜的餘地，他安心得幾欲落淚。

「但斐迪南大人有話要我們帶給大小姐。他要大小姐安分地待在艾倫菲斯特等候，然後尤根施密特與艾倫菲斯特就都能得救。聽完這些，大小姐還是會採取行動嗎？」

「你以為幾句傳話就阻止得了羅潔梅茵嗎？等這一切結束，斐迪南為了收拾善後，肯定會一個頭兩個大，但誰教他要身陷險境。」

齊爾維斯特冷哼一聲說完，尤修塔斯與艾克哈特也露出苦笑，想起了以前面對羅潔梅茵不按常理的舉動，斐迪南總是一邊應對，一邊敲著太陽穴。很輕易便能想見，斐迪南在被救出來後，會捏著羅潔梅茵的臉頰說：「妳為何不聽我的話？」

……那位大小姐實在有趣。

得知那位年幼的大小姐還是老樣子，行事總是超出斐迪南的計畫與預期，尤修塔斯內心感到無比痛快。那麼為了提高斐迪南存活的機率，自己又能做些什麼？現在他也有了餘力能想這些事情。那些循規蹈矩的方法大多沒什麼用，必須要像羅潔梅茵那樣，不顧主人是否會生氣、是否會給旁人造成困擾，使出所有能用的手段。就算是平常絕不該用的手段，只要是為了成功救出斐迪南，一定還有什麼辦法。

……對了，有那個。

雖然斐迪南可能會大發雷霆，羅潔梅茵也會不太樂意，但為了讓主人活下來，必須不擇手段。這麼做不僅能協助羅潔梅茵，也能為主人續命，還能順便小小報復主人，可謂是一舉數得。想到了好方法的尤修塔斯不由得揚起嘴角。

但是在他身旁，依然一臉凝重的艾克哈特開口問道：

「雖然您說了羅潔梅茵會前去營救斐迪南大人，但這種行為等同攻打他領。您身為奧伯・艾倫菲斯特，同意了這樣的行為嗎？」

「沒錯。我已下達許可，但准許的對象只有羅潔梅茵與她的近侍們。抱歉，既已預見喬琪娜即將來襲，艾倫菲斯特無法再分出更多人手。」

聽到齊爾維斯特親口說出他已下達許可後，艾克哈特似乎也終於安下心來。他「啊啊」地發出嘆息，按住眼角。緊接著在深深的吐氣之後，艾克哈特站起來跪在齊爾維斯特身前，然後執起他的手，將額頭抵在他的手背上。

「您竟願意做出決斷，攻打大領地，我在此對您獻上由衷的感謝。對於營救斐迪南大人一事，您的毫不遲疑也令我由衷欣喜。您是斐迪南大人的兄長真是太好了……」

撇除禮貌性的問候，艾克哈特鮮少主動向斐迪南以外的人下跪。齊爾維斯特也知道這一點，所以完全能夠明白艾克哈特的感謝有多麼發自肺腑吧。他溫柔地瞇起深綠色眼眸。

「你的感謝我就收下了，但現在可還沒救出斐迪南。接下來才是關鍵。」

艾克哈特回到現實般地抬起頭來。齊爾維斯特抽回自己的手，擺擺手要艾克哈特回到位子上坐好。

「稍後我將與王族談話。如果能夠得到王族的許可那自然最好，但若是不能，也阻止不了羅潔梅茵吧。」

「您身為奧伯，當真不介意嗎？」

聽到接下來得讓王族點頭同意，回到位子上的艾克哈特再度面色僵硬。

「你們不惜丟下性命危在旦夕的斐迪南，趕到了這裡來，想必帶了什麼證據吧？快點拿出來。」

如果想說服王族，主張艾倫菲斯特必須攻打亞倫斯伯罕並討伐蘭翠奈維，就需要有足夠的證據。斐迪南應該都蒐集到了吧──齊爾維斯特用充滿確信的語氣說道。

在艾克哈特的目光催促下，尤修塔斯從皮袋裡取出了幾個錄音魔導具，再從內側口袋裡拿出了幾張紙擺在桌上。

「原本打算等到領主會議，用這些證據來指證蒂緹琳朵大人並不適任奧伯．亞倫斯伯罕。如今又確定領主一族與蘭翠奈維勾結，還意圖謀害奉王命前往的斐迪南大人，想必可以讓王族乾脆地點頭答應吧。」

尤修塔斯正在說明帶來了哪些證據時，奧多南茲飛了進來。是第一王子的回覆。

「接下來你們就去斐迪南的宅邸……不對，現在是羅潔梅茵的圖書館了吧。你們去那裡與她會合，因為羅潔梅茵選擇留在領內做準備，而不是來這裡。」

說完，齊爾維斯特把具有認證功能的胸針擺在桌上。這是視兩人為艾倫菲斯特貴族的證明，而且在聆聽兩人的說明以前，齊爾維斯特就已經準備好了。

「你們二人熟知亞倫斯伯罕城堡的內部配置，有你們帶頭前往供給室，成功機率將大幅提升。一定要救出你們的主人、我的弟弟，萬事拜託了。」

「是，我們定當不負所託。」

會合

結束了與戴肯弗爾格的交涉，也與齊爾維斯特討論了接回尤修塔斯兩人一事後，我走出領主辦公室，與柯尼留斯、哈特姆特以及莉瑟蕾塔三人會合。由於我目前還無法在快步行走的同時，又保持貴族小姐該有的優雅，因此變出騎獸坐了進去。現在可是分秒必爭。

「我成功取得戴肯弗爾格的協助了，今晚就會出發。對了，你們知道領主一族的會議後來怎麼樣了嗎？」

我邊往自己的房間移動邊問道，柯尼留斯開口回答：

「方才在芙蘿洛翠亞大人的主導下，本來要針對您在一時激動下脫口說出的重要情報，與近侍還有騎士們簽訂魔法契約，禁止他們透露消息。但中途突然收到奧伯捎來的奧多南茲，說是已經取得了戴肯弗爾格的協助，並且臨時需要趕往貴族院一趟，午夜時分還要前往克倫伯格。請問發生什麼事了嗎？」

「詳情我等一下再說，總之不是壞消息。」

現在還在走廊上，可不能洩漏有關尤修塔斯與艾克哈特的消息。我微微一笑，制止了柯尼留斯的追問後，再看向走在另外一邊的哈特姆特。

「哈特姆特，請立即召集所有護衛騎士到我的房間來。」

「要討論攻打亞倫斯伯罕一事吧？我已經通知大家前來集合。而且我還說了事態緊急，所以之前留在神殿裡的人應該也差不多快到了。至於羅德里希與菲里妮，我請他們留在原地一切照常。」

哈特姆特一派若無其事，說得雲淡風輕，我卻忍不住吃驚地再次看向他。

「……真、真是非常好。」

「能為羅潔梅茵大人分憂解勞是我的榮幸。」

正如哈特姆特所說，我回到房間時，護衛騎士都已經在房裡等著了。我環顧在場眾人，原本守在神殿的騎士們大概是一路趕來，還有些上氣不接下氣。

「羅潔梅茵大人，哈特姆特說是事態緊急……」

「是的。這件事真的非常緊急又突然，但我們今晚將去奪取亞倫斯伯罕的基礎。」

「……什麼？」

不過一天而已，上午與下午的情況就有了一百八十度的轉變。就連我也預想不到，實屬無可奈何。接著我為並未出席會議，所以完全不了解現在情況的近侍們進行說明。包括斐迪南現在在亞倫斯伯罕的供給室裡中毒暈倒了；喬琪娜很可能侵略艾倫菲斯特；我預計今晚趕往亞倫斯伯罕救人，並且在領主的幫助下取得了戴肯弗爾格的協助；尤修塔斯與艾克哈特已經從亞倫斯伯罕抵達貴族院，之後會來與我們會合等等。

聽完這些，大家也能深刻地感受到事態確實緊急吧。只見眾人的表情在緊張下逐漸僵硬，隨後我開始下達指示，因為距離出發真的沒剩多少時間了。

「首先是侍從。莉瑟蕾塔與谷麗媞亞請前往圖書館，奧黛麗與貝兒朵黛則請留在城堡。然後，還請奧黛麗與貝兒朵黛先為我準備好騎獸服與鞋子，以及房裡的魔石與魔導具等物品。另外我等一下預計要在圖書館用晚餐與補眠，所以也請做好安排，把專屬廚師送去圖書館。」

「羅潔梅茵大人，請問共有幾人會在圖書館用晚餐？除了廚師，或許也需要準備食材……」

於是我看著近侍們開始確認人數，但莉瑟蕾塔立即出聲制止。

「奧黛麗，城堡裡有多少食材都請送過去吧。我會在圖書館與廚師一同確認，不夠的話再聯絡艾薇拉大人。既然艾克哈特大人也會回來，相信她會欣然相助吧。」

奧黛麗與莉瑟蕾塔火速地自行決定好了工作分配。

「由於喬琪娜大人很可能入侵，我們出發以後，還請留在城堡裡的妳們繼續蒐集情報，並且與養母大人、夏綠蒂還有布倫希爾德保持聯繫。」

「遵命。」

奧黛麗一邊微笑說著「還真是突然呢」，一邊開始動作。貝兒朵黛則是完全跟不上我突如其來的行動，不知所措地跟上奧黛麗。

「羅潔梅茵大人，那麼我與谷麗媞亞這就前往圖書館，與拉塞法姆一同做好迎接的準備吧？」

「好的，莉瑟蕾塔的反應真快呢。等艾克哈特哥哥大人與尤修塔斯來了，也會讓他們用晚餐與補眠，再麻煩妳們做好準備了。」

「遵命。那麼時間不多，恕我們先行失陪。羅潔梅茵大人，請您前往圖書館時務必要有護衛騎士陪同。」

可別顧著下命令，最後剩您一個人獨自行動喔——莉瑟蕾塔這麼提醒我後，便帶著谷麗媞亞退出房間。

「哈特姆特、克拉麗莎，請你們把之前在圖書館裡做好的魔導具與回復藥水發給大家，然後……」

「魔導具與回復藥水早已備妥，以備隨時都能出發，所以請您放心吧。等發完補給物資，我與哈特姆特會輪流補眠。」

克拉麗莎精神抖擻地回道。克拉麗莎畢竟是戴肯弗爾格出身，又是尚武的文官，所以聽到她要一起去我還能理解，但哈特姆特竟也理所當然地被算在出征成員裡頭，令我驚訝地看向他。

「屆時騎獸裡若放置了大量的魔導具與藥水，羅潔梅茵大人想必無法分神看管吧。倘若之後還要發給戴肯弗爾格的人，您更是抽不出時間。為了讓您能夠專心營救斐迪南大人，還請帶我一同前往。」

「……哈特姆特，你有這份心意我當然很高興，但一般這種時候，文官不會興高采烈地想跟吧。」

明明沒有比過迪塔，你真的沒問題嗎？——我環抱手臂歪過頭，哈特姆特於是輕笑起來。

「哦？沒想到既是領主候補生也是文官的羅潔梅茵大人會這麼說呢。」

「唔唔……這次行動因為重視速度，你要是動作太慢，就會丟下你不管喔！」

無法反駁的我只能不甘心地這麼回嘴，哈特姆特卻露出了遊刃有餘的笑容。

「我只是要乘坐羅潔梅茵大人的騎獸，並且負責管理魔導具，所以絕無問題。」

「包在我們身上吧。我曾經一鼓作氣從戴肯弗爾格跑到艾倫菲斯特來，現在正是我使出渾身解數的時候。」

……不——！都忘了這人有這種前科！

哈特姆特與克拉麗莎接著表示，想在出發前多做一點解毒藥水，於是我讓他們放手去做，目送他們前往圖書館。隨後，我再看向將一同前往亞倫斯伯罕的護衛騎士們。

「勞倫斯，你因為還未成年，有選擇的權利。要與我一同前往還是留下來，全憑你自己決定。」

「我既然已向羅潔梅茵大人獻名，請您千萬別說要把我留下來這種話。」

勞倫斯面帶苦笑說完，優蒂特似乎產生了競爭意識，接著舉起手說：「我也不想留下來。」

可惜的是我不能同意。因為原本就規定未成年的見習護衛騎士只能在貴族區這個範圍內工作，是後來與齊爾維斯特交涉過後，才為了我也把神殿納入許可範圍內，或者如果我要前往的地方是見習護衛騎士的家鄉，他們也能陪同順便返鄉。但是，攻打他領就完全不在許可範圍內了。

「優蒂特，這次因為事態緊急，更需要徵得妳父親的許可喔。如未得到許可，我不能帶著還未成年的見習護衛騎士攻打他領。」

「怎麼這樣！嗚嗚……我現在就送出奧多南茲徵得同意！」

優蒂特雙眼含淚地跑出去後，我再命令在場的騎士們自行定好休息順序。

「那麼要一同前往亞倫斯伯罕的騎士們，請輪流返回騎士宿舍用晚餐與補眠，做好出發的準備。成年騎士中只有達穆爾必須留在艾倫菲斯特。」

護衛騎士們都微微瞪大了眼看向達穆爾，但接著馬上湊在一起決定順序。達穆爾獨自留在原地無所適從，我伸出手拉了拉他的披風，然後遞給他防止竊聽魔導具。

「達穆爾，我有項任務只能交給你。」

「羅潔梅茵大人？」

「在艾倫菲斯特我最重視的，就是我的家人，請你去保護他們。喬琪娜大人他們與前任神殿長有過聯繫，說不定知道我家人的存在，以及我原先在平民區的住處。他們說不定也察覺到了我最大的弱點就是我的家人。」

要是他們非常仔細地蒐集了有關我的情報，包括進入神殿的原委、救助夏綠蒂的行動、與平民區的往來、所提攜的專屬們、流行的推廣軌跡等等，就能發現我珍而重之的事物其實非常明確。他們若想潛入艾倫菲斯特的神殿奪得基礎，最大的阻礙，就是我這個對外依然是神殿長的人物吧。若想精準有效地將我排除，或是讓我放棄抵抗，把我的家人或者古騰堡夥伴們擄為人質是非常有用的做法。

「因為只有達穆爾認識那時候的我，所以我只能拜託你了。請你幫我這個忙。」

「遵命……況且我也答應過斐迪南大人了。」

「答應過斐迪南大人嗎？」

我反問後，達穆爾轉過臉龐，像在看著遠方的亞倫斯伯罕。

「斐迪南大人在出發去亞倫斯伯罕之前就吩咐過我了。他說因為現在，只有我知曉羅潔梅茵大人見習青衣巫女時的模樣。」

據說斐迪南告訴他，雖然齊爾維斯特與卡斯泰德都知道我原是平民，但見習青衣巫女時期也只與我見過幾次面而已，日常生活從來沒有接觸過。就算斐迪南會向他們報告我在神殿的生活，但關於我是如何與家人接觸、又有多麼重視家人，他們很難有實際的體會吧。

「因此他已命令我，要守住羅潔梅茵大人心靈的安定，還要我看住蒐集到了情報的哈特姆特，別讓他亂來……斐迪南大人真的老是強人所難呢。」

達穆爾露出苦笑，微微垂首看來。與他對視的時候，感覺距離比以前變近了許多。以前的我與現在的我，視線的落點完全不一樣。

……一開始我的頭只到達穆爾的肚子而已，他如果不跪下來，我們還無法對視。

我正這麼心想時，達穆爾忽然屈膝跪下。現在別說是對視了，我甚至只能看見他覆著褐髮的頭頂。

「身為護衛騎士，為了您的安全著想，我本該建議您最好留在這裡。」

說完達穆爾一度靜默，接著抬起頭來，直視我的雙眼。

「羅潔梅茵大人，請您一路小心。為了守住您心靈的安定，請跟隨自己內心真正的渴望，一定要救出斐迪南大人。願諸神的加護盡數與您同在。」

「達穆爾，謝謝你。對我來說，你果然是最了不起的騎士。」

歸還防止竊聽的魔導具後，達穆爾便起身離開。柯尼留斯詫異地看著我。

「達穆爾要去哪裡？」

「他要去守護我重視的事物喔，因為達穆爾是護衛騎士嘛。對了，你們補眠的順序決定好了嗎？」

確認過騎士們的休息順序後，我動身前往圖書館。

「羅潔梅茵大人，恭迎您的歸來。斐迪南大人他……」

大概是已經從先抵達的近侍們口中得知消息，拉塞法姆一說完迎接的問候語，便快步朝我走來。聽到自己獻名的主人在遠方性命垂危，也難怪他惶惶不安吧。以往的他總是面帶微笑，但現在表情卻十分僵硬，綠色眼眸裡滿是慌亂。

「拉塞法姆，我知道你心裡十分不安。不過，領主一族已經同意了我可以去營救斐迪南大人，我也取得了戴肯弗爾格的協助。第六鐘響時，尤修塔斯與艾克哈特哥哥大人應該也會從貴族院回來。」

我邊往自己的房間移動，邊詢問拉塞法姆準備工作的進度。

「為了讓尤修塔斯與艾克哈特哥哥大人可以補眠，客房都準備好了嗎？今晚要在這裡用餐的人數將大幅增加，食材都還足夠吧？廚師們到了嗎？」

我接二連三地列出該做的事情，拉塞法姆也清楚明確地給予答覆。看來準備工作十分順利。

「我想在兩人抵達前做好準備。因為到時候得邊用晚餐，邊聽他們兩人說明亞倫斯伯罕的情況，如果還需要其他東西，得有時間進行準備。」

「遵命，我一定在第六鐘前完成。」

拉塞法姆話聲中的慌亂完全消失。我接著吩咐其他事情。

「另外如果還有時間，請聯絡兩人的老家，問問是否還有兩人的替換衣物。因為他們多半沒帶東西就過來了。」

「那麼我也為斐迪南大人準備好替換衣物吧，他也許會用到。」

明白自己該做什麼後，拉塞法姆俐落地開始行動。交代完事情的我，則是進入自己的房間。現在近侍們正忙得團團轉，我在外面走來走去只會礙事，所以還是待在房裡做自己能做的事情吧。

首先，我向伊庫那的布麗姬娣送去奧多南茲。除了告訴她如今斐迪南身陷險境，亞倫斯伯罕很可能趁機攻打艾倫菲斯特外，也告訴了她喬琪娜極有可能隱密地採取行動。然後再與她分享了有關銀布的情報，請她大範圍地向平民打探消息，並且要與鄰近土地的基貝們保持聯繫。

「祖父大人率領的騎士團已經做好了隨時能出動的準備，所以若在領地邊界發現任何異樣，請與我們聯絡。」

布麗姬娣立刻捎來了奧多南茲回覆我。

「方才芙蘿洛翠亞大人便已聯繫各地基貝，感謝您再提供了更加詳細且貴重的情報。除了鄰近土地的基貝，我也會通知平民，要大家提高警覺。」

聽她這麼說，我便明白了基貝們收到的消息並不詳細確實，於是再向芙蘿洛翠亞送去奧多南茲說：「請您提供更加詳細的情報給各地基貝們，並請吩咐基貝・格拉罕與基貝・嘉爾敦讓騎士們加強守衛。」

送完奧多南茲，我接著進入秘密房間，使用梅斯緹歐若拉之書查詢亞倫斯伯罕的地圖，想先了解國境門與神殿的所在位置。搜尋後找到了對城市施展因特維庫侖時所留下的地圖與平面圖，因此對神殿已瞭如指掌。

……雖然留下了不堪回首的回憶，但真是幸好取得了梅斯緹歐若拉之書。這本書超級有用！感謝獻予諸神！

我把城市地圖與神殿平面圖複製到克拉麗莎所做的魔紙上，為此感到心滿意足。只不過由於我不擅長看地圖，就算把地圖上下左右顛倒，我也看不出來哪裡是現在位置、哪裡是目的地，但相信騎士裡一定有人能幫忙吧。

本想接著找到城堡的平面圖，確認魔力供給室的位置，只可惜沒找到。因為除非有什麼重大的原因需要重新檢視，否則一般只有施展因特維庫侖時才有機會看到城堡的整體平面圖。是收錄在斐迪南擁有的梅斯緹歐若拉之書裡嗎？

「啊嗚，結果最重要的地點卻不知道在哪裡！」

但再怎麼咳聲嘆氣，找不到也沒辦法。既然尤修塔斯與艾克哈特應該知道，那就沒問題吧。我重新打起精神，決定來複製一些看起來很好用的魔法陣。

在我複製好了幾道魔法陣的時候，呼叫用的魔導具亮起光芒。一走出秘密房間，便見優蒂特一臉灰心喪氣地向我報告：「父母要我留在艾倫菲斯特。」站在父母的立場，當然會這麼要求吧。

「並不只有前往亞倫斯伯罕是護衛騎士該做的工作，保護那些我只能留在艾倫菲斯特裡的重要人們，也是工作的一環喔。」

「話是這麼說沒錯……」

對騎士來說，攻打他領想必是轟轟烈烈又吸引人的任務吧。想到達穆爾面對低調平實的工作，依然認真全力以赴，感受到兩人差異的我，向優蒂特下令道：

「優蒂特，達穆爾為了守住我心靈的安定，說好了會保護我重視的人們。所以，請妳與達穆爾一起去守衛神殿與平民區吧。今後若想持續推廣印刷業，古騰堡他們是不可或缺的人才，所以絕對不能讓喬琪娜大人闖進來。還請妳抱著這樣堅定的決心，守護神殿與艾倫菲斯特吧。」

優蒂特的視力極佳，又擅長遠距攻擊，若能安排她守在神殿，使用一些就連銀布也抵擋不了的昆蟲炸彈等魔導具，相信可以嚇退生來就是貴族的喬琪娜吧。

「知道了，我會去守衛神殿。」

想到什麼便進行準備後，不久第六鐘的鐘聲響起。接著又過了一會兒，尤修塔斯與艾克哈特抵達了，接到通報的我立即前往迎接。

「尤修塔斯、艾克哈特哥哥大人！」

「……大、大小姐？」

看到長大了的我，尤修塔斯啞然失聲地呆立原地。看來齊爾維斯特沒向兩人說明過這件事。然而艾克哈特與尤修塔斯不同，只是用他那雙藍色眼睛平靜地注視我，近似自言自語地低聲確認：「是羅潔梅茵嗎？」他沒有顯露太多的驚訝之色，接著還開始確認目前的準備進度。

……因為比起我突然長大，艾克哈特哥哥大人更在意能否成功救出斐迪南大人，以及做好了多少準備嘛。我懂。

對於他完全不以為意，我反而感到自在且安心。

「艾克哈特哥哥大人，您說的那些東西我們都準備好了。另外我還取得了戴肯弗爾格的協助，預計今晚就出發去營救斐迪南大人。」

「真是有勇有謀，不愧是接受過斐迪南大人指導的我的妹妹。」

艾克哈特眼中滿是由衷的讚賞，同時亮起了希望的光芒，我也跟著非常開心。因為艾克哈特只有在我對斐迪南幫上大忙的時候會稱讚我，換言之，這次我幫上了大忙。

「……奧伯說妳有勝算，這是真的嗎？」

「是的。現在又有艾克哈特哥哥大人與尤修塔斯前來與我們會合，獲勝的機率更是提高了。」

我最擔心的就是不知道供給室的所在位置，但現在有兩人加入，就可以毫不遲疑地直奔供給室。聽完我的回答，艾克哈特點一點頭：「好。」

「艾克哈特，明明大小姐變了這麼多，你為何還能如常與她對話？」

「無論她的外貌如何改變，只要她還是那個重視斐迪南大人的妹妹，就沒有任何問題。」

艾克哈特一副這沒什麼大不了的表情說完，便大步走向拉塞法姆，手裡拿著裝有獻名石的金屬籠。那想必是拉塞法姆的獻名石吧。

「再怎麼沒問題也會很好奇吧。」

與艾克哈特不同，尤修塔斯對於我的突然成長顯然非常好奇，整個人有些毛毛躁躁地動來動去。大概是因為雖然很想了解，但眼看現在事態緊急，不曉得可以追問到哪種地步吧。他晶亮的褐色雙眼裡滿是好奇。

「大小姐，您究竟發生了什麼事？我從未聽說有人能在這麼短的時間內長大成人，還變得如此美麗動人。」

尤修塔斯一步步向我進逼。「問得好。」哈特姆特彷彿要阻止他一般，一邊這麼喊著，一邊飛身站到我與尤修塔斯之間。他的橙色雙眼同樣在開心發亮，讓人覺得有點恐怖。

「羅潔梅茵大人受到諸神眷愛，除了她以外，沒有人能顯現這樣的奇蹟吧。這可是培育之神安瓦庫斯帶來的神蹟！羅潔梅茵大人究竟是如何成長，她所引發的奇蹟又有多麼不凡且震撼人心，請容我娓娓道來。」

「只到尤修塔斯聽膩了為止喔。」

哈特姆特說明時總愛夾雜大量的神祇相關譬喻，不僅艱澀難懂，再加上相似的讚美會重複好幾遍，所以尤修塔斯再怎麼感興趣，大概很快就會聽膩了吧。事實上，我的近侍們都是馬上開溜說：「我已經聽過了。」

……但也因為大家都這麼反應，哈特姆特反而卯起了勁，想出更多無謂的讚美，然後主張：「這個比喻我之前沒說過。」

兩人的情報與獻名石

「艾克哈特哥哥大人，現在沒有時間了，我們邊用晚餐邊交換情報吧。」

我在走向餐廳的途中這麼表示，艾克哈特旋即贊同：「好。」

「請問萊蒂希雅大人現在怎麼樣了呢？」

由於我親眼看到斐迪南在供給室裡請她幫忙傳話，之後又聽到蒂緹琳朵說「明明直到讓萊蒂希雅動手前，一切都很順利」，所以非常擔心她是否平安無事。這件事很可能嫁禍給她，讓她正蒙受不白之冤。

然而，艾克哈特理應聽到了萊蒂希雅的傳話，卻是一臉意外地挑眉低頭看我，微微側過臉龐說：「這我怎麼知道。」他的回應既簡潔又冷淡，像是絲毫不感興趣，讓我非常想要抱頭。

「咦？咦？萊蒂希雅大人不是代替斐迪南大人傳了話給你們嗎？你們應該要保護她或是……」

「羅潔梅茵，妳在說什麼？她自己就有護衛騎士。況且當時斐迪南大人不僅把獻名石歸還給我們，還不顧自己的性命下達指示，我怎麼可能還有餘力理會她？」

「……這麼說也是沒錯……」

我因為擔心萊蒂希雅，不由得面露不滿地抬眼望向艾克哈特。他目光銳利地反瞪回來，再拿出防止竊聽魔導具在我面前搖動。

我接下魔導具後，艾克哈特遂變回了平常從容鎮定的表情。但在他那雙藍眼深處，卻跳動著難以壓抑的怒火。

「若不是說服自己得優先執行斐迪南大人的命令，沒有時間理會她，我可能早就動手取她性命了。」

「什麼?!」

這麼危險的發言讓我倒吸口氣，仰頭看向艾克哈特。他臉上的表情沉穩如常，一點也看不出他曾想動手殺了萊蒂希雅。

「當時只有他們二人一起進入供給室，隨後我們卻經由傳話，得知斐迪南大人性命垂危。儘管不知現場情況如何，但害得斐迪南大人命在旦夕的兇手，只可能是萊蒂希雅大人。至少在萊蒂希雅大人把獻名石交給我們時，蒂緹琳朵大人並不在供給室。」

聞言我眨眨眼睛。因為在我看到的畫面裡，萊蒂希雅離開後，沒過多久蒂緹琳朵就進來了。而且好比艾倫菲斯特魔力供給室的入口就在領主辦公室裡的掛毯後方，除非是有領主會議或其他情況，否則齊爾維斯特一定都在。因此，我原本以為蒂緹琳朵當時也在領主辦公室裡。

「但亞倫斯伯罕的供給室不是在領主辦公室裡嗎？蒂緹琳朵大人平常應該在吧？」

「供給室確實是在領主辦公室裡，但蒂緹琳朵大人並未在此處辦公，而是特別在自己的寢室附近另外設了一間辦公室。據說她認為應該是文官們要來找她才對，而不是讓她跑到那麼遠的辦公室去。身邊的人也因為她還不是正式的奧伯，便都縱容著她，她更是因此得意忘形，行事越發狂妄自大。」

根據我之前所學，領主的寢室與辦公室之所以會分開，是為了不讓無法信任的貴族進入領主一族的生活區域。不過，看來蒂緹琳朵並不在意這些。

「斐迪南大人在指導萊蒂希雅大人進行魔力供給時，總是小心謹慎，絕不讓危險人物靠近。今日下午，他們也是單獨兩人進入魔力供給室，我與尤修塔斯則是守在領主辦公室門外，負責守衛戒備。」

在艾倫菲斯特，同樣只有與奧伯有血緣關係的上級貴族近侍能在魔力供給期間進入領主辦公室。而且辦公室門口內外都有護衛騎士守著，氣氛非常嚴謹肅穆。看來亞倫斯伯罕也一樣，魔力供給期間，他領出身的艾克哈特與尤修塔斯只能在門外待命。

「然而沒過多久，萊蒂希雅大人便臉色大變地要人開門，渾身顫抖著從辦公室裡走了出來。」

他說萊蒂希雅一邊說著：「斐迪南大人說……快走……」一邊把裝有獻名石的金屬籠子交給尤修塔斯。斐迪南說過，倘若哪天他有生命危險的時候，就會把名字還給他們，免得連累下屬，同時也是為了讓兩人能確實地把情報送回艾倫菲斯特。艾克哈特表示，他便是因此明白了斐迪南正處在生死關頭。

「我本想當場逮捕萊蒂希雅大人，向她問個清楚，只可惜與她一起從辦公室裡出來的護衛騎士擋在前頭，尤修塔斯也揪住我的衣領。」

魔力供給期間，他們正在門外防範蒂緹琳朵一行人靠近時，萊蒂希雅卻突然從辦公室裡出來，還帶著斐迪南隨身攜帶的獻名石，傳話要他們「快走」。我可以理解艾克哈特當下肯定腦筋一片空白，然後會心想著得逮捕萊蒂希雅才行吧。但是，我也可以理解萊蒂希雅的護衛騎士與尤修塔斯為何會制止他。

……因為事情只要一牽扯到斐迪南大人，艾克哈特哥哥大人就會變得非常可怕。

「原本就算要得罪在場的護衛騎士，也該抓住萊蒂希雅大人，逼她一五一十地說出斐迪南大人發生了什麼事，為何會交出獻名石。然而尤修塔斯卻對我怒聲咆哮，說現在不是問話的時候，必須優先執行斐迪南大人的命令。所以妳要是對於我沒能抓住萊蒂希雅大人也沒能問話感到不滿，就去找尤修塔斯抱怨吧。」

……我想知道的是萊蒂希雅大人是否平安無事，才不是希望艾克哈特哥哥大人抓住她，或是讓她吐出所有經過。

而且我更不可能去找尤修塔斯抱怨。因為那種情形下，讓艾克哈特與萊蒂希雅待在一起絕對非常危險。我反而該稱讚他，懂得把兩人分開真是睿智的決定。畢竟當時根本無法確認斐迪南的安危，艾克哈特如果對萊蒂希雅與她的護衛騎士出手，只會導致嚴重的後果。艾克哈特會先被抓起來吧。

「話又說回來，妳到底在想什麼？我都已經極力不去思考萊蒂希雅大人，而妳竟然為她說話？方才是因為奧伯說妳正想方設法要救出斐迪南大人，所以我才什麼也沒對他說。但是，妳指認錯犯人了。蒂緹琳朵大人雖然腦袋空空又愚蠢，但我們還沒有正當名義能處分她。」

在艾克哈特的怒目瞪視下，我有些沉思起來。若不仔細思考該怎麼開口，說不定在艾克哈特心目中，萊蒂希雅會變成比蒂緹琳朵還不如的存在。

「……我最一開始看到的，就是萊蒂希雅大人為了幫斐迪南大人傳話，離開了供給室。接著沒過多久，蒂緹琳朵大人便走進來告訴斐迪南大人，說這一切全是喬琪娜大人的計畫，然後由蒂緹琳朵大人負責執行，操控萊蒂希雅大人。」

艾克哈特的目光倏地變得凌厲。看來齊爾維斯特並沒有完整告訴他們，當時在供給室裡發生了什麼事。

「正如艾克哈特哥哥大人所說，萊蒂希雅大人確實是撒了毒粉沒錯，但斐迪南大人馬上就服下了某種藥水喔。真正導致斐迪南大人現在性命垂危的，是後來進入供給室的蒂緹琳朵大人。她不僅撒了似乎具有麻痺效果的毒粉，還趁著斐迪南大人無法動彈時給他上了手銬，封住他的思達普，最後更發動供給魔法陣。我雖然擔心斐迪南大人身上的毒，但也更擔心他會魔力枯竭。」

艾克哈特聽完狠狠咬牙，連我都能聽見牙齒摩擦的聲音。他的面色猙獰，好像對這一切都感到憤怒。本來還希望我說了這些以後能幫萊蒂希雅辯解幾句，但在艾克哈特看來，似乎只是確定了她為犯人之一。

「竟然讓那個愚蠢的女人操控自己，向斐迪南大人投毒，顯然萊蒂希雅大人接受的教育完全不夠。當初不該因為妳的勸阻，就採取比較寬鬆的教育方式。」

艾克哈特以冷冽的口吻說完，抽走我手中的防止竊聽魔導具。接著他眉頭深鎖，以帶有冀求的目光朝我看來。

「……羅潔梅茵，真的來得及嗎？」

「艾克哈特哥哥大人就是為此回來的吧？」

我這麼反問後，艾克哈特卻是一本正經地搖頭，說：

「不。我回來是為了把斐迪南大人蒐集到的情報與證據交給奧伯，然後在確認他真的已經亡故後，便追隨他而去。」

「我一定會及時救出斐迪南大人，請您別想這種傻事！您與斐迪南大人未免也都放棄得太快了！」

尤修塔斯遠比預期要快地來用晚餐。想必是因為哈特姆特誇大的譬喻太多，又沒什麼重要情報，所以他很快就判定再聽下去也只是浪費時間吧。

「大小姐，聽說比起萊蒂希雅大人下的毒，斐迪南大人更有可能魔力枯竭而亡，這是真的嗎？」

「當然中了毒以後，多少也有影響吧，但因為蒂緹琳朵大人當時表現得很驚訝，還說那種毒明明會讓人當場死亡，竟然對斐迪南大人無效。斐迪南大人又曾喝下大概是解毒藥水的東西，如果那個藥水有效的話，最該擔心的反而是魔力枯竭吧。」

尤修塔斯聽完後陷入沉思，像在反芻我說的話。

「原本會讓人當場死亡嗎？您知道中毒後有什麼症狀嗎？」

「蒂緹琳朵大人是說那本會讓人當場死亡，並且變成魔石。但因為沒有見效，她才改撒具有麻痺效果的毒粉，讓斐迪南大人無法動彈，然後讓魔法陣吸取他的魔力。」

「……用完餐後工坊還請借我一用。我要製作解毒藥水。」

尤修塔斯吃東西的速度忽然加快。動作依然優雅，但速度快得驚人。

「要借你當然沒問題，但請先確認哈特姆特他們製作的藥水中，有沒有你需要的藥水吧。因為他們已經預先做好各種藥水了。」

「準備之萬全實在教人驚訝。大小姐，您是今天下午才得到消息的吧……？」

尤修塔斯看著我，整個人感到虛脫似地放下餐具。

「我雖然是今天下午才得到斐迪南大人的消息，但最主要還是因為要保衛艾倫菲斯特，我們早在一個月前就開始做準備了。我今天額外做的，就只是向奧伯徵得救人的許可，以及取得戴肯弗爾格的協助，然後拜託近侍們做好出發的準備。」

「我們帶著情報與證據過來時，本已做好了斐迪南大人難逃一死的心理準備，卻沒想到奧伯要我們與您會合，今晚前去救人……當下我真是大吃一驚，亦對您無比感激。真是幸好您回來了，因為根據我們先前蒐集到的情報，只知大小姐下落不明。」

尤修塔斯往後靠在椅背上，全身放鬆下來，長長吐出氣息。

「但我聽說對外只告訴他領，我正臥病在床……」

「是赫思爾老師告訴我們的。她要求從畢業儀式隔天到回領的日子為止，只要斐迪南大人幫忙調合，就會提供情報當作報酬。」

……喂喂喂！赫思爾老師！

雖然她好歹是挑選過了對象才透露情報沒錯，若只有斐迪南他們三人我也覺得沒問題，但她拿我的消息當報酬，萬一提供時亞倫斯伯罕的近侍也在場，那她打算怎麼辦啊？

「後來我們任憑老師吩咐，在研究室裡進行調合、指導雷蒙特，卻在這時接到了通知說蘭翠奈維的船隻已經抵達。即使斐迪南大人主張，往年他們都是領主會議過後才到，所以應該把他們趕回去，蒂緹琳朵大人仍是置若罔聞，甚至跑回去擅自為他們打開境界門。我們一接到消息，便也趕回了亞倫斯伯罕。」

……咦咦？這樣是可以的嗎？

不僅打破慣例，還完全不聽旁人勸告。我對這樣的蒂緹琳朵感到目瞪口呆時，在心裡「嗯？」了一聲。尤修塔斯剛才是不是說，她擅自打開了境界門？

「請等一下，那境界門現在也還開著嗎？」

「當然，蘭翠奈維的船隻正如入無人之境似地進出亞倫斯伯罕。斐迪南大人再怎麼極力相勸，蒂緹琳朵大人就是不肯關門。因為能夠開關境界門的只有為基礎染色的奧伯，如今她已是為所欲為。」

雖然為基礎魔法染色的不是蒂緹琳朵，其實是她的姊姊，但眼下這件事不重要。重要的是境界門已經打開了，而且沒有關起來。

我本以為亞倫斯伯罕國境門旁邊的境界門是關著的，所以還打算拜託奧伯．戴肯弗爾格，請他在戴肯弗爾格國境門前的境界門設置轉移陣，連往與亞倫斯伯罕相鄰的境界門。但要是亞倫斯伯罕緊鄰國境的境界門已經開著了，應該就能大幅縮短時間。

「尤修塔斯，亞倫斯伯罕的國境門，以及連結戴肯弗爾格與亞倫斯伯罕的境界門，哪一邊離城堡比較近？」

「國境門吧，怎麼了嗎？」

「那真是太好了，看來可以比預期更快抵達。」

我投以燦笑後，尤修塔斯因為話題突如其來的轉變而愣住。緊接著他直起腰，眼裡滿是好奇，往前傾身問道：「您打算用何種方法及時救人？」

「先不說這個了，你們知道喬琪娜大人現在在哪裡嗎？據蒂緹琳朵大人所說，喬琪娜大人已經做好了出發準備，正等著收到奧多南茲。那麼從亞倫斯伯罕的城堡到艾倫菲斯特，大約需要多久時間？」

「坐馬車的話約莫七天，利用騎獸的話則是兩天左右……但她很可能已經移動到了邊界附近，正等著奧多南茲送去消息。因為以喬琪娜大人要視察祈福儀式為名義，十天前便有堆滿行李的馬車從離宮出發了。」

「那得趕快通知養父大人……」

我急忙站起來，想要送出奧多南茲，但尤修塔斯立刻抬手制止。

「奧伯在貴族院宿舍裡問過同樣的問題，所以他已經知道了。」

「啊，這樣啊。不過，你們兩人是如何前往貴族院的呢？沒有奧伯的許可，應該無法進入轉移廳吧？難道亞倫斯伯罕不是這麼規定的嗎？」

既然有意謀害斐迪南，喬琪娜與蒂緹琳朵想必不可能下達許可，讓這兩人能夠轉移至貴族院。對於我的問題，尤修塔斯揚起苦笑。

「……因為還未舉行星結儀式，斐迪南大人便以魔力供給為條件簽訂了契約。他要求了冬天以外的時間雷蒙特也能待在貴族院，以及身為師父的他自己與我們，都能前往貴族院察看雷蒙特的情況。」

由於雷蒙特的研究在斐迪南的指導下連續兩年獲得表揚，他說身邊的人對此都是大力支持。而斐迪南之所以簽訂契約，一方面是為了讓雷蒙特能遠離城堡裡無謂的派系鬥爭，一方面也是為了緊急情況發生時能逃往貴族院。

「但即使跑回艾倫菲斯特求救，已經前往他領的人也不會被輕易接受。因此斐迪南大人說了，萬一在領主會議之前，還沒來得及舉證告發就出事，我們要以錄了音的魔導具為籌碼，要求艾倫菲斯特重新接受我們。錄音內容包括了蘭翠奈維與亞倫斯伯罕是如何勾結，有過哪些危險發言等等。」

……不只把獻名石還給近侍，還為他們的退路準備好了籌碼，那他自己呢?!他都沒有想過自己嗎?!

發現斐迪南的老毛病還是沒變，永遠把自己排在最後，我不由得怒火中燒。這時，只見尤修塔斯的眼裡閃著狡黠，用實際上一點也不為難的表情看著我說：「……不過，這可真是為難呢。」

「你指什麼呢？」

「對於緊急情況，斐迪南大人不只向我們兩人下達了指示，他也有話要我們轉告大小姐。」

我心中忽然生起非常不祥的預感，但還是非聽不可吧。我撇著嘴角，要尤修塔斯接著往下說。

「斐迪南大人是這麼說的：『我把尤修塔斯、艾克哈特與拉塞法姆都交給妳，妳要安分地待在艾倫菲斯特，別輕舉妄動。這樣一來等我死後，所有一切都會屬於妳，妳也能夠遵守約定，連同尤根施密特守護艾倫菲斯特。』雖然我們不明白這些話是什麼意思，但大小姐能理解嗎？」

……所有一切都會屬於我？

我馬上意會過來，斐迪南指的是梅斯緹歐若拉之書。雖然不知道他是如何得知我取得了梅斯緹歐若拉之書，但從他這些話，我只能得出兩個結論：一是他知道我們正共同持有一本梅斯緹歐若拉之書，二是他也知道自己死後，內容就會完整融合。

……要我安分地待在艾倫菲斯特，別輕舉妄動，意思就是不管發生什麼事，都不能去救他吧？哦……

難以形容的憤怒席捲全身。明明我已經威脅過本人，說他一定要得到幸福才行，還說了不只亞倫斯伯罕，就算要與國王和中央為敵，我也會去救他。

「我明白是什麼意思，但恕我絕不答應。我才沒有興趣乖乖地等著斐迪南大人斷氣，管他事後生多大的氣，我都要去救斐迪南大人，而且會不擇手段。」

「這才是我的好妹妹。」

艾克哈特露出由衷感到開心的笑容說道。尤修塔斯也揚起開心的微笑，同時遞來防止竊聽魔導具。還有什麼事嗎？我納悶地接過魔導具後，發現尤修塔斯正意味深長地注視著我。

「大小姐，您知道嗎？獻名能讓獻名者生，也能讓獻名者死。獻名者不僅會隨著主人身亡而死去，有時也會因為主人的魔力而能在絕境當中存活下來。所以，獻名也能用來使人活著。」

明白尤修塔斯的意思是要我強占斐迪南的獻名石，讓他可以活下去。我不禁臉頰抽擋，腦筋也一片空白。比起生氣，我更感到不知所措。

「……尤修塔斯，所以你早就知道了嗎？」

「當初準備皮袋的人正是我。」

「原來如此……不對，請等一下。那個、這也就是說、你要我……」

他要我擅作主張搶走斐迪南的名字，為他的生命負責。可是，斐迪南一定不會原諒我這麼做吧。況且未經本人許可，我才不想搶走別人的名字。我忙不迭搖頭後，尤修塔斯卻露出了極具威脅性的笑容，微笑說道：

「大小姐，您不是要不擇手段嗎？」

「我是這麼說了沒錯……」

「甚至您還向奧伯他們宣告，為了救出斐迪南大人，就算要與亞倫斯伯罕、中央還有君騰為敵也在所不惜。難道我有說錯嗎？」

「是、是沒錯，雖然沒錯……」

「……既然您都說了即便要與所有人為敵，也要救出斐迪南大人不可，那與這樣的覺悟相比，您不覺得這只是微不足道的小事嗎？」

我覺得這根本是兩回事，該下的決心與覺悟也不一樣。因為斐迪南既沒打算向我獻名，我也從沒想過要背負他的性命。

「倘若最危險的情況就是魔力枯竭而亡，那麼這樣做便能爭取時間，而且在被自己以外的魔力包覆住時，斐迪南大人也能輕鬆一些吧。」

哈特姆特曾令人感到發毛地講述過，他在被主人的魔力包覆住時有多麼沉迷陶醉。

但撇開他個人的感受不說，如果能以主人的身分從外部提供魔力給斐迪南，或許真的能讓他輕鬆許多。我內心不禁有些動搖。

「可是，那我以外的人也可以啊……」

「斐迪南大人最終選擇的託付對象是大小姐，您當真有辦法把這種東西交給其他人嗎？」

面對尤修塔斯帶著譴責的目光，我大力搖頭，「當然不行。」

「現在因為事態緊急，只能不擇手段，所以等到成功救出斐迪南大人後，再立即向他說明原委並歸還名字即可。一直把斐迪南大人的獻名石帶在身邊，您也會惶惶不安吧？」

尤修塔斯再三強調，為了拯救斐迪南脫離危機，只是暫時搶走他的名字。我心不甘情不願地瞪著他。

「……那個石頭並沒有放在盒子裡，請教我怎麼製作盒子吧。」

晚餐過後，我在工坊裡製作了放置獻名石用的盒子，再進入秘密房間，準備奪走斐迪南的名字。我拿出皮革暗袋裡用紙包覆住的獻名石，小心地打開紙張後，裡頭依然躺著那顆刻有庫因特三字的石頭。石頭帶著複雜難辨的色彩，顯示為全屬性。我把它放進剛做好的白色盒子裡，和過往接受近侍們的獻名時一樣，往盒子灌注魔力，將其徹底包覆。為免對方感到痛苦，我一鼓作氣灌注魔力，盒子便在轉眼間改變了形狀。

隨後，我握住變作白繭的獻名石，更是灌注魔力下令道：

「斐迪南大人，請你不要放棄。我絕對會去救你，所以不管用什麼方法都沒關係，請一定要活下去。」

轉移陣

「羅潔梅茵大人，請起床。差不多該開始做準備了。」

奪走斐迪南的名字後，我便上床補眠，沒過多久莉瑟蕾塔來叫我起床。雖然只睡了一會兒，但感覺精神十分不錯。接著莉瑟蕾塔與谷麗媞亞為我換上騎獸服，我也沒忘記要把斐迪南的獻名石放在皮袋裡，然後離開房間。套上魔石鎧甲的護衛騎士們已經在樓下等著了。

「莉瑟蕾塔、谷麗媞亞、拉塞法姆，麻煩你們在圖書館留守了。這些防禦魔導具在使用時……」

「羅潔梅茵大人，您放心吧。不必擔心我們，請專注在要如何營救斐迪南大人。奧伯正在等您。」

莉瑟蕾塔微笑著打斷我後，催促我聯絡齊爾維斯特。我點一點頭，送出奧多南茲。

「養父大人，我是羅潔梅茵，現在要出發了。請問都準備好了嗎？」

「準備已經就緒。地點在第一訓練場，快點過來吧。」

接著由柯尼留斯與萊歐諾蕾帶頭，一行人騎著騎獸，飛往城堡裡騎士團的第一訓練場。就算跟我說地點在第一訓練場，我也不曉得在哪裡，所以只是跟著前面的人。

此時的小熊貓巴士裡，塞滿了大量的魔導具與回復藥水。而哈特姆特與尤修塔斯也坐在騎獸裡頭，負責管理這些東西。

「尤修塔斯，你沒有必要一起坐進來吧……」

「哦？但若要提供藥水給斐迪南大人，我必須溫習一遍種類與順序。這時候若有人該下去，那也是哈特姆特吧。」

但這種事哈特姆特絕不可能同意，所以最後只好讓兩個人都坐上來。哈特姆特對於我的營救大計顯得興致勃勃，很好奇我打算做什麼。尤修塔斯則是到處東摸摸西摸摸，「這騎獸還是一樣這麼有意思。」

……這一次，我得一直和這兩個人一起行動嗎？

看著一點緊張感也沒有的兩人，我輕嘆了口氣。

夜深人靜，貴族區一片漆黑。遠遠看去只見城堡燈火通明，顯示這時間還有許多人在活動。當中最為明亮的，就是騎士的訓練場。

「是羅潔梅茵大人！」

「喂，快後退，騎獸要下來了！」

明明時值深夜，第一訓練場內卻聚集了比平常還要多的騎士。顯然是加派了夜班的騎士在此待命，以備隨時提供支援。大家的表情都正經嚴肅，現場氣氛也非常緊繃，看得出來全對喬琪娜嚴陣以待。和我騎獸裡頭的氣氛完全不一樣。

「在這裡。」

第一訓練場內設有巨大的轉移陣，齊爾維斯特與他的近侍們就站在上頭等候。這是只有領主能夠設置的，轉移活人用的轉移陣。有了這個，我們就可以瞬間轉移到國境門所在的克倫伯格。

「養父大人，非常感謝您費心準備。」

「不用道謝。因為剛好可以預先演練一下，若亞倫斯伯罕發動襲擊，我們能否成功轉移一大群人。若能順利運作，對我們也有莫大的好處。」

我與齊爾維斯特說話的時候，除了載有大量行李的小熊貓巴士外，其他人都收起了騎獸，一一站上轉移陣。卡斯泰德趁著這短暫的空檔，輕拍了拍艾克哈特與柯尼留斯的肩膀。

「艾克哈特、柯尼留斯……你們兩人身為護衛騎士，一定要保護好斐迪南大人與羅潔梅茵大人，平安歸來。」

「謹遵吩咐。」

眼看所有人都站上轉移陣，齊爾維斯特抬起手來。在他身後的幾名護衛騎士迅速動作，跪下來把手貼在轉移陣上。灌注了魔力以後，轉移陣開始亮起黑金兩色的光芒，大家身上的明亮黃土色披風也跟著翻飛起舞。緊接著，齊爾維斯特高舉思達普。

「涅盧瑟爾，克倫伯格。」

就和轉移至貴族院時一樣，視野瞬間開始扭曲。感到頭暈想吐的我趕緊閉上眼睛，等著這種隱隱飄浮在半空中的感覺消失。這時正好有人大聲喊道：「奧伯．艾倫菲斯特，歡迎您大駕光臨。」我慢慢睜開眼睛後，就看見基貝．克倫伯格正帶領著幾名騎士前來迎接我們。

……真的到了呢。

眼前正是克倫伯格的夏之館。曾經初任領主在基貝的宅邸都設有轉移陣，以備領內發生什麼變故時，可以從貴族區的城堡派遣騎士團前來。只是後來領主都換了好幾任，始終也沒發生過需要派遣多人數騎士團的大事，所以漸漸地就連領主也都忘了有這個轉移陣的存在。而我透過梅斯緹歐若拉之書發現了這件事以後，便希望齊爾維斯特能在這次的移動使用這個轉移陣，他於是幫忙找出來重新修整。

「嗯，這還真是方便。如果領地南邊出了什麼事也能用。」

齊爾維斯特看著腳下的轉移陣說完，負責灌注魔力的騎士們都面露些許難色，「雖然是很方便沒錯……」

「但如果在趕往戰場時使用這個轉移陣，抵達後不僅得先飲用回復藥水，還得花時間等待魔力恢復。畢竟要我以現在的狀態馬上上戰場，恐怕是強人所難。」

「那如果由文官或侍從來發動魔法陣呢？」

「只為了這個目的就帶他們上戰場，未免太危險了吧。」

「要是能讓留守的人灌注魔力就好了，但他們碰了轉移陣後，說不定會只有手被轉移過來。偏偏這種事情也無法測試。」

一到克倫伯格，一行人便針對轉移陣開始討論起來，我於是出聲打斷：

「養父大人，討論還請之後再說，先去打開境界門吧。」

「說得也是。現在不急著討論，我們走吧。」

從宅邸這裡，也能看見月光下潔白醒目的境界門。我努力地克制自己不要一馬當先往前衝，等著大家變出騎獸。齊爾維斯特與他的近侍們先起飛，我們再操縱騎獸跟上。

到了境界門後，齊爾維斯特變出思達普，輕敲門扉詠唱道：「耶夫尼圖亞。」雪白的境界門於是緩緩開啟，緊接著國境門映入眼簾，表面的淡虹色光澤如同螺鈿工藝所用的貝殼珍珠層，而且除了灑下的月光外，國境門本身似乎也散發著微弱的光芒。是魔力的關係嗎？

「……羅潔梅茵，妳真的可以嗎？」

「放心吧。」

齊爾維斯特舉目看向國境門，喃喃問道。即使沒有取得國家的基礎，只要有古得里斯海得還是可以使用國境門。好比前任君騰的第二王子曾帶著父親交給他的古得里斯海得去開關國境門；建立蘭翠奈維的杜爾昆哈德也自行打開過國境門，往外尋找新天地。

……不過，因為我的梅斯緹歐若拉之書少了許多魔法陣，所以無法開關國境門，只能使用內部早就設置好的轉移陣。

但這次這樣就足夠了。我走下騎獸後，接著走向國境門，變出思達普。

「古得里斯海得。」

手中旋即出現了梅斯緹歐若拉之書。雖然可以聽見身後的人們都倒吸口氣，但我不予理會，直接將梅斯緹歐若拉之書按在門上。

……嗚哇！

瞬間，我感覺到了魔力正以驚人的速度向外流出。大概是因為太久都沒有人供給魔力了吧。灌注了魔力以後，泛著淡淡虹彩的國境門開始綻放強烈光芒。與此同時雖然並不明顯，但某處也傳來了滑動的聲響，三角形的屋頂開始往左右兩側滑開。

「噢……這幕景象真是雄偉壯觀。」

「而且美麗得無與倫比呢。」

用陶醉不已的語氣這麼說的人，正是哈特姆特與克拉麗莎。

「不僅有著受到黑暗之神寵愛的夜空色長髮，還有著得到光之女神加護的金色眼眸，以及蒙受諸神祝福的美貌。如今更是手持古得里斯海得，讓全屬性的國境門再次大放光芒，這副模樣簡直就是睿智女神梅斯緹歐若拉的化身。」

……拜託你們，不要再說了。克倫伯格的人會被嚇得倒退三步！

但遺憾的是，克倫伯格的人並沒有被嚇到。反而除了克拉麗莎與哈特姆特充滿興奮的讚美外，現場還響起了齊爾維斯特與克倫伯格騎士們的驚嘆。

「國境門居然在發光，這種事情……」

「那是古得里斯海得嗎?!」

「難道羅潔梅茵大人……」

畢竟克倫伯格的國境門長達兩百年左右都沒有動過了。光是看到國境門在吸取了魔力後大放光芒，就讓人吃驚得眼珠子快掉下來了吧。

但我才不在乎周遭眾人有多麼驚訝，因為現在可是分秒必爭。我凝神注視著打開來的屋頂，如果沒錯的話，從國境門前往另一處國境門的轉移陣就在那裡頭。

「雖然從門柱裡的樓梯也能上去，但現在為了節省時間，我直接用騎獸載你們上去吧。但只有開了門的我可以從上面進去，其他人會被彈開，所以請要去亞倫斯伯罕的人都坐到我的騎獸裡來。」

我指示要前往亞倫斯伯罕的近侍們收起騎獸，坐進小熊貓巴士裡。在等大家坐進來的時候，我再轉向齊爾維斯特。

「養父大人，那我出發了。我一定會帶著斐迪南大人回來。」

「慢著，羅潔梅茵。這個給妳……是席格斯瓦德王子託我轉交的。」

齊爾維斯特遞來一個金色的魔導具項鍊。看起來似乎是護身符，刻有著王族徽章，還鑲著共計六屬性的魔石。此外雖然效用不算強大，但也刻有守護魔法陣。

「席格斯瓦德王子請您轉交的嗎？兩位是何時見面的呢？」

「就在我與尤修塔斯他們談過話後。」

齊爾維斯特說他緊急聯絡了君騰以後，君騰便希望可以當面了解情況。好像是亞納索塔瓊斯建議了他，既然有我牽扯其中，那就無法預料會發生什麼事情，所以最好能在事前盡量掌握情況。

「一開始君騰本是指定三天後會面……但等到了三天後，一切大概就都結束了吧？所以我便回覆『那樣會變成事後報告』，君騰才改派了席格斯瓦德王子來艾倫菲斯特的茶會室。」

聽說是因為君騰十分忙碌，剛好今天騎士團長勞布隆托又休假，所以他不便外出。齊爾維斯特於是向來到茶會室的席格斯瓦德說明情況，並且收下了他要求轉交的這個護身符。

「王子說了，這是王族下達許可的證明，所以妳一定要戴在身上。轉過去，我幫妳戴上吧。」

畢竟我們將去奪取亞倫斯伯罕的基礎魔法，有無王族下達許可的證明，情況將會大不相同。面對反彈強烈的貴族，應該能在壓制他們時派上用場吧。尤其我只是想營救斐迪南，只要不來礙事，我無意與亞倫斯伯罕的貴族兵刃相向。

……希望出示這個以後，貴族們就會非常乾脆地讓路。

但是，萊蒂希雅可是國王指定的下任領主，還是錫爾布蘭德的未婚妻，就連她也被設計陷害，奉王命前往的斐迪南更是險些遭到殺害，感覺這個領地的貴族才不會因為我拿出王族的許可證，就全都乖乖地俯首聽命。不過，至少會對支持萊蒂希雅的貴族與中立派貴族們有用吧。

我決定心懷感激地接下席格斯瓦德的好意，轉過身背對齊爾維斯特，然後撥開頭髮，方便他戴上項鍊。這時，我忽然想起了見習青衣巫女時期收到黑色護身符的情景。與那時不同，現在幾乎每天都有侍從會幫我戴上飾品，所以我的預備動作已經非常熟練。再也沒有人會對我說：「沒有男人送過妳飾品嗎？」

……我真是大有長進。現在根本是飾品收不完。

「這跟養父大人送過我的黑色護身符好像呢。所以這次換成席格斯瓦德王子的護身符會保護我嗎？」

「應該會連同妳想保護的人一起保護吧……去吧。」

扣上扣環的聲音傳來，緊接著齊爾維斯特輕推了我的背。我點點頭坐上騎獸，然後飛往國境門上方，降落在滑開的屋頂內部。

我所降落的地方是一片光滑的虹色地板，偌大的轉移陣就設置在這上頭。是因為在遙遠的過去，君騰每年都會帶著近侍前來吧。根據梅斯緹歐若拉之書裡古老時代的記述，從前君騰還會騎著騎獸，領著成群的近侍，聲勢浩大地於國境門所在的城市上空來回奔馳。只不過隨著時代變遷，同行的人數逐漸變少，慢慢也開始節省魔力。

接著我走下騎獸，站到轉移陣上，可以看見克倫伯格境界門的屋頂，以及屋頂上方騎著騎獸的齊爾維斯特與卡斯泰德等人。我笑著揮揮手後，變出思達普。

「古得里斯海得。」

為了在夜裡一團漆黑的情況下也能閱讀，我所持有的梅斯緹歐若拉之書表面能夠發光，非常方便又容易閱覽。我移動指尖進行操作，搜尋了發動轉移陣的方法，最後點擊出現在螢幕上的魔法陣。

「卡修盧瑟爾，戴肯弗爾格。」

下一秒魔法陣從螢幕裡飛出，飄浮於半空中綻放全屬性的光芒，然後開始在轉移陣上方旋轉。彷彿受光芒所驅使，底下的轉移陣也開始轉動起來。驚覺體內的魔力同時從上下兩邊被吸走，我嚇了一大跳，但旋即任由魔力釋出。

洶湧奔騰的光流使得視野一片亮白。發現轉移時特有的騰空感襲來，我閉上眼睛。離開前最後一刻，只聽見齊爾維斯特這樣大喊：「羅潔梅茵，斐迪南就拜託妳了！」

出征

「噢噢噢噢噢!!」

我正強忍著轉移特有的搖晃不適感時，不遠處傳來了雄勁渾厚的吶喊。單憑這點我就知道自己到了戴肯弗爾格。面對即將到來的真正迪塔，聽得出吶喊聲中充滿激昂，感覺周遭的溫度上升了足足五度左右。老實說，這熱情真讓人難以招架。

睜開眼睛，我們正身處在國境門內，而轉移陣亮著光芒，國境門本身也隱隱泛光。只不過由於屋頂還沒打開，戴肯弗爾格的騎士們尚未映入眼簾。

「屋頂都還沒打開，聲音就傳到了這裡來呢。再這樣下去，在出發去亞倫斯伯罕之前，騎士們就會因為興奮過度而消耗不少體力吧……」

「放眼戴肯弗爾格，絕沒有這樣弱不禁風的騎士存在，請您放心吧。」

克拉麗莎面帶笑容，挺起胸膛向我這麼打包票。然而，我聽了卻馬上產生另一種擔憂。那就是我真的要率領這群如此慷慨激昂的騎士嗎？

「況且國境門已經超過十年以上沒有君騰到訪，現在又重新動了起來，大家當然激動呀。」

……啊，對喔。對戴肯弗爾格來說，才相隔十幾年而已。

聽完克拉麗莎的解釋，我沒來由地接受了眼下的情況。因為在艾倫菲斯特的克倫伯格，這樣的現象原本只存在於歷史的記述裡，但在戴肯弗爾格，卻是人們過去曾親眼目睹的景象，所以不至於吃驚到發不出聲音來吧。

我獨自走下騎獸，變出梅斯緹歐若拉之書按在內部的牆上，開始灌注魔力。隨著國境門的屋頂徐徐打開，吶喊聲也越來越亢奮嘹喨。確認屋頂完全打開後，我再坐進騎獸往外飛去。

只見境界門上方聚集了許多騎士，人數遠遠超出我的預期。右側的門柱上整齊地排著共計十列騎士，每列各有十人，全都穿好了鎧甲準備出征。此外還有兩道人影站在這群騎士前方，應該是指揮官吧。左側的門柱上方則是更加密密麻麻，人數比右側的要多出好幾倍，但這邊的人並未身穿鎧甲，所以應該是來送行和參觀的吧。

於是我操縱著騎獸往右側的門柱上方飛去，便看見領主夫婦與藍斯特勞德正帶領著近侍們，站在自願出征的騎士隊伍前方。

……咦？沒有看到漢娜蘿蕾大人。因為她還未成年嗎？

畢竟現在已經是午夜了，不在也很正常。總之在場的戴肯弗爾格領主一族中，並未看見漢娜蘿蕾的身影。由於之前在貴族院幾乎沒說到幾句話，所以我本來還希望至少打聲招呼，但眼下這種情況也是無可奈何。心裡有些遺憾的我走下騎獸。

「奧伯．戴肯弗爾格以及在場自告奮勇的騎士們，對於我如此臨時的請託，非常感謝各位願意回應，並且伸出援手。」

除了用水鏡通過話的奧伯，其餘所有人皆屏氣凝神地注視著我，尤其藍斯特勞德那滿是錯愕的目光令我渾身不自在。正當眾人都啞然失聲地看著我時，不知為何漢娜蘿蕾的聲音突然從背後傳來。

「雖然早已聽奧伯說過了，但您真的是羅潔梅茵大人嗎？」

「是的，沒錯。」

我反射性地回答後，轉向聲音傳來的方向。

……咦？等一下。

但我記得在場除了奧伯他們以外，只有全身穿著鎧甲的騎士而已啊。轉頭看見漢娜蘿蕾的我倒吸口氣，而她也瞪大了眼睛盯著我瞧。

「漢娜蘿蕾大人，您這副打扮難道是……」

漢娜蘿蕾正穿著以魔石變成的全身鎧甲，表示她也是將要出征的一員。

「因為三年級比迪塔的時候，我做出了非常不該做的事情來。而且在戴肯弗爾格，因迪塔留下的恥辱就要用迪塔的勝利來洗刷。所以我會竭盡所能助羅潔梅茵大人一臂之力，還請讓我一同前往吧。」

漢娜蘿蕾露出靦腆的笑容說道，但那身文靜乖巧的氣質與她說的話一點也不搭。

……因迪塔留下的恥辱就要用迪塔的勝利來洗刷？這也太奇怪了吧?!

漢娜蘿蕾可是還未成年的女性領主候補生，真的要讓她前往亞倫斯伯罕嗎？而且我們是要去打仗，並不是去觀光。我不由得臉頰抽搐，看向並肩而立的領主夫婦。然而，就連第一夫人也是一副這理所當然的表情，從現場氣氛來看，如今更是阻止不了漢娜蘿蕾了吧。正如她本人所說，這在戴肯弗爾格多半是值得表揚的行為，但在艾倫菲斯特根本不可能。

……領地間的風俗差異真是太巨大了。

想到這裡，我恍然驚覺。準備要帶頭攻打他領的自己，也是未成年的女性領主候補生。我根本沒資格對戴肯弗爾格說「這樣不成體統」，因為全都可以反過來對我說。

……不——！難道我才是那個最不成體統的人?!

「羅潔梅茵大人，方便打擾一下嗎？」

聽見萊歐諾蕾的叫喚，我馬上立正站好。

「趁著您與奧伯寒暄，我想與戴肯弗爾格的騎士們先討論好相關事宜。畢竟若等到了亞倫斯伯罕的國境門再討論，可能就來不及了。」

從抵達戴肯弗爾格時眾人的反應來看，恐怕轉移之際，國境門都會發光。屆時在前方的境界門值守的騎士們，肯定會在我們一轉移過去就發現。偏偏我們又想一鼓作氣直奔神殿，避免與人交手。由此看來，等到了亞倫斯伯罕的國境門，我們絕對沒有時間悠哉地討論商議，而且要是還在討論的時候，亞倫斯伯罕的騎士們全都趕來就糟了。如果想要交流資訊或是決定信號，最好都趁現在完成。

「那就麻煩妳了。」

「那麼，護衛羅潔梅茵大人的工作就交給安潔莉卡與文官們了。我們走吧。」

萊歐諾蕾拿著我預先交給她的地圖，走向戴肯弗爾格的騎士。一般人或許會覺得，怎麼能把護衛的工作交給文官們吧。但目前在場的文官，一個是連斐迪南也認可為戰鬥成員的尤修塔斯，一個是戴肯弗爾格出身的尚武文官克拉麗莎，最後是哈特姆特，所以萊歐諾蕾的判斷其實合理又準確。

……戴肯弗爾格實質上的指揮官是海斯赫崔先生啊。

剛才與漢娜蘿蕾並肩站在一起的騎士，正是海斯赫崔。他身披熟悉的藍色披風，神情認真地端詳起地圖，嘴裡還嘀咕說：「這麼詳盡的地圖是從哪裡來的？」

「羅潔梅茵大人，那我身為指揮官之一，也過去參加討論了。」

漢娜蘿蕾微笑說完，便往騎士們的方向移動，於是我重新面向領主夫婦與藍斯特勞德。我先是感謝他們願意幫忙向其他上位領地求援，再表示我們已與王族取得聯繫。

「有了這個王族徽章，各位便能相信我所言不假吧。這是席格斯瓦德王子提供的許可證明。」

我從衣服裡拉出項鍊，好讓領主夫婦可以清楚看見。見到王族給予的許可證後，在場眾人都微微瞠目。

「原本光聽奧伯的說詞，我還半信半疑，但既然王子送給了妳如此高品質的徽章項鍊，看來是真的呢。」

第一夫人轉頭看向奧伯・戴肯弗爾格，緩緩地吐口氣後，再彎起優雅微笑看向我。

「那麼，戴肯弗爾格會遵從君騰的旨意。」

「齊格琳德大人，非常感謝您。」

「好，那我也應艾倫菲斯特的請求，前往參加真正的……」

奧伯・戴肯弗爾格猛然往前傾身，但在帶著森冷笑容的齊格琳德注視之下，氣勢瞬間委靡下來。讓丈夫閉上嘴巴後，齊格琳德再對我微微一笑。

「如若收到君騰的指示，戴肯弗爾格將會由奧伯率領騎士前往中央。畢竟藍斯特勞德才剛成年不久，面對中央騎士團與王族，只怕應對上還有不周之處。」

很輕易就能想像出奧伯．戴肯弗爾格在說了他也想參加真正的迪塔，便被齊格琳德臭罵一頓，所以我只能乾笑。

「但對於不是藍斯特勞德大人，而是漢娜蘿蕾大人要前往亞倫斯伯罕，真是教我大吃一驚呢。」

「如羅潔梅茵大人所知，我是下任奧伯。當奧伯前往中央時，我必須守護基礎。這是我的職責，不能交給漢娜蘿蕾。」

聞言，我瞄了一眼似乎曾要求過想參加真正迪塔的奧伯．戴肯弗爾格，並對藍斯特勞德表示讚賞。

「藍斯特勞德大人，您如此堅守崗位實在教人佩服。不過，您用這麼有禮的語氣和我說話，讓人有些坐立難安呢……」

明明至今一直對我口出惡言，態度也狂妄又無禮，但在我突然長大以後，態度卻有了一百八十度大轉變。即使現在是公開場合，未免也太恭敬有禮了。再加上只要眼神一與我對上，他就會馬上別開，不肯與我四目相接，這點也很奇怪。

「如今羅潔梅茵大人擁有古得里斯海得，我不能再以從前那種態度隨意攀談。」

……原來不是因為我長大了，而是因為我擁有梅斯緹歐若拉之書啊。

這是現任君騰與王族皆未持有的，正統國王的證明。戴肯弗爾格的歷史又源遠流長，也難怪領主一族會心懷敬畏。只要看過那本厚厚的史書就能明白。

「但就算是這樣，還是請您用以前的語氣和我說話吧。不然感覺一下子有了距離，讓人心裡有些惆悵呢。」

「……哼，既然妳都這麼說了，那好吧。」

看到藍斯特勞德變回以往的態度，我有些鬆了口氣。這時，藍斯特勞德頻頻往我瞥來，小聲問道：

「這次出征妳有勝算吧？我不是擔心妳，而是擔心漢娜蘿蕾。因為對她來說，這是一雪前恥的大好機會，而且這次是由妳領軍，漢娜蘿蕾應該也不會再做出主動認輸這種魯莽的舉動……但……」

在戴肯弗爾格，明明參加了迪塔卻主動認輸，似乎是非常屈辱的事情。因為三年級比迪塔時，漢娜蘿蕾握住韋菲利特的手，主動離開了陣地。藍斯特勞德說了，漢娜蘿蕾能否恢復名譽，全看這一戰。他那雙紅色眼眸裡有著對漢娜蘿蕾的擔憂。

「如果只是要奪取基礎，這件事並不難喔。此次行動最困難的部分，在於救出斐迪南大人。」

「羅潔梅茵大人，我們一定要救出斐迪南大人。我也會全力以赴。」

大概是討論已經結束，海斯赫崔往這邊走來，神色僵硬地敲了敲自己的胸口。

「上次我自以為能讓斐迪南大人得到自由，結果卻是大錯特錯。既然這次有羅潔梅茵大人的指引，我絕不會再重蹈覆轍，一定能幫上忙吧。」

海斯赫崔的臉上滿是懊悔。由於自己也推了一把，促成斐迪南前往亞倫斯伯罕，看得出來他對此追悔莫及。畢竟他出於好意做的事情，結果卻造成了反效果，心裡一定很過意不去吧。

「等成功救出了斐迪南大人，我就要把這個披風還給他。因為我要靠著迪塔贏得真正的勝利，再從斐迪南大人手中拿回來。」

海斯赫崔抓著身上的披風，仰望夜空說道，臉上的表情像是下定了重大決心。

雖然對海斯赫崔來說是非常重大的決心，也看得出來他極其認真，但我想像了斐迪南收到他披風時的畫面後，內心不由得五味雜陳。因為斐迪南與海斯赫崔的反應肯定會有天壤之別。

……斐迪南大人一定會露出嫌棄的表情吧。就算再收到海斯赫崔先生歸還的披風，他也用不到啊。

一想到斐迪南被救出來以後，海斯赫崔就會硬是把披風塞回他手中，還要求比迪塔，那幅畫面便令我想笑。不過，他再怎麼嫌棄，也比放棄了一切的表情要好得多。

……斐迪南大人，你就帶著一眼便能看出非常嫌棄的表情，與海斯赫崔先生比迪塔吧！只不過千萬別把我拖下水！

「您有這份決心真是教人高興，我們一起成功救出斐迪南大人吧。」

「是，迅疾更勝休泰菲黎茲！」

海斯赫崔鏗鏘有力地說完，轉頭看向漢娜蘿蕾。

「漢娜蘿蕾大人，請舉行儀式！」

「好的！羅潔梅茵大人，那請您站在中心。」

「那個，可是我不會跳舞啊?!」

突然被指名的我瞪大雙眼。然而，漢娜蘿蕾卻是面帶微笑不予理會，徑直走向自己該站的位置。

「您不必跳舞，和之前首次舉行儀式時一樣即可。既然要提升士氣，由羅潔梅茵大人站在中心是最適合不過的了吧？」

「噢噢噢噢噢！漢娜蘿蕾大人說得沒錯！」

「我終於可以親自領受羅潔梅茵大人的祝福了！」

「羅潔梅茵大人可是正確重現了戴肯弗爾格古老儀式的艾倫菲斯特聖女！」

確實這次煽動要比迪塔的人是我；利用國境門，惹得他們更熱血沸騰的人也是我。雖然很想說：「別舉行什麼儀式了，快走吧。」但在戴肯弗爾格，比迪塔前舉行儀式是理所當然的事情，而且預先給予祝福，在戰場上也比較有利。這種時候我不能拖拖拉拉地浪費時間，害得大家士氣下降。

……雖然知道避免不了，但現場這股氣勢也太不尋常了吧？

漢娜蘿蕾都指定要我上場了，觀眾的歡呼與周遭人們充滿期待的眼光也讓我不敢說不，只好站到門柱上方的平臺中央。

……唔唔，得小心別給予太多的祝福才行。

緊接著，戴肯弗爾格的騎士與我的近侍們迅速地圍成圓圈。我看著眾人做了個深呼吸後，高舉起思達普。

「賜予將上場戰鬥的我們力量吧！嵐恩翠！」

一眨眼思達普就變成了萊登薛夫特之槍。騎士們紛紛跟進，將思達普變成長槍。戴肯弗爾格的騎士當中，似乎有幾個人也變出了萊登薛夫特之槍，應該不是我看錯。

「創世諸神，吾等在此敬獻祈禱與感謝。」

眾人整齊劃一地舉起長槍，敲向地面。旁邊的觀眾跟著發出「噢噢噢噢噢!!」的吶喊，就連空氣也為之振動。我不由得跟著緊張與興奮起來，心臟逕自跳得飛快。

「賜予我們贏取勝利的力量吧，強大如同無人能敵的安格利夫。賜予我們贏取勝利的速度吧，迅疾如同無人可比的休泰菲黎茲。」

儘管我只負責詠唱禱詞，但周遭的騎士們卻是一邊高歌，一邊俐落地舞起長槍。他們迅猛有力地轉動長槍，以槍柄敲擊地面。換手拿取時，碰撞鎧甲所響起的金屬聲就像是在打著拍子。每一次鏗鏘聲響，觀眾都跟著吆喝，四周的溫度彷彿跟著上升。我油然有種與眾人融為一體的感覺，激昂得全身血液都在沸騰，接著舉起長槍。

「戰鬥吧！」

就連觀眾也異口同聲。高舉起長槍後，五顏六色的祝福先是劃破夜空，然後傾盆灑下，現場觀眾發出了格外亢奮的嘶吼。

就在這時，奧伯．戴肯弗爾格往前一站，振臂高喊：

「去吧，你們可是我們戴肯弗爾格的精英！務必奪得亞倫斯伯罕的基礎！迅疾更勝休泰菲黎茲！」

「是！迅疾更勝休泰菲黎茲！」

讓漢娜蘿蕾及其護衛騎士，還有我的近侍們都坐進小熊貓巴士後，我操縱著騎獸飛向國境門的屋頂。剩下的騎士則是讓他們從樓梯上來。反正我看戴肯弗爾格的騎士們體力十分旺盛，跑一下沒什麼問題吧。

「羅潔梅茵大人，在所有人都上來前，請您先飲用魔力回復藥水，然後盡量縮小騎獸停在轉移陣的範圍外。趁著還有時間，我們先把干擾敵人用的魔導具發給戴肯弗爾格的騎士們吧。」

聽完萊歐諾蕾的指示，我納悶地眨了眨眼睛，馬提亞斯於是指向轉移陣說明：

「因為這個轉移陣容納不了多達百人，又都身穿鎧甲的騎士。雖說會給您的魔力造成負擔，但必須分成兩次進行轉移。」

馬提亞斯接著又說，因為能分散敵人注意力的人手是越多越好，所以與其減少同行的騎士人數，最好還是分成兩次進行轉移。

「第一批轉移的人必須走樓梯離開。所以轉移過去之後，他們得先在樓梯上待命。第二批轉移的人則要盡可能坐進羅潔梅茵大人的騎獸。」

他們說第二批轉移的人會先坐在小熊貓巴士裡，進入亞倫斯伯罕的境界門上空後再換乘自己的騎獸。這樣一來就能引開境界門騎士們的目光，讓走樓梯的騎士們能夠安全離開國境門。

「……斐迪南大人曾經主張該在境界門部署騎士，但表示贊同的騎士團長卻在之後遭到免職，所以境界門那裡現在應該沒有騎士。」

儘管艾克哈特這麼表示，但我實在很難想像境界門竟然沒有騎士看守。尤其現在蘭翠奈維的船隻正自由進出，今天白天城堡裡頭也出了大事。蒂緹琳朵不僅誣陷了萊蒂希雅，還想把她抓起來，近侍們一定會挺身保護她吧。騎士們肯定也正奉領主一族之命，在一頭霧水的情況下到處奔波。

「今天一天發生了這麼多事情，騎士的部署說不定已經與尤修塔斯還有艾克哈特哥哥大人知道的不一樣了。況且有這麼多人未經許可就穿過境界門，為基礎染色的奧伯肯定會發現的吧。不管任何時候，掉以輕心可是大忌。我決定採用萊歐諾蕾與馬提亞斯的建議。」

「大小姐說得沒錯，一切還是小心為上。但首先該注意的，是亞倫斯伯罕的國境門位在海上。從樓梯出來的人若沒做好準備，會直接掉到海裡去。」

……那可就糟了。

我們在商議的時候，戴肯弗爾格的騎士們已經從樓梯跑上來，在轉移陣上整齊列隊。等到轉移陣上站滿了人，我們先是說明接下來的行動，隨後進行第一次轉移。緊接著，我再讓剩下的騎士們都坐進小熊貓巴士裡，進行第二次轉移。大概是因為國境門已經盈滿魔力，所以轉移所耗的魔力減少了許多。

不同於從克倫伯格轉移到戴肯弗爾格的時候，明明國境門散發出了光芒，外頭卻一點動靜也沒有。但也因為太過安靜，讓人覺得敵人是否正嚴陣以待。

「在樓梯待命的人員已準備就緒。」

第一批轉移前來的騎士們捎來奧多南茲，簡短地小聲報告。現場氣氛緊張萬分，我也壓低音量提醒大家小心，然後等到國境門的屋頂完全打開，便操縱著小熊貓巴士一鼓作氣起飛。到達國境門前的境界門上空後，戴肯弗爾格的騎士們一一跳出小熊貓巴士，換乘自己的騎獸。與此同時，在門柱裡待命的騎士們也跳上騎獸，往外起飛升空。所有騎士皆手持武器，警戒地察看四周。

「……怎麼會一個人也沒有呢？明明有這麼多人穿過境界門，奧伯應該會發現才對呀……」

漆黑的海平面上，國境門正綻放虹光，從遠處看來想必也十分醒目。境界門也在反光下朦朧地泛著白光。然而，四下竟空無一人，讓人覺得自己還這麼戒備又小心有點哀傷。騎士團也絲毫沒有趕來的跡象，昏暗的夜色中，只有海浪拍打在門上的聲音格外空虛響亮。

「難不成他們正在進行準備，要在黑暗中偷襲我們？」

「現在這樣反而更讓人不安呢。」

「我早就說過了，這裡不會有任何人。既然目的不在交手，那不是正好嗎？趁此機會直奔目的地。漢娜蘿蕾大人，麻煩您按照計畫前往城堡周邊，引開他們的注意力。」

艾克哈特這麼下達指示後，漢娜蘿蕾與海斯赫崔便向散開來保持警戒的戴肯弗爾格騎士們打了個手勢。

「克拉麗莎，麻煩妳與漢娜蘿蕾大人一起行動。有妳的廣域輔助魔法，相信能在干擾作戰上起到很大的作用。」

「遵命。還請各自小心！」

確認克拉麗莎加入漢娜蘿蕾一行人後，我緊緊握住小熊貓巴士的方向盤。

「艾克哈特哥哥大人，那麻煩您帶路了。因為我完全不會看地圖！」

亞倫斯伯罕的神殿

小熊貓巴士在幾乎要與夜空相融的海面上疾奔。由於戴肯弗爾格騎士們的目標是高地上的城堡，而亞倫斯伯罕的神殿與艾倫菲斯特不一樣，坐落在貴族區的正中央，所以中途與他們分道揚鑣後，我們便轉往神殿的方向繼續前進。

在海上奔馳了一會兒後，漸漸地可以看見港口。或許是領民夜裡也會出海捕魚，好些光點零星散布，似乎還有人在活動。可以的話，真希望這次攻打不會波及到平民。我在心裡這麼祈禱著，然後強化視力，凝神注視在這個世界裡第一次看到的海港。在外觀熟悉的船隻當中，有幾艘船格外巨大，船身呈銀色，輪廓也十分奇特。

「有幾艘銀色的船特別不一樣呢。尤修塔斯，那是什麼？」

「大小姐，那便是蘭翠奈維的船隻。」

「看起來簡直就像是細長版的『潛艇』呢。」

我沒有多想地脫口說出感想後，銀色的船身忽然讓我後頸一涼。

「……該不會魔力也對那些船沒有作用吧？」

「有可能。因為這些船在穿過國境門時還是黑色的，來到海面上後才變成銀色。」

尤修塔斯的話聲頓時變得僵硬。看來是之前也沒有特別意識到這件事。

「這表示魔力不起作用的銀色物品不只有布料呢。請馬上送出奧多南茲，提醒漢娜蘿蕾大人他們這件事情。尤修塔斯、哈特姆特，有沒有什麼辦法也能提醒艾倫菲斯特與中央呢？」

「眼下除了送信以外，沒有其他聯絡方式能夠跨越邊界。遺憾的是我手邊並未攜帶魔導具信與墨水，所以得等到了城堡才能寄送。」

「身為羅潔梅茵大人的文官，我早已習慣隨身攜帶。我現在馬上寫信。」

哈特姆特立刻掏出隨時隨地可用的書信組，寫好信後送往艾倫菲斯特與中央。他說因為我平常總是想到什麼，就會要求寫信送去給無法使用奧多南茲的平民，只是沒想到這樣的有備無患能在這種時候派上用場。

「大小姐，那裡便是亞倫斯伯罕的神殿。」

尤修塔斯指著左前方說道。正當這個時候，城堡上空傳來了轟隆的爆炸聲響。看樣子是戴肯弗爾格騎士們的干擾行動開始了。

「大小姐，那我們快走吧。」

由戴肯弗爾格的人負責引開注意力，我們則是越過神殿大門，在庭院降落。大門內側一片靜寂無聲。時值深夜，可能是大家都已經睡了，所以也沒人守門。可是，明明有這麼多騎獸在神殿內降落，居然沒有驚動任何人。

「……感覺不太對勁呢。」

其實就個人而言，這種情況反倒讓我有些鬆了口氣。因為萬一碰到守門神官，就得把他們抓起來，或是逼著他們帶我們去找神殿長或神官長，但我很不想要對灰衣神官動粗。話雖如此，眼下未免太過安靜。

「亞倫斯伯罕的神殿都不派人守門嗎？」

「關於神殿的內部消息，恕我實在難以蒐集到情報。因為祈福儀式時也是由神官們帶來聖杯，所以我們從未進過神殿……」

很抱歉沒能為您解惑——尤修塔斯搖頭說道。大概是因為亞倫斯伯罕的近侍一直跟在身邊，所以就算尤修塔斯想要多蒐集點情報，也無法脫身溜來神殿、打探消息吧。

「那就只能直接問神殿裡的人了呢。我會帶著已獻名的護衛騎士進入神殿，完成自己該做的事情，請尤修塔斯與哈特姆特……」

「且慢，羅潔梅茵大人。這裡可不是艾倫菲斯特的神殿。內部情況尚未查明，怎能讓您直接進入他領的神殿。」

坐在後座的哈特姆特微笑說道，同時伸長手臂，從行李堆裡拿來一個木盒。

「哈特姆特，你在說什麼啊？現在沒有時間了，而且我必須親自……」

「若要讓羅潔梅茵大人進入他領的神殿，必定要先排除所有危險。這件事就交給身為神官長的我，請您在騎獸裡稍候。此外因為便於封口，希望能由已向羅潔梅茵大人獻名的馬提亞斯與勞倫斯來助我一臂之力。護衛工作就交給並未獻名的柯尼留斯、萊歐諾蕾與安潔莉卡，這樣您看如何？」

哈特姆特抱著木盒說道，臉上的笑容有著不容拒絕的魄力。除了齊爾維斯特，我沒告訴過任何人基礎在神殿裡的哪個地方，但哈特姆特似乎已經大略猜到了。看著他了然於心的笑臉，我在心裡大吃一驚，支吾其詞地向他確認。

「……哈特姆特，你已經知道我要去神殿的哪個地方了嗎？」

「為了救斐迪南大人，您在下定決心要奪取亞倫斯伯罕的基礎後，便來到了神殿。再想想您消失時的情景，自然不難想見您打算前往神殿的何處。況且在艾倫菲斯特部署防衛人力時，您也特別留意這個地方。」

儘管我從來沒有明確地說過在哪裡，但哈特姆特似乎已經可以肯定。他的觀察力還是一樣驚人。

「羅潔梅茵大人，請問我的推斷是否正確？」

現在沒有時間再你問我答了。既然哈特姆特已經知道目的地，又堅持必須在排除完危險後才讓我進去，那就只能交給他了。我從皮袋裡拿出幾張摺起的魔紙，交給哈特姆特。

「……這是入室許可證。讓神殿長或是神官長在上頭簽名以後，請找到書架裡的女神像。但那裡說不定會和預期的一樣設有機關、防止有人入侵，所以請一定要小心。」

「遵命……此外如果可以，我也希望尤修塔斯大人能提供他的見解與知識，推測哪裡會有機關和陷阱，並且幫忙解除。既然是斐迪南大人的近侍，想必不會有意見吧？」

哈特姆特帶著別有深意的笑容說完，只見尤修塔斯露出苦笑。

「大小姐，只要能救出斐迪南大人，我自然願意鼎力相助。」

「那艾克哈特哥哥大人呢？」

「請讓他負責保護大小姐吧。現在這種情況下，不能讓大小姐身邊的護衛人數再繼續減少了，否則斐迪南大人會狠狠訓斥我們一頓。」

哈特姆特抱著木盒與尤修塔斯一起走下騎獸後，換萊歐諾蕾坐了進來。看來是安潔莉卡、柯尼留斯與艾克哈特三人負責守在騎獸四周。

「哈特姆特說不能還未察看過內部情況，就讓我進入他領的神殿。雖然他說得非常正確，但都到這裡來了，還要等待真是教人難熬。」

「不過，神殿這裡沒有貴族，如果只是要排除危險，想必不會花太久時間吧。現在我更在意的反倒是戴肯弗爾格的行動。魔導具造成的聲響好像完全停下來了呢？但照理說不可能在這麼短的時間內就拿下城堡，騎士團也似乎毫無迎擊的跡象……」

一般如果遭到突襲，亞倫斯伯罕的騎士們應該會到處釋放信號，提醒彼此當心與迎敵，或是敲響鐘聲要騎士們緊急集合。然而，目前為止除了戴肯弗爾格投擲的魔導具以外，並未聽見其他聲音，就連魔導具造成的爆炸聲好像也停下來了。聽萊歐諾蕾這麼一說，我從車窗往外傾身，仰望天空察看情況。

……確實好像安靜下來了。

正好這時有奧多南茲飛來，我保持著向外傾身的姿勢伸出手臂。白鳥啪沙啪沙地拍動翅膀，降落在我的手臂上，張開鳥喙說話：

「羅潔梅茵大人，我是克拉麗莎。戴肯弗爾格已在城堡上空投擲魔導具，執行干擾計畫，但騎士團卻完全不見蹤影。看起來應該是發生了某些預料之外的情況，還請您進一步下達指示。要緊接著控制城堡，尋找斐迪南大人所在的魔力供給室嗎？」

多半是警戒著四周，克拉麗莎說話的音量不大。聽完，我與萊歐諾蕾面面相覷。

「蒂緹琳朵大人曾經說過，她想在斐迪南大人的魔力枯竭前取得古得里斯海得。難道是率領騎士團前往中央了嗎？」

「但是，應該不可能把所有騎士都帶去……羅潔梅茵大人，考慮到城堡裡或許有埋伏，請讓戴肯弗爾格一行人進入城堡搜查吧。反正我們等一下也要去魔力供給室。」

於是我聽從了萊歐諾蕾的建議，對著白鳥說：「那麼請繼續提高警覺，探查城堡裡的情況。」然後送出奧多南茲。

「有白鳥！這裡面還藏著魔力者！」

「把門撞開！」

「閃開！魔石是我的！」

冷不防地，大門另一頭傳來了好幾道人聲。我再次與萊歐諾蕾面面相覷。不過我們並不是驚訝於有人出現，而是他們的對話內容教人感到意外。

緊接著，只供守門神官出入的小門開始傳來劈啪聲響。聽起來像是有人在用身體撞門，也像是拿著某種鈍器在敲打。

「看樣子並不是貴族呢。」

「是呀。即使是騎士，也不會這樣大聲說話，措辭更不會如此粗俗。況且倘若對方是貴族，根本不需要破門而入，騎著騎獸飛過來就好了。」

萊歐諾蕾說得沒錯。如果是貴族，根本不必破壞大門，鬧出這麼大的動靜。因為亞倫斯伯罕的神殿位在貴族區正中央，甚至沒有設置需要魔力認證的貴族門。

「難道是亞倫斯伯罕的平民一看到奧多南茲，就會發動攻擊嗎？」

但從對待下位領地的態度來看，感覺蒂緹琳朵與喬琪娜絕不可能允許平民如此無禮。

「羅潔梅茵大人，我飛過去看看。」

安潔莉卡迅如疾風地飛出。與此同時，柯尼留斯與艾克哈特改為轉身背對小熊貓巴士，戒備地留意著空中的情況。安潔莉卡很快返回，開始報告。

「意圖破門而入的共有三人，全都身穿銀衣。」

「既然穿著銀衣，代表是蘭翠奈維的人吧，至少不會是亞倫斯伯罕的騎士。但蘭翠奈維的人為何在這裡鬧事？」

安潔莉卡沒有理會沉吟起來的艾克哈特，繼續回報。

「此外他們還持有銀盾與銀劍。若想測試我們攜帶的武器是否對敵人有效，以及使用思達普能否束縛敵人，最好趁此機會與之交手。請准許我發動攻擊。」

「主人的主人，最好趁著敵人人數不多時進行確認。」

斐迪南的聲音突然從安潔莉卡的腰間一帶傳來，讓我嚇了一跳。明知那是斯汀略克的聲音，但我還是備感懷念。

「預先了解敵人的實力也是很重要的事情嘛。要下達許可是沒問題，但敵人很可能持有各種毒藥，所以請大家一定要格外小心。」

「柯尼留斯，那你與萊歐諾蕾一同保護羅潔梅茵。安潔莉卡，我們上。門一打開，妳馬上後退。我到另外一邊去把敵人趕進來。」

我一下達許可後，艾克哈特立即展開行動。他迅速變出騎獸，飛往門的另外一邊。安潔莉卡則是遵照艾克哈特的指示，一個箭步上前，解開門閂。

「喔哇?!」

「搞什麼?!」

由於側門突然打開，男人們用來破壞門板的武器還舉到一半，就這麼失去平衡，歪七扭八地往前撲倒。身上的銀色布料反射著月光。

「快進去，我要關門。」

艾克哈特在後方跳下騎獸，起腳將男人們踹進門內。他多半還強化了身體能力，因為男人們滑行了好一段距離後才停下來。其中有個男人被踹飛得最遠，整個人還暈頭轉向時，安潔莉卡便試著使用思達普想將他綑起來，但用魔力果然無法成功。

「哈、哈哈哈……就算你們想趁著一片漆黑偷襲我們，武器也對我們不管用喔。」

另一個男人因為被狠狠踹了一腳，劇烈地嗆咳了好幾聲，但一看見安潔莉卡無法用思達普綑住他們，便大聲嘲笑著站起來。只是在他舉起銀劍攻擊之前，安潔莉卡已經迅速抽出自己隨身攜帶的劍，毫不猶豫地刺向腳下綑綁失敗的男人。接著她馬上抽回劍，來回看了看傷口與武器。

「我看很有用啊？」

剛才還在嘲笑安潔莉卡的男人不敢置信地瞪大雙眼和嘴巴，呆望著被刺的男人。遭刺的男人也一臉不明白現在是怎麼回事的表情，按著被劍刺中的地方。只見紅色的鮮血慢慢滲透出來，緊接著開始汩汩流出。黑暗中，也能看見一片鮮紅在白色的石板上蔓延散開。

……血、血……有好多血。

映入眼簾的鮮血令我感到害怕又噁心。明知護衛騎士就是要能夠毫不遲疑地斬殺敵人，才能勝任這份工作，但我還是不喜歡看到這種血腥暴力的場面，喉嚨一陣發乾。

「安潔莉卡，別再測試武器了，直接強化身體吧。難得他們帶著罕見的武器與防具，我要全部回收，盡量別破壞到身上的裝備。」

離艾克哈特最近的男人倒在地上，似乎已經沒有戰鬥能力。因為就算艾克哈特揪著衣領把他拉起來，他也毫無反應。「柯尼留斯，解下他身上的裝備。」艾克哈特這麼說著，手一使力把男人拋向柯尼留斯。

「是！」

「呀啊！」

柯尼留斯抓起繩子便往前衝，但看到人像東西一樣被拋進空中的我，卻是不由自主尖叫出聲。然而，在場為此大驚失色的只有我而已。即使是同為女性的護衛騎士，也都一臉理所當然。從她們文風不動的反應來看，就能深刻感受到平常會接受訓練的騎士，與自己有多大的不同。

「唔！」

這時，傷口還在淌血的男人朝著安潔莉卡丟出類似小刀的銀色武器。安潔莉卡抬起手背拍落小刀後，身上的護身符大概是對物理攻擊產生了反應，瞬間釋出反擊。擲出小刀的男人完全閃避不及，當場倒地。

「什麼?!剛才那是怎麼回事……我們根本沒聽說。」

他們不知道魔導具中，有能夠反射物理攻擊的護身符嗎？最後一個還站著的男人面色慘白，張望四周尋找同伴，但如今就只剩下他一個人。

「那麼恕我在強化身體後，收下你們的武器了。」

安潔莉卡微微一笑說完，便如同子彈般蹬地飛出，使出了精采的連續迴旋踢。見狀，坐在我身旁的萊歐諾蕾安心地吐了口氣。

「得知有銀布與銀色武器的存在時，我本還預期會更加不好應付，但現在看到可以輕鬆擊敗敵人，我就放心多了。雖然也是因為敵人人數不多，決定採取奇襲的關係，但能夠確定我們帶來的武器與護身符對敵人有效，便可說是非常大的收穫呢。因為我的身體強化還無法像安潔莉卡那樣操縱自如，幸好帶來的武器確實有效。」

「是、是啊。」

同樣看著打鬥的場景，我們在意的事情卻完全不一樣。我默默別開視線，極力不讓倒在血泊中的男人進入視野，結果卻看見了艾克哈特正拖著最後那名男子走過來，而且那個男人還被安潔莉卡打得鼻青臉腫。

「……那個，萊歐諾蕾，我有個問題。以前艾克哈特哥哥大人戰鬥的時候，也會像這樣著重在身體強化嗎？」

「艾克哈特大人的戰鬥方式與波尼法狄斯大人是最相似的喔。訓練時我看過好幾次了，所以並不驚訝，但羅潔梅茵大人是頭一次見識到嗎？」

萊歐諾蕾以一副這沒什麼大不了的表情說。

「我還是第一次看到艾克哈特哥哥大人戰鬥時，不是拿著思達普變成的劍。所以看到他與安潔莉卡都這麼習慣肉搏戰，嚇了我一大跳呢。」

……祖父大人的教育成果實在驚人。與當年採集尤列汾藥水的原料時相比，戰鬥方式完全不一樣。

綑好男人們後，艾克哈特、柯尼留斯與安潔莉卡開始解下他們身上的裝備。雙手忙碌的同時，艾克哈特對安潔莉卡發起牢騷。

「這種銀布可是能阻絕魔力。明知無法施展洗淨魔法，如今上頭又沾到了鮮血，之後要如何繼續使用？倘若面對的是一大群敵人，那還有可能無暇顧及，但這次的敵人只有寥寥幾人，妳應該要思考後再決定攻擊的方式。」

「好的。我想我明白。」

……騙人！絕對沒有！請別要求安潔莉卡先思考再行動，這種事對她來說太困難了！

我們正從俘虜身上搜刮銀色裝備還有道具和藥水時，剛好馬提亞斯與勞倫斯也走了回來，說是哈特姆特要他們帶我進去。於是我先隔著衣服，確認神殿的鑰匙還掛在脖子上後，接著走出小熊貓巴士。

「羅潔梅茵大人，請准許我同行護衛。」

「萊歐諾蕾，抱歉。接下來我不能帶未獻名的人進去。」

「可是萊歐諾蕾說得沒錯，只有馬提亞斯兩人，護衛騎士的人數太少了。至少請您再帶一個人進去。」

柯尼留斯說完，艾克哈特便停下搜刮的雙手站起來。

「既然尤修塔斯能夠進去，那就由我同行吧。你們就在這裡守著羅潔梅茵的騎獸，順便處置俘虜，還有檢查銀色武器與防具。有任何新發現再通知戴肯弗爾格。」

「是！」

艾克哈特向柯尼留斯、萊歐諾蕾與安潔莉卡下達指示後，接著催促我開始邁步。一進神殿，就看到有灰衣神官被思達普變出的光帶層層綑起，嘴巴還被摀起來。

「哈特姆特與尤修塔斯大人正在目的地待命，同時仔仔細細地檢查圖書室內部。」

「神殿長也已成功擄獲，現在我們也能拿著許可證出入圖書室了。」

我一邊移動，一邊聽取馬提亞斯與勞倫斯的報告。看來所有準備已經就緒。月光從窗外映射進來，灑在走廊上。或許是因為亞倫斯伯罕的氣候比艾倫菲斯特要溫暖得多，窗戶的面積相當大，使得走廊十分明亮。坐在小熊貓巴士裡時我還沒什麼感覺，但現在下來走動後，就覺得穿著騎獸服熱得不得了。

「大小姐，這邊。我們也幫您取得許可證了。」

尤修塔斯朝我喊道，手上的思達普指著亞倫斯伯罕的神殿長。只見神殿長轉向我，喉嚨立刻發出奇怪的抽氣聲，很明顯是在向我求救。

「亞倫斯伯罕的神殿長，非常感謝你的協助。只要你不輕舉妄動，我保證事情辦完以後，絕對會放你離開，請你暫時忍耐一下了。」

接過尤修塔斯遞來的許可證後，我起步走進神殿圖書室。屋內的地板雖然乾淨，但感覺空氣裡滿是塵埃的氣味。此外亞倫斯伯罕不愧是大領地，藏書量比艾倫菲斯特的神殿圖書室還多。我險些要被那些藏書吸走注意力。

「羅潔梅茵大人，這裡似乎並未設有陷阱。倘若亞倫斯伯罕的神殿長所言屬實，那麼平常造訪神殿的貴族雖多，但從來沒有貴族會進入圖書室。」

「平常造訪神殿的貴族很多嗎？看來再這樣下去，很快地他領取得的加護量會比艾倫菲斯特的貴族要多呢。」

明明是艾倫菲斯特最先發現儀式具有效果——我忍不住垮下肩膀哀嘆。然而，只見哈特姆特面露難色地補充道：「貴族造訪神殿的目的，恐怕與您認為的有極大出入。」

……啊，原來目的是捧花才對嗎？

我沒有多問，哈特姆特也不再多言。然後他微微一笑，帶我走到某個書櫃前方。

「羅潔梅茵大人，我在這個書櫃裡找到了梅斯緹歐若拉。這就是您在尋找的女神像沒錯吧？」

「哈特姆特，太謝謝你了！」

我站到刻有梅斯緹歐若拉女神像的書櫃前方，從衣服裡拉出聖典的鑰匙，再以手指觸碰女神像上聖典模樣的神具。聖典「喀嚓」一聲打開來，從中浮現鑰匙孔。

我將鑰匙插入鑰匙孔後，魔力形成的光線旋即浮起，書櫃開始往左右兩邊滑開。彷彿覆著一層虹色油膜的入口於是出現在眼前，就和要進入魔力供給室時一樣。

「羅潔梅茵大人，備用的回復藥水與空魔石我這裡都有。我會在此待命，有任何需要請儘管吩咐。」

哈特姆特輕拍了拍木盒說道。我對他點一點頭，邁步踏了進去。

亞倫斯伯罕的基礎與供給室

剛穿過虹色油膜，一個魔法陣赫然躍入眼簾。「嗚呀?!」我倒吸口氣，連忙抬腳踩在沒有魔法陣的地方上。

「……真、真是好險。」

虧我才建議過齊爾維斯特，可以在基礎之間裡設置陷阱。大概是因為哈特姆特檢查過神殿圖書室後卻毫無發現，又聽說了從來沒有貴族會進入圖書室，所以我剛才那一瞬間徹底鬆懈大意了吧。

「這個該不會是喬琪娜大人設下的陷阱?」

實際動手設置的，應該是知道亞倫斯伯罕基礎所在的蒂緹琳朵或者她的姊姊，但提議的人八成是喬琪娜吧。我拿出一顆灌有自己魔力的魔石，小心謹慎地丟向魔法陣。突然間「轟」的一聲，魔法陣大放光芒，狂暴的藍色炎柱猛然高高竄起。

「呀!」

兇猛的火舌與幾欲灼燒肌膚的熱氣讓我嚇得倒抽口氣，往後把身體緊緊貼在牆上。感覺只要一根頭髮碰到火焰，整個人就會跟著被燒成灰燼。彷彿要吞噬一切的藍色烈焰看來也像是喬琪娜的執念，讓我感到難以呼吸。我緊抓著胸口，只是茫然注視著帶有自己魔力的魔石消失在藍色火焰當中。

接著藍色火焰慢慢熄滅，魔法陣也跟著消失，地板和房間都變回了平常極為熟悉的一片雪白。但我依然十分害怕，總覺得還設有什麼機關，只能努力鞭策自己顫抖的雙腳，沿著牆邊小心移動，來到基礎前方。

基礎之間沒有窗戶，只有四面雪白的牆壁，半空中飄浮著七顆魔石，每一顆都有壘球那麼大。帶著大神貴色的魔石璀璨發光，如同天球儀一般地轉動著，就和魔力供給室裡的魔石一樣。而這個時候，那些魔石正一點一點地撒下晶亮光粉。

這七顆魔石與魔力供給室相連，因此帶著五顏六色閃閃發亮的光粉，代表著從魔力供給室傳來的魔力。換言之，現在這些撒落的光粉正是斐迪南被吸走的魔力。

接著我再看向魔力形成的光粉所撒向的地方，只見正下方的雪白地板是挖空的，並且嵌著一個非常巨大的球體，只能看見頂端的一部分。但光是可以看到的頂端部分，就比我張開雙手還要大。這便是領地的基礎，而且從基礎散發著淡淡的綠色光芒這點來看，可以知道為基礎染色的現任奧伯．亞倫斯伯罕是水屬性比較強烈。

「原來實際上的基礎這麼巨大啊。」

我探頭看向基礎。龐大球體狀的基礎中晃盪著發光的淡綠色液體，但看起來連一半也不到。明明斐迪南的魔力已經被吸走了半天以上，想不到注入基礎裡的魔力並不多。

……莫非斐迪南大人成功地把魔力的釋出量降到了最低？

與一大群人舉行儀式時不同，現在只有斐迪南一個人被困在供給室裡，那就不會跟著其他人一起釋出大量魔力。由於發動魔法陣的人是蒂緹琳朵，所以是由她決定魔力的釋出量。我本來還十分擔心，但撒下來的魔力比我預期的要少得多。

……因為如果目的是讓斐迪南大人魔力枯竭而亡，肯定會加快魔力的流動速度吧。這表示斐迪南大人反抗到了最後一刻嗎？

但即使魔力的流出量比預期要少，此時此刻斐迪南的魔力仍在往外釋放。我注視著靜靜飛揚撒下的光粉，開始拿出自己帶來的空魔石，一一放在基礎上方。為了可以更快為基礎染色，首先要用空魔石吸取，減少裡頭的魔力。只不過基礎內部的魔力若是減少過多，會對白色建築物與結界造成嚴重的影響，所以必須拿捏好分寸。但減少到一定程度後，有利於為基礎染色。

「……這樣應該差不多了吧？」

由於基礎內部的魔力比我預期中要少，所以光靠帶進來的空魔石就已經十分夠用。接著我把變成淡綠色的魔石收進袋子裡，再一隻手拿著回復藥水，變出思達普。

接下來要與上領主候補生的課一樣，以思達普抵著基礎，灌注魔力進行染色。我開始釋放壓縮在體內深處的魔力，盡可能一鼓作氣灌注魔力。

……去吧！

我一邊喝著回復藥水，一邊不停注入魔力。要將這麼巨大的魔石染色並不容易。一般都得花上一段時間，慢慢地灌注自己的魔力，以免對身體造成負擔，但這一次根本沒有時間慢慢來。

雖然魔力一恢復就往外流出，但我還是繼續灌注。只見原本淡綠色的基礎，開始漸漸轉為屬於我魔力顏色的淡黃色。

……快點染完吧！

我持續飲用魔力回復藥水，一個勁地拚命灌注。眼看基礎內部的綠色逐步消失，被屬於我魔力的顏色完全取代。緊接著，像在宣告染色已經完成般，基礎倏地綻放出了帶有我魔力顏色的光芒。

「……結、結束了。」

好久沒有一下子釋放這麼大量的魔力了。多半是因為這樣，我感到有些頭暈目眩。我先是靠在基礎上調整呼吸，然後才站起來離開基礎之間。

但只是稍微調整了呼吸，臉色並沒有好看一點吧。因為在圖書室裡待命的哈特姆特一看到我，立刻憂心忡忡地問道：

「羅潔梅茵大人，您還好嗎？儘管為了身體著想，您最好稍事歇息，但漢娜蘿蕾大人正等著您染完基礎。」

「我沒事，快點去城堡吧……但在走到騎獸之前，可能要請你扶我一下。」

「別說是一下，多久都沒問題。」

於是我在哈特姆特的攙扶下離開神殿圖書室，再指示了尤修塔斯釋放亞倫斯伯罕的神殿長。然後我囑咐神殿長，直到城堡捎來正式的通知之前，都要乖乖待在神殿裡頭，不要輕舉妄動。在釋放灰衣神官他們之後，我們便走出神殿。

「現在戰況有什麼變化嗎？」

一坐進小熊貓巴士裡，我便詢問最新進度。在我為基礎染色的時候，尤修塔斯負責與外頭的人聯繫，所以馬上告訴了我戴肯弗爾格那邊的情況。據說戴肯弗爾格攻進城堡以後，在裡頭看到的卻不是亞倫斯伯罕的貴族，而是蘭翠奈維的人。於是他們把那些胡作非為的人一個個抓了起來，現在還出外搜捕仍在貴族區內亂竄的蘭翠奈維人。

「蘭翠奈維之所以如此膽大包天，似乎是因為蒂緹琳朵大人、亞絲娣德大人與喬琪娜大人向他們下達了指示。」

「什麼意思？」

「據進入城堡的戴肯弗爾格騎士所言，蘭翠奈維明顯有特定攻擊的對象。」

聽說本館明明完好如初，但領主候補生所居住的北邊別館與斐迪南房間所在的西邊別館，卻遭到了非常徹底的破壞。如今這兩個地方已無半點人影，魔導具一類的物品也被洗劫一空。

「就連貴族區的住家，也有的慘遭毒手，有的則分毫無損。好像是宅邸入口處有標記的住家都未受到襲擊。」

「看來是與斐迪南大人還有與萊蒂希雅大人有關係的人，都被當成了目標呢。他們若能及時躲進只有本人才能開啟的秘密房間裡，那倒不用太過擔心……」

但亞倫斯伯罕的貴族完全不曉得銀色裝備的存在，也不知道有毒粉，倘若突然遭到襲擊，受害情況肯定相當慘重吧。

「那戴肯弗爾格的人員有受傷嗎？」

「多虧了我們提供的情報，他們幾乎沒有人員受傷。只不過，由於他們過來是為了比真正的迪塔，結果對手竟然甚至無法在空中飛，讓他們比得很不過癮，對此倒頗有怨言。」

……這麼有戴肯弗爾格風格的回答，真是教人放心又渾身無力呢……

但聽到提供協助的人們沒有受傷，我就安心多了。

「另外根據收到的報告，先前待在城堡與貴族區裡的蘭翠奈維人，有一部分躲進了蘭翠奈維之館，有一部分正試圖逃回船上。」

據說有一部分的蘭翠奈維人正利用亞倫斯伯罕借給他們的馬車在移動，但由於當初是坐船來的，所以馬匹也不是個人所持有。此外，也因為他們無法變出騎獸，所以移動速度十分緩慢。

「回報的人說了，要是被他們躲起來，想要找到恐怕有些棘手。」

「……那萊蒂希雅大人與她的近侍們平安無事嗎？」

「蘭翠奈維的人都是靠著奧多南茲與路德的紅光，找到貴族的藏身處。我擔心若是送出奧多南茲，可能會讓萊蒂希雅大人他們面臨危險，所以目前還未送出過。」

尤修塔斯說完，我微微垂下目光。儘管十分希望萊蒂希雅平安無事，但一想到她離開供給室後，沒過多久蒂緹琳朵就進來了，感覺很可能碰上後被抓了起來。

……我也不想看到寄給萊蒂希雅大人的奧多南茲無法起飛。

「既然戴肯弗爾格已經把蘭翠奈維的人都趕出了城堡，那請你先試著聯絡斐迪南大人的近侍們吧。」

「遵命。」

尤修塔斯一一送出奧多南茲，告訴其他近侍現在已經成功驅逐蘭翠奈維的人，並且詢問他們是否平安無事。

「我是尤修塔斯，現在正要趕往領主辦公室。蘭翠奈維的人已在艾倫菲斯特與戴肯弗爾格的合力之下，被趕出了城堡。我聽說北邊與西邊的別館徹底遭到了破壞，不知你們是否平安無事？」

但是，共有三個奧多南茲並未起飛。

到了城堡，我讓尤修塔斯與哈特姆特下去後，再把小熊貓巴士變成一人座的大小，開始在城堡內移動。因為說好了要在領主辦公室前與漢娜蘿蕾會合。在經常使用下人用樓梯與側門的尤修塔斯引導下，我以最短距離抵達了領主辦公室。

辦公室前的走廊上聚集了幾名亞倫斯伯罕的貴族，似乎都是在接到尤修塔斯的奧多南茲後趕到這裡來，這時還團團圍住了漢娜蘿蕾。

「漢娜蘿蕾大人，非常感謝您的協助。多虧戴肯弗爾格的鼎力相助，我已經成功奪得基礎了，接下來只剩救出斐迪南大人。」

「……羅潔梅茵大人。」

漢娜蘿蕾搖晃著既像淡粉又像紫色的髮絲轉過頭來，一臉如釋重負。

「各位，我方才已經說過好幾遍了，戴肯弗爾格只是應下艾倫菲斯特的請求，前來參加真正的迪塔而已。詳細情況還請詢問艾倫菲斯特。」

……漢娜蘿蕾大人，妳那樣說明，亞倫斯伯罕的貴族肯定有聽沒有懂喔。

看見漢娜蘿蕾略顯慌亂的樣子，我輕笑起來，告訴她我等一下再向亞倫斯伯罕的貴族們說明。

「等成功救出了斐迪南大人，我再詳細說明情況吧。漢娜蘿蕾大人，在我救出斐迪南大人之前，還請您守在這裡，別讓任何人來打攪。因為只有救出斐迪南大人，才算是我們真正的勝利。」

「好的。請一定要贏得勝利。」

隨後我請尤修塔斯打開領主辦公室的門。就在要走進去的時候，一名亞倫斯伯罕的貴族像是恍然回神般地追上了我的騎獸。

「羅潔梅茵大人，您說您奪得了亞倫斯伯罕的基礎，這是真的嗎?!」

「是真的喔。因為為了營救斐迪南大人，我只能想到這個方法。我已經將基礎染色，所以現在我才是奧伯．亞倫斯伯罕。此次營救行動也得到了王族的許可。」

我微笑說道，出示席格斯瓦德送給我的項鍊。明白的話就別來礙事——我本來是想委婉地這麼提醒他，沒想到男人見到王族的徽章後，立刻發出歡呼。

「噢！王族竟下達了許可嗎……既然如此，請您立即前往關閉境界門！蘭翠奈維的船隻尚未啟航。趁現在還能將他們一網打盡，也能救出被擄走的小女她們……」

多半原是領主一族旁系的上級貴族，男人毫不猶豫地跟著走進領主辦公室，激動地講述起關閉境界門的重要性。我自然也知道關閉境界門有多麼重要，但與關閉境界門相比，現在當然是救出斐迪南更重要。我好不容易已經將基礎染色，來到了領主辦公室，怎麼能再浪費時間往返城堡與境界門。

「我不介意你與亞倫斯伯罕的騎士團前去攻擊蘭翠奈維的船隻，要下達許可也沒問題。但要去營救自己的親人之前，請記得先問過戴肯弗爾格，與蘭翠奈維的人交手時需要注意哪些事情。」

「但您不是成為奧伯了嗎?!是王族要您排除蘭翠奈維，才派您過來的吧？」

男人發出近乎悲鳴的聲音，痛訴自己的女兒被蘭翠奈維的人帶走，然後懇請我馬上關閉境界門，率領騎士團前去解救女兒一行人。雖然可以理解他的心情，但這種時候真是太礙事了，連回答他的問題我都覺得是在浪費時間。

「並不是王族派我過來的，我只是請王族同意我前來營救斐迪南大人而已。既然你這麼想救自己的親人，連救出斐迪南大人的這點時間也不願意等，那你就自己去為基礎染色，再自己去關閉境界門吧。」

眼看披著艾倫菲斯特披風的人都進了領主辦公室，我瞪向獨自披著亞倫斯伯罕披風的那名男人。

「如今奧伯已經換人，你沒有資格進入領主辦公室……安潔莉卡。」

「是！」

安潔莉卡一個箭步上前，將男人趕出了辦公室。房門關上後，確認在場都是從艾倫菲斯特跟著過來的人，我再走下騎獸。

「尤修塔斯，你知道入口在哪裡嗎？」

「方才我已問過休特朗，應該在這後面。」

尤修塔斯移開緊貼著牆壁擺放的書箱，示意後方的空間。我稍微彎下腰，伸手觸碰小巧門扉上的魔石，灌注魔力。小門瞬間擴張變大，足以供人通行。

「……上面沒有登記魔石。」

「因為登記魔石得由您親自製作……」

尤修塔斯苦笑說道，但我搖了搖頭。

「我不是這個意思，而是斐迪南大人的登記魔石被拿走了。」

通往供給室的門扉需要嵌入登記魔石，才能自由進出。然而，現在那顆魔石卻不見了。這也就是說，即使斐迪南能夠動彈，他也無法從供給室裡出來。對於在這種奇怪的事情上想得格外周到的蒂緹琳朵，我內心燃起熊熊怒火。

「這樣一來，斐迪南大人根本出不來嘛。」

我原本的計畫是要利用身體強化，把斐迪南從供給室裡拉出來後，再麻煩尤修塔斯餵他喝下藥水，然而這下根本無法把他帶出來。因為首先我得製作登記魔石，再讓斐迪南登記魔力，但如果他現在處於昏迷狀態，也無法往魔石灌注魔力吧。

「既然如此，只能請大小姐直接在供給室裡餵斐迪南大人喝藥了。我已按照順序排好，倘若斐迪南大人尚在昏迷，請使用這個器具將藥水灌入他口中。」

理解到了眼下情況後，尤修塔斯臉色不變，打開藥箱，語速極快地開始說明服藥的順序。聽完注意事項後，我打開變大的門扉，伸手就要接過尤修塔斯手中的藥箱。

「請等一下，羅潔梅茵大人。」

「哈特姆特，怎麼了嗎？尤修塔斯說的順序我已經記住了喔？」

「能請您先把一隻手伸進供給室內，然後變出思達普施展洗淨魔法嗎？」

「這種事我從來沒做過，所以也不知道可不可以……」

我滿頭問號，不明白哈特姆特為何突然提出這種要求，但還是試著把一隻手伸到供給室內，然後變出思達普。

「看起來是可以，但為什麼要我施展洗淨魔法呢？今天我已經消耗太多魔力，不想再消耗更多……」

對於我的疑惑，哈特姆特回答：

「因為沒有人能保證，供給室裡殘留的毒粉不會對羅潔梅茵大人造成影響。曾經只是比一般致死量還要少的藥量，便讓羅潔梅茵大人沉睡了長達兩年之久，所以同樣的事情絕不能再次發生。」

但其實當時是因為我體內有凝結的魔力，才會產生那麼嚴重的反應。不過，畢竟我曾在尤列汾藥水裡泡了兩年，感覺對毒藥就沒有什麼抵抗力。

「有道理。斐迪南大人是因為成長經歷的關係，才承受得住各種毒物。這次足以令人當場致命的毒粉會沒有完全發揮作用，他也還有餘力能喝解毒藥水，可能就是因為這個緣故。但大小姐未必承受得住。」

「的確，要是裡面還有餘毒，在救出斐迪南大人之前，我就會先倒地不起吧。」

雖然這種事一點也不值得驕傲，但在場誰也沒有反駁。

「萬一想要救人的羅潔梅茵大人一進去就中毒倒地，後果可是不堪設想。畢竟能夠進去的只有為基礎染色的您一人，其他人誰也進不去，所以請您先施展洗淨魔法。」

「但這種情況下施展洗淨魔法，裡頭的斐迪南大人不要緊嗎？」

我轉頭問向尤修塔斯與艾克哈特。

「既然中了毒，斐迪南大人想必全身上下滿是毒粉吧。反正您也得先洗淨才能觸碰他，就請連同斐迪南大人一起洗淨供給室吧。」

沒想到尤修塔斯的回答這麼簡單又粗暴，我的臉頰一陣抽搐。然而我還是把一隻手伸進去，施展洗淨魔法清洗了供給室與斐迪南。

「那麼斐迪南大人就拜託您了。」

於是我抱著尤修塔斯準備好的藥箱，進入供給室。只見房裡的景象仍和蒂緹琳朵離開時一樣，斐迪南倒在地上動也不動。

救出斐迪南

「斐迪南大人！」

大概是被還在運作的魔法陣持續吸取著魔力，斐迪南顯得十分虛弱，即使我出聲叫喚，他也完全沒有反應。首先得把他從魔法陣上移開，停止魔力的供給。我跑上前放下藥箱，然後施展身體強化，將趴著的斐迪南翻過來變成仰躺後，再往他兩側腋下伸手，把他拖到沒有魔法陣的牆邊。

「還真是幸好我長大了……如果還是小孩子的體型，再怎麼施展身體強化也有極限吧。」

我向培育之神安瓦庫斯獻上感謝，順便祈求祂讓我再長高一點，接著開始檢查斐迪南的呼吸。呼吸聽來還算正常，於是我讓他側躺成復甦姿勢，並伸手拿來藥箱。

「呃……沒有意識的時候，首先要喝尤列汾藥水……」

我照著尤修塔斯說明的，為了讓處在昏迷狀態的人能夠喝藥，使用類似吸嘴的器具餵斐迪南喝下尤列汾藥水。想想為了融解魔力結塊，我曾泡在這種藥水裡面兩年，就能知道若中了會讓人當場變成魔石的劇毒，最有治療效果的就是尤列汾藥水。

儘管自己曾在無意識的情況下被灌過好幾次藥水，但這還是我第一次餵別人喝藥。我無比緊張地往斐迪南的口中倒入尤列汾藥水。

……倘若結塊才剛形成不久，應該很容易就能融解。尤列汾藥水，加油啊。

我一邊在心裡加油打氣，一邊也接連施展芙琉朵蕾妮與洛古蘇梅爾的治癒，希望多少有助於恢復與沖淡毒素。

「接下來是解毒藥水吧。」

我參考了斐迪南以前對自己做過的，把含有解毒藥水的布塞入他口中。好像是因為舌頭的麻痺情形若能稍微減緩，呼吸就會比較輕鬆，也比較容易吞嚥藥水。

……啊，剛才斐迪南大人的嘴巴是不是動了一下？

我定睛細看，發現斐迪南的嘴巴微微動了動。於是我把布移開，再次沾取解毒藥水，重新放入他口中，仔細觀察。他的嘴角些微地動了下，呼吸似乎變得有些短淺。

我再一次把布拿開，這次改用形似滴管的器具，慢慢地把超級難喝的回復藥水滴進他口中。雖然醒來時嘴裡會有非常可怕的味道，但這個藥水有助於快速恢復魔力和體力。這樣就沒問題了——我正這麼心想時，斐迪南忽然猛烈嗆咳起來。

……為、為什麼?!我哪裡做錯了嗎?!

儘管醒來時嘴裡會有可怕的味道這種事我早就經歷過很多次，但從來沒有在昏迷時因為被灌藥而嗆到。看來是我的做法不太正確。

「對對對對、對不起！我不是故意的！」

眼看斐迪南一臉痛苦，劇烈咳嗽，我一邊幫他拍背，一邊彎下腰去察看情況。就在這個時候，我的手臂突然被人抓住。

「咦？」

他意識恢復了嗎？——還來不及這麼想，我的手臂就被用力一拉，整個人轉了一百八十度。當我還眨著眼睛，不明白發生了什麼事情時，直到剛才為止都毫無意識的斐迪南已經將我壓制在地。他按住我的兩手手腕，以全身的重量壓在我身上，銬著雙手的手銬鍊子還正好勒住我的脖子，讓人覺得很痛。

「是誰？」

斐迪南從痛苦的呼吸聲中擠出這句話，話聲充滿警戒，瞇起的凌厲雙眼也像是在看著不認識的人，顯然並沒有認出我就是羅潔梅茵。鎖鏈勒得我難以呼吸，但我還是扯開喉嚨，拚命報上自己的名字：「我是羅潔梅茵！」

……雖然我突然長大了，但請你認出來！還有，你的雙手不要使力！鎖鏈勒著喉嚨很痛耶！

「……羅潔、梅茵？」

經過短暫的沉默後，斐迪南在近距離下仔仔細細地打量我，接著稍微抬起一隻手，鍊子隨之發出哐啷聲響。

「……不可能，羅潔梅茵只有這麼大。」

「什麼不可能?!而且從認識到現在，我哪有像布偶一樣那麼矮過……呃咳?!」

為了全力表達抗議，我不小心自己撲向了繃緊拉直的鎖鏈。而且大概是有些用力過猛，還害得自己差點窒息而亡。換我猛烈地嗆咳起來後，斐迪南這才緩緩起身，緊接著往橫一倒，從我身上移開。原來剛才那麼敏捷的反應只是在虛張聲勢。斐迪南筋疲力竭地倒在地上後，用帶有不滿的眼神朝我看來。

「……妳是無可救藥的笨蛋嗎？」

「嗚嗚……現在就連我自己也有些這麼覺得。所以我自己也知道，請你不要用那麼感慨的語氣說。」

意識才剛恢復，居然一開口就對我說這種話，未免太過分了。明明可以表達一下自己的感動或感謝，或是表揚一下努力來救人的我啊。隔了這麼久沒見，應該有其他更好的開場白吧。

「應該不只是有些吧……不過，看來妳確實是羅潔梅茵沒錯。因為明明被我用鎖鏈勒住喉嚨，反應還能如此慢半拍又蠢笨的人，我看也只有妳了。」

「你明白就好。」我這麼應道，慢吞吞地站起來。看你意識這麼清楚，應該可以自己喝藥了吧——說著我走向藥箱。

「你需要哪種藥水？嗯？等一下……咦咦?!所以你不是因為手上戴著手銬，鎖鏈剛好卡在我脖子上，而是故意用鎖鏈勒住我的嗎?!」

我保持著伸手拿藥箱的動作猛然回過頭去，只見斐迪南這次再也不加掩飾地面露厭煩。

「……難道妳方才當真沒發現？」

「不，我當然也知道斐迪南大人在提防著我喔。畢竟我突然長大了，你可能認不出來吧？但明明我還餵你喝了尤列汾和解毒藥水，真沒想到你居然把我當成了敵人。」

太過分了吧——我鼓起臉頰抗議後，斐迪南一臉老大不高興地回道：

「過分的是妳。我就不指名道姓了，但這都要怪有個笨蛋竟擅作主張奪走他人的名字，還命令我必須不擇手段活下去。方才的我又已奄奄一息，自然更是要想方設法排除敵人，所以身體就下意識地採取了行動。」

「咦咦？瀕死之人收到要不擇手段活下去的命令後，所做的行動居然是排除敵人，這也太奇怪了吧？既然我在餵你喝藥，應該要喝完才是明智之舉。」

我這麼反駁以後，斐迪南的眼神在空中游移了一會兒，然後說：「因為我以為妳餵的是毒藥。」

……啊啊，我懂，我懂。超級難喝回復藥水的味道真的足以殺人，被誤會是毒藥也不奇怪呢。

但如果他是把超級難喝回復藥水誤認成了毒藥，那最該怪的應該是當初調配出這份配方的人，而不是我吧。

「這也就是說，根本是斐迪南大人自作自受嘛！」

「這句話我也可以還給妳。因為是妳自己不解除命令，也沒有命令我停下來，才會險些遭我勒死……唉，這種對話實在毫無意義至極，快把藥水給我吧。」

「你想就這樣敷衍過去嗎？」

「並不是。我只是單純陳述妳現在該做的事情。」

……居然意識一恢復就這麼嘴上不饒人!!

「我現在身體還無法動彈，所以先給我解毒藥水。藥喝完後，再想辦法解開我手上的手銬。不能使用思達普實在麻煩。」

斐迪南無力地橫躺在地，接二連三地向我下達指示。明明奪走了斐迪南的名字後，現在我才是他的主人，結果卻是他在命令我。「立場反過來了吧？」我嘟起嘴唇嘀咕抱怨，但還是照著他說的準備好藥水，小心地讓他慢慢喝下。

「斐迪南大人明明動彈不得，只有嘴巴還是和以前一樣毫不客氣呢。」

「這得多虧妳往我嘴裡塞了有解毒藥水的布……還有，如果妳真想抱怨的話，就先收斂一下臉上的笑容。看妳的表情，根本不曉得妳是在抱怨還是在高興。」

被斐迪南這麼一說，我摸了摸臉頰，連自己也摸得出嘴角正整個往上揚起。於是我拍了拍臉頰，試圖收起笑容，但感覺一點用也沒有。

「因為我很高興看到斐迪南大人正慢慢恢復，還能說些討人厭的話，所以要收起笑容好像不太可能呢。」

我決定放棄掙扎，咧嘴露出傻笑。只見斐迪南眨了幾下眼睛後，閉眼撇下嘴角。

「妳實在是……」

「啊，難不成你害羞了？」

「並不是。」

我動手戳了戳斐迪南的臉頰。他於是抬起手來，但才抬到一半，整條手臂便微微顫抖，最終又放了回去。大概是現在還沒有力氣抬起手臂吧。斐迪南無奈地嘆口氣後，沒好氣地瞪我一眼。

「等我能夠動彈了再教訓妳。」

「好的。等你可以動彈了，看是要摸摸我的頭，稱讚我做得非常好，還是要抱抱都可以喔，想要捏臉頰也沒問題。」

我低頭看著斐迪南，說出自己希望他做的事情，還有他恢復後可能會做的事情。

「……所以，請你快點好起來吧。」

忽然，一滴眼淚掉了下來。大概是因為整個人從緊張當中解脫了，也因為能像這樣與斐迪南耍嘴皮子，讓我感到非常安心吧。此刻幾乎占據了整個腦海的，就只有「幸好他還活著」這個想法。淚水控制不住地滾出眼眶，我完全無法停下來。

我發過誓，一定會救出斐迪南。為此還取得了艾倫菲斯特領主一族的協助，更把戴肯弗爾格也牽扯進來，甚至毫不遲疑地使用梅斯緹歐若拉之書，可說是無所不用其極。雖然我一直告訴大家自己有勝算，但其實就算來得及在斐迪南魔力枯竭前趕到，他的體力也未必能撐到那時候，或者就算意識恢復了，中毒造成的傷害也無法復原。自己能否在一切都來得及挽回前救出斐迪南，其實我一直深感不安。

……我真的趕上了。斐迪南大人還活著，而且正在恢復。

不僅意識恢復了，還有力氣反射性地勒住敵人的脖子，現在更是能耍嘴皮子，手與身體也慢慢地能夠動彈。

「……別哭了。」

斐迪南再次抬起手來，但同樣舉到一半停住，重新放了回去。他緊緊皺眉，像是十分生氣地握起拳頭。

「更何況妳根本不必來救我。我分明要尤修塔斯他們也這麼傳話給妳，妳為何會在這裡？又是如何來到這裡的？」

聽完這些，我的淚水戛然止住。如果斐迪南說這些話是為了讓我停止哭泣，那效果還真是超群，但以我對他的了解，他多半是真心這麼認為。

「沒想到斐迪南大人的記憶力這麼糟呢。明明我當初再三地威脅過你……」

「妳是威脅過我沒錯，但後來的情況與當時大不相同吧……妳在生什麼氣？」

……這個人是真的一點也不明白。

「我當然生氣啊！我不是說過要是斐迪南大人沒有得到幸福，那麼就算要與任何人為敵，我都會過來救你嗎！而且是斐迪南大人呼喚我的吧？」

「我不記得呼喚過妳。」

斐迪南轉過頭想別開視線，但我立刻伸手固定住他的臉，直視那雙想要逃開的淡金色眼眸。

「但我聽到了喔。因為我親眼看到了斐迪南大人中毒當下的情況。以前路茲會看到我身陷危機，也是因為我差點就要死掉，所以拚了命地呼喊他。這次換成是斐迪南大人呼喊了我的名字。要是沒有聽到你的呼喚，我就會沒有時間做好準備，來不及過來救你了呢。」

「知道了。妳後退一點，不要離我這麼近。」

明明在說斐迪南呼喚我的事情，本人卻是雞同鴨講地嫌我的臉靠他太近。我火大地乾脆趁著這麼近的距離，給了他一記頭錘。斐迪南發出「唔」的痛苦呻吟聲，恨恨地朝我瞪來。

「……讓我認為妳最好不要過來的人，不正是妳嗎？」

「什麼意思？」

「妳既沒有回答我的問題，也完全不聽我的勸告，就不管三七二十一地取得了梅斯緹歐若拉之書，艾爾維洛米還命令妳殺了我吧？」

在斐迪南的瞪視之下，我也反瞪回去。

「他是這麼命令了沒錯，但那又如何？我已經嚴正拒絕過艾爾維洛米大人了喔。」

「慢著。據我所知，我們兩人中一定要有一人犧牲，才能讓梅斯緹歐若拉之書變得完整，否則尤根施密特就會滅亡。妳聽完還拒絕了他嗎？」

「咦？所以那又如何？要是斐迪南大人沒有得救，就算保住了尤根施密特也沒有意義吧？」

你在說什麼啊？我不解地歪過頭後，斐迪南滿臉錯愕地看著我。

「妳又在說什麼？聽妳的說法，彷彿是我比尤根施密特還重要。妳說話……」

「我沒說過嗎？就算要與大領地、中央、王族以及諸神為敵，我都會來救你喔？」

「……最後的諸神我可是第一次聽說。」

斐迪南一臉啞然地說完，倒下來趴臥在地。看他還能轉身改變姿勢，代表身體開始復原了吧。我一邊觀察他的恢復情況，一邊微笑說道：

「哎呀，你是第一次聽說嗎？那還真是不好意思。總之就是這樣，讓我們一起思考如何能夠兩個人都活下去，並且完成梅斯緹歐若拉之書吧。」

我的蓋朵莉希

「當時艾爾維洛米大人跟我說的是，現在覆蓋住整個尤根施密特的魔力已經變得太過薄弱，但他卻是要求你完成梅斯緹歐若拉之書嗎？」

「聽他的意思，就是妳擁有的內容更多，所以要我快點去死，這樣才能讓梅斯緹歐若拉之書合而為一。」

……艾爾維洛米大人，你這傢伙！

「斐迪南大人，總之暫時別管艾爾維洛米大人，要不要先查證我們是否真的得讓梅斯緹歐若拉之書合而為一呢？只要為國境門供給魔力，好像可以再爭取一點時間喔。」

「妳行事還是如此樂觀又少根筋……之前不就是妳破壞了我的計畫嗎？」

俯趴在地的斐迪南把臉龐轉向我，眼帶埋怨地瞪過來。

斐迪南說完我才知道，原來他本打算製作可以當作古得里斯海得的魔導具，再呈獻給王族，因此畢業儀式隔天去了貴族院的圖書館，想找艾爾維洛米補足剩餘的知識；然而因為我已經進去了，斐迪南便被拒在門外。等到了春天他又再度造訪，卻得知我已經帶走了另外那一半的梅斯緹歐若拉之書，因而無法補足知識。

「既然你擬定了這麼重要的計畫，應該事先告訴我啊。當時我可是預計成為君騰的養女，再取得位於地下書庫深處的古得里斯海得。我根本不曉得斐迪南大人的計畫，所以你怎麼能怪我呢。」

「妳有重要的事也沒向我報告，所以沒資格這麼說。我最早開始擬定這項計畫，是在各領紛紛主張應該由妳成為中央神殿長的時候。至少後來，我從未收到過妳將成為國王養女的消息。」

斐迪南眉頭深鎖，靠著牆壁緩慢地坐起身。聞言，我一時語塞。因為如同斐迪南沒告訴我，我也沒向他報告後續的事情。即使手邊有隱形墨水，我也只能在信上寫些不痛不癢的事情。我忽然覺得有些過意不去，坐在斐迪南旁邊開始辯解。

「……因為養父大人與王族要我不能告訴其他人啊。但其實我有很多事想找斐迪南大人商量，還有很多只能在秘密房間裡傾訴的抱怨呢。」

「妳的抱怨無關緊要，快解開手銬。」

……哪裡無關緊要了！聽我說！

儘管被斐迪南非常乾脆地忽略，但我也知道現在比起抱怨，為他解開手銬，還有說明古得里斯海得與亞倫斯伯罕的現況更重要。我來回摸了摸舉到眼前來的手銬，卻發現表面一片光滑，完全沒看到鑰匙孔。

「雖然我也想快點解開，但這個手銬要怎麼打開呢？我可沒有鑰匙喔。斐迪南大人知道鑰匙在哪裡嗎？」

我上下左右地端詳手銬，想要找到鑰匙孔，只見斐迪南一臉受不了地問：「妳看得到鑰匙孔嗎？」

「就是看不到才在找啊。」

「妳的聖典是為何而存在？不知道的事就去查。這個不是用鑰匙，而是要用開鎖魔法陣解開。我這裡的知識每個時代都有幾種開鎖魔法陣，可以在比對後補足有所缺失的魔法陣。」

「……感覺斐迪南大人在要求我很難做到的事情呢。」

由於我一直心想著不能被其他人看到，所以平常很少使用梅斯緹歐若拉之書，也就沒有想到可以這麼做。該不會斐迪南平常都用梅斯緹歐若拉之書在查資料吧？我一邊這麼狐疑，一邊詠唱「古得里斯海得」變出梅斯緹歐若拉之書，搜尋解開手銬的方法。

「妳這外觀是怎麼回事？又是常人難以想像……不管騎獸也好，聖典也罷，妳變出來的東西總是奇形怪狀。」

看見平板型的梅斯緹歐若拉之書，斐迪南以放棄理解的口吻說道，緩緩搖頭。

「雖然外觀和常人想像的不一樣，但我的梅斯緹歐若拉之書可是非常好用喔。不僅黑暗中『螢幕』會發光，非常便於閱讀，想找的資料也只要往這裡輸入文字就能輕鬆找到。很厲害吧？」

我得意訴說自己的梅斯緹歐若拉之書有多麼優秀，「唔呵呵」地挺起胸膛。然而，斐迪南卻是一臉不能理解。

「梅斯緹歐若拉之書原本就是用來查詢自己想找的知識，打開時，想要的知識自然會浮現而出。文字本身也會發光，所以即使在黑暗中也能閱讀。妳的聖典竟還要特意輸入想查詢的文字，反倒更不方便吧？」

「怎、怎麼會……」

始料未及的反駁讓我整個人目瞪口呆。斐迪南微微傾身，看向我的梅斯緹歐若拉之書後說：「就是這個魔法陣，用司提洛畫下來吧。」儘管我無法辨別，但據斐迪南所說，他那邊的魔法陣都是比較舊時代的，而我這邊是比較新時代的。

「複製貼貼！」

由於我懶得把思達普變成筆後再畫魔法陣，乾脆使用複製貼上魔法，把魔法陣複製到帶來的魔紙上，然後灌注魔力使其發動。「喀鏘」一聲，手銬就掉到了地板上。

……這樣就沒問題了。

「羅潔梅茵，妳方才到底做了什麼？」

發現斐迪南一臉愕然，我再次「唔呵呵」地得意挺胸。

「這是我發明的複製貼上魔法喔。雖然有許多使用限制，但這個就很方便了吧？」

「簡直超出常理，但也如妳所說十分方便。快告訴我原理和發音。」

「……目前事態緊急，我之後再告訴你吧。」

現在可沒有時間研究複製貼上魔法喔。我這麼提醒後，斐迪南便沉下臉要求說明：「那妳說明一下情況吧。」說完，他開始反覆握拳。

於是我為開始復健的斐迪南說明艾倫菲斯特的情況。因為出事時他馬上要求尤修塔斯與艾克哈特趕回來，所以我想比起亞倫斯伯罕，斐迪南應該更想知道艾倫菲斯特的現況吧。

「原來如此，艾倫菲斯特早已開始採取防衛。」

「是的，領內貴族都卯足了全力在做準備喔。為了加強神殿的守衛，我還製作了強化戰鬥能力的魔導具，外觀看起來就是不同色系的休華茲與懷斯。」

「妳的想法還是這麼異於常人，為何要把強化戰鬥能力的魔導具做成蘇彌魯？」

「是莉瑟蕾塔做的喔。反正很可愛，有什麼關係嘛。」

在我說明艾倫菲斯特的現況時，原先還不太能動彈的斐迪南已能稍微移動指尖，漸漸地再擴大到了可以上下移動手臂。只不過從斐迪南緊皺的眉頭，還是能看出他對於無法隨意活動身體感到很不滿。

「羅潔梅茵。」

「怎麼了嗎？如果還有其他想知道的事情，儘管問我吧。還是需要更多的藥水？」

「不，把臉頰湊過來。妳說過我可以捏妳的臉頰吧？」

看斐迪南一臉嚴肅，還以為他要說什麼，結果居然是要求捏我的臉頰。我自認沒做什麼會挨罵的事情，所以不明白他為何突然提出這種要求。而且，有必要非得在這種緊急情況下捏我的臉頰嗎？我完全不懂斐迪南在想什麼。

「呃，我是說過沒錯啦……但斐迪南大人的手還無法完全舉起來喔？」

「至少還是能動，而且趁現在，捏起來也比較不痛吧。」

「明明我是指等你可以隨心所欲活動之後……但好吧。」

儘管嘴上還是反駁了幾句，但如果這時候被捏也不會痛，那我當然歡迎。於是我移動到斐迪南身前，重新在他兩腿之間坐下，說著「請」送上臉頰。

動作仍然有些遲緩的指尖先是撫上我的右臉，接著手指開始使力。然而，我只覺得臉頰被人用很小的力道在輕按，一點也沒有被捏的感覺。雖然無法理解，但斐迪南這樣就滿意了嗎？我滿腹疑惑地歪過頭，這時斐迪南的手開始往臉頰下方移動。

「斐迪南大人，那裡不是臉頰喔……」

他的左手從顴骨移動到下顎線，然後只用拇指擠壓。這樣倒是比剛才更有被捏的感覺了。他是為了這個才改變手的位置嗎？就這麼想捏我的臉？我沒來由地心生感佩時，他的戒指忽然浮起綠色光芒。

「洛古蘇梅爾的治癒……」

原本脖子上的些許刺痛感立刻消失得無影無蹤。沒想到斐迪南竟然幫我消除了脖子上鎖鏈的傷痕。我心裡既高興又高興不太起來。

「斐迪南大人，現在應該優先恢復自己的體力與魔力才對，你在做什麼啊?!你自己的身體更重要吧！我這點小傷又不痛，之後再治療就……」

「我只是想確認自己的魔力能否正常使用，剛好拿妳做測試而已……嗯，思達普也沒問題。」

斐迪南從我身上別開目光，順便抽回手，然後開始變出思達普使其變形。

……又沒在聽我說話！真是的！

看來斐迪南雖然還無法起身行走，但身體正在順利恢復。儘管個人覺得他應該盡量安靜休養，但從他的態度也看得出來，不管我說什麼他都不會聽吧。

「斐迪南大人，既然你開始慢慢恢復了，那我先出去和大家報告一聲，再去找來登記魔石。」

「羅潔梅茵。」

正要站起來的時候又被叫住，我蹲下來看向斐迪南問道：「還有什麼事嗎？」

「……告訴我妳的蓋朵莉希。」

「咦？呃，那個……現在非說不可嗎？大家都在外面等著……」

突然被問起早已埋藏到意識深處的問題，我不由得驚慌失措，頓時有些瑟縮。而斐迪南的目光固定在一點上。

「我本以為妳的蓋朵莉希與我一樣，都是艾倫菲斯特。但現在看來，王族顯然已向妳求愛，而妳也接受了。所以，我想知道妳現在的蓋朵莉希。」

「咦？」

我完全聽不懂斐迪南在說什麼。我眨了眨眼睛後，循著他的目光往下看。他雙眼正凝視著的，是席格斯瓦德送給我的項鍊。我拉起項鍊的同時，斐迪南也像是想起了什麼般輕「啊」一聲，開口說道：

「這麼說來，曾經妳的夢想是與王子結婚吧。記得某次妳寫下了內容非常荒謬的故事，當時就曾這麼說過。還真沒想到竟有實現的一天……」

斐迪南指的是青衣見習巫女時期，完全不了解貴族社會的我為了印製書籍，曾經寫下的灰姑娘童話。都那麼多年以前了，他還只是大略看過而已，竟能記得這麼清楚，真是教我佩服。但與此同時，我也發現到了明明自己當時想表達的是，我想把「大家都會羨慕的飛上枝頭當鳳凰」故事印成書籍，但斐迪南卻解讀成了我也嚮往「大家都會羨慕的飛上枝頭當鳳凰」。

「請等一下！我要抗議！和席格斯瓦德王子結婚才不是我的夢想。要我跟那種早有其他妻子，而且連一本書也沒有的男人結婚，對我來說只是惡夢。生活水準反而下降，這算哪門子的飛上枝頭當鳳凰嘛。」

屆時我可是得離開自己的圖書館，去到一個連半本新書也沒有的新環境，成年前還很可能不被允許參與印刷業，所以我絕無法忍受有人說我是飛上枝頭當鳳凰。

「再說了，我理想中的丈夫是爸爸喔。我希望將來的另一半可以協助我做我想做的事情，也無懼於任何像是身分上的差距，隨時隨地站在我這一邊保護我，而席格斯瓦德王子根本不能拿來相提並論。這個只是王族給我的許可證，同意我前來營救斐迪南大人，跟求婚一點關係也沒有。請你仔細看清楚，這上面既沒有全屬性的魔石，也沒有刻著求愛的誓言吧？」

我極力解釋這只是許可證，並不是訂婚魔石，並且強調席格斯瓦德完全不是我理想中的丈夫，順便講述起自己理想中的美好未來。

「我想要的生活，是可以一整天都待在圖書館裡看書喔。然後與家人還有三五好友一起享用美味的飯菜、閱讀喜歡的書籍，還可以四處雲遊，去其他地方的圖書館尋找從未看過的書。另外，我也想在圖書館裡面工作，幫忙訪客尋找他們想要的書、修復古老的資料，然後研究魔導具，與他領的圖書館建立起『館際合作系統』，蒐羅全國各地的書……這些才是我想做的事情。如果一位王子不僅沒有半本書，還要我成年以後才能參與印刷業，跟他結婚怎麼可能是我的夢想嘛……這可是天大的誤會。」

我深深地長嘆口氣後，連帶身體也跟著虛脫無力，當場癱坐下來。靜靜聽著我長篇大論的斐迪南露出苦笑。

「知道了。聽完妳這番慷慨激昂的主張，顯然是我有非常嚴重的誤解。」

「在理想與夢想上確實是有誤解，但在現實上倒是沒有，所以斐迪南大人不必放在心上喔。」

「……妳是何意？」

為了不讓氣氛太過沉重，我對著斐迪南微笑道：「因為我預計要在領主會議之前成為國王的養女，並且成年後要與自己理想相差甚遠的下任君騰結婚。」反正就算現在不說，不久後的領主會議上也會宣布這件事。

「……妳要與席格斯瓦德王子結婚嗎？」

多半是驚訝過度，斐迪南反問時臉上沒有任何表情。說不定是讓他想起了自己也曾奉國王之命，不得不應下婚約。

「是啊。雖然席格斯瓦德王子並不是真的想娶我，只是想要古得里斯海得與我的魔力而已。原是平民的我居然要與王子結婚，很好笑對吧？而且王子似乎不希望我又做出一些超出貴族常識的事情，所以打算盡量不讓我出席公開場合，並且努力維持領地間現有的勢力關係。」

「對於自己要遭受這樣的對待……妳當真無所謂嗎？」

斐迪南面色嚴峻，但我抿緊了唇後，點一點頭。我已經決定接受。因為對我來說，能讓斐迪南免於連坐更重要。

「如果是平民區的家人與古騰堡夥伴們，還有神殿的侍從與斐迪南大人……也就是我最重視的蓋朵莉希身陷險境，那我一定會把尤根施密特拋到腦後，竭盡全力去救你們。

可是，既然現在大家都平安無事，那我總不能對尤根施密特的存亡視若無睹。因為尤根施密特要是不在了，我重視的人們也無法安穩過生活。」

所以沒關係。既然現在尤根施密特快要崩毀，那麼我一定要完成梅斯緹歐若拉之書，或是取得地下書庫裡王族的古得里斯海得才行。為此若要成為王族，也是無可奈何的事情。

「一旦成為王族，我就會動用自己所有的權力，保護我重視的人們。我絕不會讓斐迪南大人遭到連坐，也會想盡辦法，讓斐迪南大人可以回到你視為蓋朵莉希的艾倫菲斯特。請放心交給我吧。」

「……妳也要和我一樣，把重要的人都留在艾倫菲斯特嗎？然後還要我回去保護這一切？」

說話時，斐迪南的表情苦澀至極。大概是想起了自己前往亞倫斯伯罕時的情景吧。為了讓他多少安心一些，我擠出微笑。

「斐迪南大人，你放心，我沒事的。因為不只平民區的家人會以專屬的身分同行，路茲與班諾先生等普朗坦商會的成員，也會在我成年時來到中央，開始發展印刷業喔。神殿又有麥西歐爾接下神殿長一職，王族也准許了我帶著已獻名的未成年近侍前往。所以就算到了中央，我還是可以過得很好。」

這時，我忽然想起得把獻名石還給斐迪南。於是我從皮袋裡拿出白繭狀的獻名石，塞到斐迪南的右手中。

「對了，得歸還獻名石才行。雖說是為了救斐迪南大人，但擅自奪走你的名字，實在非常抱歉。既然現在你有了自己的秘密房間，以後放在裡面保管會比較安心吧？」

斐迪南垂下雙眼，拿著獻名石的右手不停顫抖，似乎是想要緊緊握拳。

「……對妳而言我……」

「什麼？」

「沒事，我是說，雖然妳說要讓我回到艾倫菲斯特，但這是不可能的，事情沒妳想的那麼簡單。因為這次出了這麼嚴重的大事，必須要有人收拾善後，我不可能離開亞倫斯伯罕。所以，妳也沒有必要成為國王的養女。」

斐迪南的話聲有氣無力，充滿絕望。聞言，我決定告訴他接下來的計畫。其實本來不打算說的。

「呃……其實這件事還是秘密，但我成為國王的養女以後，若取得了地下書庫裡的古得里斯海得，就會重新劃定領地邊界。所以，斐迪南大人不用擔心喔。在那之前，我與近侍們會想辦法管理亞倫斯伯罕……」

「哦……」

斐迪南拳頭顫抖，朝我看來的雙眼有些變了顏色。雖然不明白是為什麼，但斐迪南顯然非常生氣。斐迪南本不像我容易感情用事，然而此刻他的雙眼卻讓人一眼就能看出情感波動，這種情況可說是非比尋常。

……咦？我不小心打開魔王的開關了嗎?!

君騰與古得里斯海得

「王族竟然如此愚蠢又不知羞恥嗎……」

斐迪南倏地勾起嘴角，露出駭人至極的笑容，搖搖晃晃地站起來。「各位王族，快逃啊！」我正想這麼大喊時，斐迪南轉頭朝我望來。

「羅潔梅茵，妳也是。」

「實、實在非常對不起！」

雖然不懂斐迪南為何生氣，但他那充滿震懾性的眼光一掃過來，我立刻覺得先道歉再說，於是扯開喉嚨大聲賠不是。但我這般毫不真誠的道歉，自然被斐迪南一眼看穿，惹得他更是怒氣沖天。

「羅潔梅茵，看樣子我還得感謝妳。」

「啊、啊嗚……」

這時的斐迪南不僅眼神冷冽，瞳孔還因為激烈的情感波動而搖曳變色，再加上讓人背脊發寒的低沉嗓音，應該沒有多少人會真的相信他是在表達感謝吧？

……哪有人表達感謝時是這種表情！

「多虧妳的所作所為，我想通了不少事情。」

如今三十六計，走為上策。面對不語地低頭注視我的斐迪南，我拚了命地思考要如何逃離這裡。幸好現在是非常時期，既然斐迪南已經恢復到了可以起身站立，那我必須向等在外頭的近侍們報告這件事。

「對了！亞倫斯伯罕現在的情況也非常糟糕，蘭翠奈維的人又在外頭胡作非為，聽說還有貴族女性被擄走，那我……」

「嗯。所以現在的首要之務就是摧毀亞倫斯伯罕，將這裡夷為平地吧。蘭翠奈維的人若在為非作歹，正好幫了一把。」

明明斐迪南剛才還在對我和王族生氣，這時說出口的話卻是「摧毀亞倫斯伯罕」。雖然完全符合他魔王的別名，但我實在不懂這前後有什麼關聯。

「斐迪南大人，請等一下。為何會演變成要摧毀亞倫斯伯罕？是蘭翠奈維……」

「亞倫斯伯罕若繼續存在，我做任何事都會受到限制。所以讓亞倫斯伯罕與蘭翠奈維一同滅亡就沒問題了吧。」

「哪裡沒問題了?!不行！」

我張開雙手，擋在斐迪南身前，抬頭瞪向他。瞬間，斐迪南散發出來的壓迫感更是倍增。明明應該趕快逃離魔王，我在做什麼啊？就連我也對自己的行動感到想哭。

「妳為何要袒護亞倫斯伯罕與蘭翠奈維？」

「不是的，而是斐迪南大人現在要是攻擊亞倫斯伯罕，就有可能會違反不與我為敵的魔法契約而喪命，所以絕對不行。」

斐迪南的表情幾乎不變，但眼神中的怒氣淡薄許多，瞳孔也變回平常的淡金色，只不過明顯帶有警戒之色。

「……妳到底做了什麼？為何攻擊亞倫斯伯罕，就會與妳為敵？」

「為了能以最快速度進入這裡，我將基礎染色了。所以就魔力而言，現在我才是奧伯．亞倫斯伯罕。」

「以最快速度……？」

「這是我所能想到最快的方法。」

斐迪南張大了雙眼靜止不動。感覺好久沒有看到斐迪南大腦當機的反應了。這也就是說，我真的做出了極其超出常理的事情吧。

「妳到底在做什麼？最快的方法應該是抓住奧伯，然後不管要威脅還是拷打，都要逼她交出登記魔石，再讓她簽訂契約吧？這世上哪裡會有人笨到只為了救我，就將基礎染色？」

「就在這裡。」

斐迪南彷彿全身的力氣都流失一般，當場蹲了下來。然後他嘆了一口長長的氣，長到我都要懷疑他是否無法呼吸了，最後他蹲在地上仰頭看我。

「妳果真是無可救藥的超級蠢蛋。」

「因為我根本沒想到過那種絕對會死人的恐怖方法，而且就算想到了，我也不可能付諸實行。況且我又不曉得蒂緹琳朵大人的姊姊叫什麼名字、長什麼模樣，萬一沒找到人，只會白白浪費時間吧。」

與打開神殿那邊的入口、為基礎染色相比，在亞倫斯伯罕領內四處尋找蒂緹琳朵的姊姊的蹤影，實在太沒效率。

「所以，亞倫斯伯罕就交給我收拾善後，斐迪南大人可以回艾倫菲斯特沒關係。我自己做的事情我會自己負責。」

聽完我的主張，斐迪南站起來，伸手就捏我的臉頰。握力跟剛才相比好像恢復了不少，所以還挺痛的。

「豪痛喔。」

「我看妳還是不了解情況，妳該說的不是剛才那些話。」

斐迪南的笑臉開始變得有點恐怖。我忍不住眼眶含淚，拍了拍斐迪南捏著自己臉頰的手。

「那請斐迪南大人告訴我，我該說什麼才好吧。我會一字不差照唸。」

「妳該向我請求協助。如今蒂緹琳朵勾結外患，有意謀反篡位，不僅姊姊是共犯，母親還帶人要攻打艾倫菲斯特，萊蒂希雅更是有殺人未遂之罪。妳若是想替亞倫斯伯罕收拾殘局，最了解內情的人就是我了。」

聽完斐迪南說明亞倫斯伯罕現況後，剎那間我的意識有些飄遠。居然領主一族全是罪犯，簡直不忍卒睹。貴族與平民明明毫不知情卻要慘遭波及，真是太無辜了。

「斐迪南大人如果願意幫忙，當然是最有力的幫手喔。可是，你不是想回艾倫菲斯特嗎？感覺你在亞倫斯伯罕也沒什麼美好回憶，把你繼續留在這裡好像不好……」

然而我明明是在擔心斐迪南，這次他卻用力擰起我的耳朵。

「妳方才說了會一字不差照唸，現在又是怎麼回事？自己說過的話轉頭就忘了嗎？還是說妳沒有聽到我說了什麼？」

「斐迪南大人，請幫幫我吧！萬事拜託了！你是我唯一的靠山！」

「好吧。畢竟若對妳放任不管，後果將不堪設想。」

……後果不會比放任魔王不管還要嚴重好嗎！你剛才可是突然開口就說要滅了亞倫斯伯罕，我才不會說這種話！

我摀著耳朵瞪向斐迪南，當作最後的反抗，結果被他反瞪回來。好可怕。

「那麼，妳打算怎麼做？一旦成為奧伯，便無法成為君騰。因為一個人不能同時將兩個基礎染色，這點妳也知道的吧？」

一個人不能同時將兩個基礎染色，所以過去才會從還只是奧伯候補人選的神殿長中選出君騰。若在已是奧伯的情況下得到王位，就要先把領地的基礎傳給下任奧伯，之後才能成為君騰。

「所以我打算找其他人為亞倫斯伯罕的基礎染色，自己再去取得尤根施密特的基礎。不然就是等我成為國王的養女，取得了地下書庫裡的古得里斯海得後，就直接讓給王族。」

如果只是要讓尤根施密特這個空間繼續存在，那麼最快的方法就是找其他人為亞倫斯伯罕的基礎染色，我再為國家的基礎染色。但考慮到王族與領地間錯綜複雜的勢力關係，不難想見之後的情況會非常麻煩。

「若能取得地下書庫裡的古得里斯海得魔導具，讓給王族，我想這樣對所有人造成的影響會最小。王族之前也一直是像這樣代代傳承的吧？」

「這是比較近年來的事情了，但也因為王族用這種方式代代傳承古得里斯海得，導致了不少混亂與紛爭。有關君騰候補與梅斯緹歐若拉之書的歷史，妳有正確的了解嗎？」

「我大概知道演變的過程喔。因為都變成了智慧，灌進我的腦海裡。」

由於都灌到了我這邊來，我反倒比較懷疑斐迪南是否有正確的了解。

「那妳試著闡述梅斯緹歐若拉之書與王族的古得里斯海得有何不同吧。認知上若有出入，接下來的討論也沒意義。」

「梅斯緹歐若拉之書其實就是智慧庫，要先去各個祠堂，取得眾神賜予的七個屬性石板，召喚出空中的魔法陣後，再前往創始之庭，從艾爾維洛米大人那接下。而且因為這些智慧是灌注在自己的思達普當中，所以無法傳承給其他人。至於目前被稱作古得里斯海得的物品，也就是所謂君騰的證明，其實是從前無法取得梅斯緹歐若拉之書的王族為了繼承君騰之位，所創造出來的魔導具。既然是魔導具，就可以代代傳承。」

兩者的共通點在於，不光是內容乘載了成為尤根施密特君騰所需的知識，同時也具有實際的功用，比如開關國境門。

「嗯，這部分的認知並無出入。那麼，梅斯緹歐若拉之書演變成古得里斯海得的過程，妳也明白了嗎？」

「很久很久以前，即使有好幾位下任君騰候補能夠抵達艾爾維洛米大人的所在，取得梅斯緹歐若拉之書，但因為要吸收所有的智慧實在不容易，難免有遺漏，所以就創造出了『導覽手冊』吧？」

「慢著，『導覽手冊』是什麼？不要創造奇怪的詞彙。」

不小心用了不通的語言，被斐迪南要求說明後，我全力動腦思索。

「真是抱歉。呃，也就是操作手冊或者說明書……」

「所以是指為了可以順利地處理君騰公務，用來填補未獲得知識的資料吧。」

透過艾爾維洛米所獲得的知識，實在太過大量又雜亂無章了。因此，為了「只要有這個便能順利處理公務」，為君騰所用的、具備導覽性質的古得里斯海得於焉誕生。但是，要是任何人都能翻閱這本導覽版古得里斯海得，尤根施密特將陷入一團混亂，所以後來都存放在地下書庫深處，能夠進到那裡的也只有君騰候補們。他們會前往地下書庫深處，翻看導覽版的古得里斯海得，把處理公務時仍需補足的資料抄寫進自己的梅斯緹歐若拉之書當中。

「倘若這種做法能延續下來那倒無妨，但卻因為加藍索克的愚蠢之舉，使得下任君騰候補不再前往艾爾維洛米的所在。這段歷史妳還記得嗎？」

「嗯，就是那位沒有通過金色蘇彌魯的篩選，本該無法取得梅斯緹歐若拉之書，卻被他發現可以在地下書庫深處取得必要知識的問題人物吧？」

「加藍索克是因為喜好爭鬥，思想具有危險性，才沒有通過篩選。單聽妳的說明，一點也感覺不出事情的嚴重性。」

就算感覺不出嚴重性，反正認知一致不就好了嘛。我看是因為斐迪南凡事總想得太過嚴重。

總之，加藍索克因為思想具有危險性，所以沒能通過金色蘇彌魯的篩選。然而，只要往圖書館的女神像灌注魔力，腦中便會浮現魔法陣，進而取得古得里斯海得的外觀。隨後他更是發現，用不著特意前往艾爾維洛米的所在、取得梅斯緹歐若拉的智慧，也能在地下書庫的深處取得必要知識。

「不僅有著爭強好鬥的危險思想，還對諸神智慧不屑一顧的君騰因此誕生。」

只要魔力是全屬性，那麼往圖書館的女神像灌注魔力後，便可以得到古得里斯海得的外觀，接著再到地下書庫取得內容。縱然品行不端，也有辦法成為君騰——這件事傳開以後，加藍索克所樂見的鬥爭便開始頻繁發生。

「既然可以少付一點心力，多數人都是何樂而不為。於是漸漸地，不再有人努力去獲取梅斯緹歐若拉之書，反倒越來越多的人都是取得了外觀相同，但知識皆來自地下書庫深處的古得里斯海得。」

「因為就算品行端正，也不一定喜歡那麼艱難的過程嘛。」

畢竟不需要去各個祠堂、完成半空中的魔法陣，就可以得到古得里斯海得。君騰候補因而一下子增加許多，原本無法通過金色蘇彌魯篩選的人，則在鬥爭中打敗了其他候補人選，就任成為君騰。

「原本為了成為君騰，非得巡訪祠堂不可，後來卻再也沒有這個必要，權力鬥爭更是不減反增。而這帶來了什麼後果？」

「……認真巡祠堂的人反而遭到質疑，說他們這麼做是因為屬性不足，最終被人們視作是劣等的君騰候補。但這其實只是一種策略，想要排擠那些認真巡訪祠堂的君騰候補吧？」

那個時代君騰與貴族仍會舉行諸多儀式，所以就算不去各個祠堂，也能得到大量的神祇加護。因此，只是祠堂巡禮的意義改變了而已。

聽完我的回答後，斐迪南眉頭深鎖，盤起手臂又說：

「這是其中之一，但後來有位女王為了阻止這些紛爭，做出了愚蠢的決定吧？」

「是的。君騰．芮荷希特拉因為不希望每次王位交接時，總會發生嚴重的鬥爭、死傷無數，也不想看到眾人在聖地裡大動干戈，所以想到了一個方法，那就是限制可以成為君騰候補的人數。」

紀錄中為了成為下任君騰，當時各地君騰候補間的鬥爭非常激烈。而芮荷希特拉自己是取得了梅斯緹歐若拉之書的正統君騰，所以她前去拜訪艾爾維洛米，為此咳聲嘆氣之餘，也與他商量因下任君騰之位而起的這些紛爭該如何解決。

芮荷希特拉認為，就是因為任何人都能以君騰為目標，才會引發紛爭，遂決定了只有登記為和自己同族的人，才能夠進入地下深處的書庫。這樣一來，就能把君騰之位讓給不喜鬥爭的同族中人。

於是，芮荷希特拉參考了會帶領正確之人前去面見艾爾維洛米的金色蘇彌魯，製造出了黑白兩色的蘇彌魯魔導具，然後放置在圖書館，讓他們監視君騰候補的行動，並且阻止未登記為同族者的人進入地下書庫深處。要是有人對此表達抗議，她便動用君騰的權力加以肅清。同時為了防止遭到攻擊，她把居所從艾爾維洛米所在的聖地轉移到了現在的王宮，還設定成了只能透過有轉移陣的門扉往來聖地。

即使偶爾有人根據地下書庫裡的資料，取得了梅斯緹歐若拉之書，君騰也會進行處置，最終導致了只有芮荷希特拉一族的人能取得古得里斯海得。這便是王族的起源。

「儘管世人對此多有批判，但也有人認為她做得很對，使得王位交接時的鬥爭規模變小許多。而且在全屬性的王族還認真舉行儀式的時候，君騰的資質並未變差，所以有好一段時間並沒出什麼問題……」

「但這顯然是錯誤的決定。都怪她獨占了君騰的特權還為所欲為，導致出入聖地的人減少，協助舉行儀式的人也變少了。」

由於既無法取得古得里斯海得，貿然出手還會遭到肅清，所以漸漸地，各領領主與兼任神殿長的下任領主便不再踏入聖地舉行儀式。連帶地，只靠王族也無法再舉行大規模的儀式，儀式的規模也就越變越小。伴隨而來的後果，便是連各領也開始輕視神殿與儀式。

「除此之外，王族間的君騰之位鬥爭也變得非常激烈。君騰・芮荷希特拉太過相信自己的後代子孫了。」

時間一久，由王族繼承君騰之位儼然已成慣例。就在這個時期，兄弟爭奪下任君騰之位的戲碼再度上演，雙方兩敗俱傷後，繼承人只剩下身體虛弱的休邦克海德。當時的君騰為了讓身體虛弱的休邦克海德仍能以君騰的身分舉行必要儀式，便在王族的居所附近建造了中央神殿，在那裡舉行儀式。

所幸，休邦克海德留下了健康的子嗣。但是，他的孩子在繼位成為君騰時，儀式早已改為在中央神殿舉行，且長達數十年之久不曾在聖地舉行過。於是這任君騰完全不曉得要在聖地舉行儀式，只是照著休邦克海德所做的，繼續在中央神殿舉行儀式。

「此後，再也沒有人在聖地舉行儀式，聖地的功用也只剩下了為各地的孩子提供教育，協助他們取得思達普。」

「也是在這個時候，聖地開始被稱作貴族院，專門用以栽培貴族吧。」

但無論是更改成了登記為王族的人才能通行，還是王族的居所搬離聖地，古得里斯海得依然只有在地下書庫的深處才能取得。當時的王族仍要前往貴族院圖書館，為睿智女神像灌注魔力、在地下書庫深處抄寫知識，取得屬於自己的古得里斯海得。

「古得里斯海得之所以轉變成魔導具，全是因為君騰．阿爾芙桑緹特別溺愛自己的一個孩子。」

阿爾芙桑緹雖有好幾個孩子，卻獨獨寵愛其中一個兒子納古恩哈德。即使他不成材了點，即使欠缺了一個屬性，她還是想讓自己最疼愛的兒子坐上君騰之位。當時周遭的眾人也沒有把此事想得太過嚴重，以為女王再怎麼溺愛，屬性不足也不願努力祈禱好增加屬性的納古恩哈德，不可能當上君騰。

「無論做為母親還是做為君騰，阿爾芙桑緹的行為都糟糕至極呢。她居然只因一己之私，就想讓沒有資格的納古恩哈德成為下任君騰，這種想法我實在不能理解。她都沒有想過就算可愛的兒子當上了君騰，也只會疲於奔命嗎？她的母愛根本變質了，而且太過偏執。老實說我完全無法產生共鳴，站在人的立場也無法苟同。」

「然而在魔導具的製作這方面上，阿爾芙桑緹的能力卻是非常出眾。因為她僅僅為了讓最心愛的兒子當上君騰，便做出了古得里斯海得的魔導具。」

納古恩哈德在得到了即使自己缺乏一個屬性，依然能夠使用的古得里斯海得魔導具後，如阿爾芙桑緹所願地坐上了君騰之位。有女王強而有力的支持，再加上他也確實得到了古得里斯海得，眾人不得不認可。

「而持有者死後，這個古得里斯海得就會回到地下書庫深處。因為古得里斯海得該待在它本該在的地方。」

備受母親阿爾芙桑緹寵愛的納古恩哈德，則在自己死前藉由思達普讓魔力相通，變更了持有者，將古得里斯海得魔導具傳給了自己最疼愛的兒子隆多札恩。但其實隆多札恩擁有全屬性的魔力，根本不必繼承古得里斯海得魔導具，可以憑自己的力量取得。然而，納古恩哈德只是想把從母親那裡得到的純粹父母之愛，留給自己最鍾愛的孩子，所以刻意沒有傳達母親說過的話：「持有者一死，古得里斯海得魔導具便會回到地下書庫。」

於是，繼承了古得里斯海得魔導具的隆多札恩，誤以為這項物品就是要藉由使用思達普讓魔力相通，由父母傳給孩子。因此，儘管他早就知道深處的書庫裡有著蘊含知識的古得里斯海得，卻從來沒有去過，也把古得里斯海得魔導具傳給了自己的孩子。因為隆多札恩自己也是以這樣的方式成為君騰。

「就這樣，古得里斯海得變成了代代傳承的魔導具，而不是靠自己得到的物品。也難怪會有人以為只要搶到古得里斯海得，自己就能成為下任君騰吧。」

「這就是政變的開端吧？」

當時的第二王子沃迪弗里德從臥病在床的父親手中接下了古得里斯海得魔導具，卻遭到了覬覦下任君騰之位的第一王子殺害。然而，正當的持有者沃迪弗里德一死，古得里斯海得魔導具也就消失了，回到了地下書庫深處，只有辦理過王族登記才進得去的書庫裡。所以再怎麼搜索第二王子與第三王子的離宮，也不可能找得到。再加上阿爾芙桑緹的話語未被傳承下來，所以王族也不知道地下書庫的深處裡有古得里斯海得。而我會知道，是因為取得了梅斯緹歐若拉的智慧。

「只要參考王位繼承相關的發展歷史，應該就能取得放在地下書庫深處的古得里斯海得魔導具，或者也能用思達普去繼承。我因為與王族沒有血緣關係，可能要花上不少時間才能讓魔力相通，但是比起我，由王族成為下任君騰，對所有一切造成的影響會小得多吧？」

得到了古得里斯海得魔導具的我若與王族結為夫妻，只要讓彼此的魔力慢慢融合，總有一天應該可以轉讓給對方。就好比戴肯弗爾格也是用思達普互通魔力之後，讓子女繼承海之女神的法杖。

「……妳就是想著這些事情，決定要嫁給席格斯瓦德王子的嗎？即使以思達普繼承了古得里斯海得魔導具，現在的王族也看不懂內文吧？這樣有意義嗎？」

斐迪南不屑地冷哼一聲。枉費他好心地給過忠告，結果王族始終沒有學習古語，這點似乎讓他非常生氣。我懂斐迪南的心情。因為就算轉讓了古得里斯海得，但王族究竟要到何時才能完整正確地使用，我也毫無頭緒。

「可以把看書當成公務、學習古文，這是多棒的事情啊，但王族大概忙得這點時間也沒有吧。有時君騰．特羅克瓦爾也和斐迪南大人一樣，身上會飄出藥水味喔。這一整年為了交接，我也忙得暈頭轉向，沒什麼時間能看書。王族的日常生活肯定就和我這一年來差不多吧。居然這麼多年來都沒有時間悠哉看書，真是教人同情。」

「妳還有心情說得事不關己？等妳成為國王的養女，與席格斯瓦德王子結婚，那就會變成妳的日常生活吧？」

斐迪南用冷冷的話聲要我面對現實，我一時沉默以對。真不想面對現實。

「……等我成年以後開始發展印刷業了，我會努力擠出時間看書的。不過，不知道還有沒有什麼好方法呢？比如命令斐迪南大人每個季節都要聲稱是問好，為我送來艾倫菲斯特的書籍，或是以王族的身分下令，要大家送我東西就只能送書……」

為了讓心情能開朗積極一點，我逐一列出自己想到的辦法。斐迪南聽了環抱手臂，用受不了的表情低頭看我。

「妳的問題在於沒有時間看書，就算書本數量增加也沒意義吧。要是妳成為王族後會下達這種荒唐的命令，那更是不該成為王族。現在妳該思考的，是有沒有辦法可以不必成為國王的養女，並在收拾完亞倫斯伯罕的殘局後，立即返回艾倫菲斯特。」

斐迪南說得一派理所當然，我的胸口卻刺痛了一下。因為我雖然想過要讓斐迪南回到艾倫菲斯特，卻從沒想過自己會回去。如今艾倫菲斯特正以我會離開為前提進行準備，所以我認為自己已經不能回去。

「妳那是什麼表情？難道還有事情瞞著我？」

「不是的，只是……我已經不能回艾倫菲斯特了。當然，如果只是返鄉或回去待一段時間，應該是沒問題，但我以後大概無法永遠待在艾倫菲斯特了。」

「妳到底在說什麼？」

在斐迪南的逼問之下，我說明了艾倫菲斯特的現況。包括國王決定要收我為養女後，我與韋菲利特將會解除婚約；就算與王族談好的協議作廢了，兩個人在情感上也不可能再重新訂婚。然後因為韋菲利特說了他不想成為奧伯，所以現在是夏綠蒂開始以奧伯之位為目標；把神殿長的位子交接給了麥西歐爾以後，如今我在神殿也沒有容身之處。

「這一年來我一直以自己會離開為前提，做好了交接與準備。當然就算我要回去，大家不管心裡怎麼想，肯定也不會表現在臉上，然後會欣然地歡迎我吧。但既然我無法成為奧伯．艾倫菲斯特，從今往後就不能繼續待在艾倫菲斯特。」

如果我把古得里斯海得交給王族後再回到艾倫菲斯特，那麼貴族們比起夏綠蒂與麥西歐爾，定然會更加希望由我成為下任領主吧。畢竟我為王族呈獻了古得里斯海得，這樣的功績足以讓人拋開個人的好惡。

不曉得我出身秘密又非常疼愛我的波尼法狄斯，多半會態度強硬地推舉我，但齊爾維斯特絕不可能讓原是平民的我成為下任領主吧。好不容易領內的貴族正團結起來，領主一族之間卻又要產生對立。而布倫希爾德為了牽制萊瑟岡古一族，已經預計要嫁給齊爾維斯特當第二夫人，屆時會讓她的努力也全部付諸流水。

「不只是領主一族間的關係。現在古騰堡夥伴們也都在進行交接，為搬遷做準備。要是突然告訴他們不用搬走，請留在艾倫菲斯特繼續生活，他們也會很困擾吧。」

他們也和我一樣。都帕里一旦決定要離開工坊，就無法輕易回頭。

「為了救斐迪南大人，我之所以能帶著自己的近侍趕來亞倫斯伯罕，也是因為我們很快就要離開了。所以，領內在部署防衛人力時從未把我們算在內。從今往後不管發生什麼事，我都不再是艾倫菲斯特的一份子了。」

我說完後，斐迪南閉上眼睛，緩緩吐了口氣。

「……原來事情已經發展到這一步了嗎？」

「所以就算只有斐迪南大人也好，我會讓你回到艾倫菲斯……」

「住口。」

明明我根本沒說錯話，斐迪南卻再度捏起我的臉頰。

「關於妳的容身之處，我會再思考。總之先來解決眼前的問題吧，首先要討伐蘭翠奈維與關閉境界門。走了。」

斐迪南大步移動，難以想像他剛才還因為中毒而無法動彈。看來在我們講了這麼多話的時候，他身上的毒已經解得差不多了，臉上的表情也沒有流露出絲毫痛苦。

「請等一下。我得先找到或者重新製作登記用魔石，否則斐迪南大人出不去喔。因為你的登記魔石被蒂緹琳朵大人拿走了。」

我急忙叫住斐迪南。他先是毒辣地批評蒂緹琳朵：「腦袋在這種無謂的事情上倒是特別靈光。」然後指向出入口。

「打開這扇門時，你們應該移開了書箱吧？書箱裡就有備用的登記魔石。既然妳已染好基礎，想必打得開。快去拿進來。」

新任奧伯

「斐迪南大人怎麼樣了?!」

為了拿登記用魔石，我一走出供給室，艾克哈特就幾乎要撲上來地急急問我。與此同時安潔莉卡也拿出武器一個箭步衝上來，擋在我與艾克哈特之間。看著互瞪的兩人，我輕拍了拍安潔莉卡的肩膀，要她退開。

然後我告訴艾克哈特，自己已照尤修塔斯說的讓斐迪南喝下了解毒藥水，現在他的身體也順利恢復，準備要去討伐蘭翠奈維與關閉境界門。至於其他像是斐迪南把回復藥水當成了毒藥、用鎖鏈勒住我的脖子、有關古得里斯海得的談話，以及話說到一半他就宛如魔王的化身般勃然大怒等等，這些沒必要告知的事情我就沒說了。

「竟然馬上就要上戰場，中毒沒對他的身體造成影響嗎？」

「……艾克哈特哥哥大人也知道，斐迪南大人一向很擅長隱藏情緒。老實說，我並不覺得他的身體已經完全康復。不過，他也沒辦法和一般的病人一樣躺在床上休息吧。只能盡快結束這一切了。」

「知道了，那我先去通知戴肯弗爾格一行人。」

艾克哈特點點頭後，立即轉身走出領主辦公室。尤修塔斯則是對著他從艾倫菲斯特帶來的木箱，開始做起某些準備。在明白斐迪南成功獲救後，辦公室內一時間洋溢著安下心來的氛圍。不過，接下來與蘭翠奈維的戰鬥才剛要開始，還不能鬆懈心神。

接著，我照著斐迪南說的從書箱裡拿出登記用魔石，再度進入供給室。進去前，我轉頭向自己的近侍們下達指示。

「關閉境界門時，已為基礎染色的我也必須前往，所以請護衛騎士們做好準備，以備隨時出發。」

「是！」

進入供給室後，我請斐迪南為登記魔石染色，再拿著魔石回到領主辦公室，嵌進門上的凹洞裡。緊接著送出信號，斐迪南很快便從供給室裡出來。他抬眼環顧辦公室，像是在掌握情況。這時奔至他身前的，正是艾克哈特與尤修塔斯。

「斐迪南大人，幸好您平安無事。」

「讓你們擔心了。」

看到一臉如釋重負的兩人，斐迪南露出淡淡的微笑。不過，他的笑容只持續了短短一瞬間，很快便正色收起。

「我聽羅潔梅茵說了，現在蘭翠奈維正到處胡作非為，還有人被擄走，你們掌握詳細情況了嗎？艾克哈特，告訴我騎士團的現況。」

「是！據報告，由於敵人持有可阻絕魔力的銀色武器與防具，又會潑撒能讓人瞬間變成魔石的毒粉，所以有幾名騎士毫無還手之力，已經不幸身亡。休特朗則表示，由於魔法對敵人無效，他判定不該有勇無謀地與之對抗，而是該讓城堡裡的貴族們盡快去避難，所以指示眾人躲進得有魔力登記才能打開的房間裡。」

聽說有不少貴族因為躲進了只有以本人魔力才能打開的秘密房間裡，所以逃過一劫。看來受害人數會比預期的還要少，為此我暗暗鬆了口氣，關上供給室的門扉。把門變回原本的大小後，再請護衛騎士們把書箱放回原來的位置。在此同時，艾克哈特也持續報告著。

「萊蒂希雅大人似乎落入了蘭翠奈維手中。有人目擊到蒂緹琳朵大人下了指示後，萊蒂希雅大人與休特朗的女兒便被蘭翠奈維的人帶走。並且，最先開口警告敵人持有毒物，能把人瞬間變成魔石的也是她們二人，還要休特朗趕快逃跑，去救其他人。」

多虧於此，亞倫斯伯罕領內的萊蒂希雅派貴族們，才沒有在毫不知情的情況下被屠殺殆盡。由於無法與每間宅邸都取得聯繫，所以遭到洗劫的那些貴族人家中究竟有多少生還者，目前還無從確認。

「現在抓到蒂緹琳朵、喬琪娜與亞絲娣德了嗎？或者是否已經掌握了她們目前的行蹤？」

「聽聞蒂緹琳朵大人與雷昂齊歐大人一同前往了蘭翠奈維之館後，遲遲未歸來。據報告，曾有人想去那裡找蒂緹琳朵大人，請她阻止蘭翠奈維殘忍無道的行為，卻再也沒有回來過；而方才闖進蘭翠奈維之館一看，使館早已人去樓空。由於從未見過有人出來，所以蒂緹琳朵大人目前的行蹤成謎。」

「……這樣啊。我明白了。」

斐迪南皺著眉對艾克哈特頷首，接著換尤修塔斯開始報告有關亞絲娣德的消息。

「據宅邸裡的人說，亞絲娣德大人與她的丈夫布拉修斯大人在蒂緹琳朵大人的邀請下，前往了蘭翠奈維之館。由於至今尚未返家，很可能正與蒂緹琳朵大人一起行動。」

「原來如此。所以她們才會眼睜睜地任由你們入侵，也沒能阻止羅潔梅茵將基礎染色吧。本打算銷毀她們的名牌，藉此進行處分，但看來目前並不在領內。喬琪娜呢？」

斐迪南邊聽著尤修塔斯的報告，邊喚來哈特姆特，要他為我準備藥水。原來是要我先飲用好心版的回復藥水，我依言喝下。

「喬琪娜大人聲稱要為舊孛克史德克舉行祈福儀式，所以為了前往各地基貝的宅邸，似乎早在十天前便離開了城堡。目前還不知她在哪個基貝的土地上停留，因為送出了奧多南茲給基貝後，沒有任何人捎來回覆。」

「……聽來不妙。在攻打艾倫菲斯特一事上，基貝們很可能也提供了協助。」

在場全是艾倫菲斯特的人。因此斐迪南一說完，理解到艾倫菲斯特面臨的險境後，房內氣氛霎時變得非常緊張。

……怎麼辦？得快點趕回去……

如今成功救出了斐迪南，了卻心頭一樁大事的我，腦海中立即浮現出了平民區的家人、留在艾倫菲斯特的近侍，還有神殿裡的人們。

「妳冷靜一點。」

斐迪南看穿了我的想法，立刻出聲制止。

「我明白情感上，一定是艾倫菲斯特比亞倫斯伯罕更重要，但現在的首要之務是關閉境界門，並且討伐蘭翠奈維，讓他們無法繼續作惡。羅潔梅茵，既然妳奪走了基礎魔法，這便是妳身為奧伯應盡的職責，也只有妳能辦到。」

對我這麼說完，斐迪南再看向我的近侍們。

「由於貴族們並不知曉內情，看到你們突然攻進亞倫斯伯罕，很可能會誤以為你們是蘭翠奈維的同夥。畢竟一般人根本不會想到，是自領的領主一族與外敵勾結。再者，既然你們是憑著防阻外患這個名義前來，又得到了王族給予的許可證，對於此事就不能坐視不管。說動了這麼多人，羅潔梅茵就該負起責任。絕不能讓王族與亞倫斯伯罕的貴族們有可乘之機。你們身為近侍，務必提醒羅潔梅茵這一點。」

斐迪南說等這些事情做完，就會趕往艾倫菲斯特。他還說原本支持喬琪娜的基貝們在得知自領的基礎魔法已被奪走、奧伯實質上已經換人後，很可能就會退出喬琪娜的計畫。

「我明白了。」

「斐迪南大人，您這身裝扮無法上戰場吧。我已為您做好更衣準備。」

轉頭一看，只見尤修塔斯已經在木箱上準備好了披風、藥水與幾顆魔石。我正驚訝於尤修塔斯的準備之周到時，他朝我看來，故意露出滑稽的笑容。

「奧伯・亞倫斯伯罕，實在非常惶恐。如今斐迪南大人的房間遭毀，事態又十分緊急，小的希望能讓主人直接在領主辦公室內著裝更衣，不知您是否准許？」

「沒問題，那我們出去吧。」

於是我帶著自己的近侍走出領主辦公室。然而出來後，門外卻一個人也沒有。漢娜蘿蕾他們跑去哪裡了呢？

……艾克哈特哥哥大人應該已經通知過他們了，門外卻不見半個戴肯弗爾格騎士的蹤影，發生什麼事了嗎？

我納悶地環顧四下，隨即發現受了傷的戴肯弗爾格騎士們正相繼湧入走廊盡頭前的寬敞大廳。大廳連著廣闊的陽臺，騎著騎獸的他們應該是在那裡降落。似乎正在引導騎士們的漢娜蘿蕾轉過頭來。

「羅潔梅茵大人，斐迪南大人平安無事嗎？」

漢娜蘿蕾向我微笑問道。她看起來沒有受傷，但身後的騎士們卻有不少人身上掛彩。明明不久前才說過，這次的敵人應付起來毫無挑戰性，難道出了什麼意外？

「漢娜蘿蕾大人，戴肯弗爾格的騎士們怎麼受傷了呢？」

「因為蘭翠奈維的士兵雖然不值一提，但要攻下船隻卻不容易。」

她說他們不僅趕跑了在貴族區亂竄的蘭翠奈維士兵，還攻進了蘭翠奈維之館，本來一切都很順利。然而，當他們想要追擊逃進船裡的人時，船隻卻發動了攻擊。聽說是一種會射出大量細長銀針的武器，讓人根本無法靠近船隻。

「我們還讓十名騎士假扮成要回船上的蘭翠奈維士兵與被擄的女性，讓他們潛入敵船內部，但奧多南茲也送不到那裡頭去……」

漢娜蘿蕾因為一直在領主辦公室前待命，所以後來的情況，改由在現場與敵人交手過的海斯赫崔報告。

「魔力對那些船隻全然無效，甚至銀針般的武器還能貫穿騎獸與鎧甲。我們也曾試著消除騎獸跳上船、直接使用武器，卻沒有太大的效果。因為我們帶來的非魔導具武器是專門用來對付人的，面對船隻這種龐然大物，只能對船身造成些許的損傷。於是我讓騎士們暫時撤退，先回來討論對策。」

「面對初次見到的武器，各位還願意跳到船上，調查敵船的堅固程度，我由衷感激。等一下也找斐迪南大人商量此事吧。還請受傷的各位移動到這邊來，我為各位施展治癒。」

我變出了芙琉朵蕾妮之杖，為戴肯弗爾格的騎士們施展治癒。

「我也已讓部分的亞倫斯伯罕騎士去看守境界門。敵船若有任何動靜，相信會馬上捎來通知。此外，有一群亞倫斯伯罕的貴族一直吵著要面見新奧伯，最後我讓他們集中待在一個房間裡。由於有不少人都不肯聽人說話，因此戴肯弗爾格的騎士們一時心浮氣躁下，曾對他們大聲喝斥，動作也比較粗魯一點，還請見諒。」

由於那群貴族吵著要進領主辦公室，漢娜蘿蕾他們便將其判定為「礙事的人」，隨後一一抓起來，關在同一個房間裡。目前正由戴肯弗爾格的騎士看守著，既不會遭受到蘭翠奈維士兵的攻擊，也不會有生命危險。

「是我拜託各位守在門前，所以當然沒關係，而且還幫了我大忙呢……對了，漢娜蘿蕾大人，我想現在兩鐘的時間應該快過了，你們一行人打算怎麼辦呢？接下來我得去關閉境界門，斐迪南大人還說他要去討伐蘭翠奈維……」

明明我是在徵詢漢娜蘿蕾的意見，海斯赫崔卻往前大步一跨，鏗鏘有力地說道：

「自然是一同前往討伐。好不容易出現了值得一戰的對手，怎能錯過與斐迪南大人並肩作戰的機會。」

「那個，漢娜蘿蕾大人……」

這樣真的好嗎?——我詢問她的意見後,漢娜蘿蕾露出了有些為難的苦笑。

「這次因為敵人太過弱小,我們幾乎沒有使用到魔導具與回復藥水。明明是來參加真正的迪塔,要是沒有什麼交手的機會,就把滿懷不滿的騎士們帶回去,只怕後續會有更多麻煩。若能讓我們繼續同行,我會非常感激。」

……意思是想讓他們發洩完精力後再回去吧。我懂。

望向看起來精力還很旺盛的戴肯弗爾格騎士們,我完全可以明白。傷口一恢復,海斯赫崔他們立即開始思考要如何攻打銀色船隻。

「試著投擲巨岩如何?只要使用身體強化,也許能在船身上開個大洞。」

「但這種做法很可能誤傷人在船內的貴族女性。」

我正看著討論起來的騎士們時,漢娜蘿蕾忽然訝叫一聲。

「哎呀?羅潔梅茵大人,您身上的王族徽章是不是先拿下來比較好呢?雖然非常難以啟齒,但碰到肌膚的鍊子似乎已經有些損傷。」

「咦?」

我訝異地摸向脖子上的項鍊。確實如同漢娜蘿蕾所說,鍊子摸起來有些粗糙,絲毫沒有金屬該有的光滑觸感,就好像生鏽了一樣。接著我看向摸過項鍊的指尖,發現上頭沾有金粉。

我不解偏頭,解下項鍊,一眼便見只有扣環附近觸碰到肌膚的地方有所毀損。

「我今天才收到而已……難道是送了瑕疵品給我嗎?」

漢娜蘿蕾苦笑著告訴我,這不是瑕疵品。

「單純是因為羅潔梅茵大人的魔力太過豐沛。您想必是在戴著項鍊的情況下，消耗了大量魔力吧。求愛魔導具所用的鍊子是以製作者的魔力製成，若不斷負荷高於製作者的魔力，就會導致這種情況。」

「您這麼說，我就心裡有數了。」

因為戴上項鍊以後，我不只為兩道國境門供給了魔力，還多次使用轉移陣，甚至將領地的基礎染色。短時間內，我確實消耗了非常大量的魔力。我對此恍然大悟的同時，卻也有不明白的地方。

「那個，漢娜蘿蕾大人。我們曾在課堂上學過要如何製作求愛魔導具，但一般都得配合對方的屬性製作，再刻上誓言吧？這個應該不是才對啊……」

「我們在課堂上學到的是求婚魔石喔。求婚魔石必須在自己的能力範圍內贈送最高品質的物品，但求愛魔導具是更前面一個階段，所以通常品質會低一點。而且求愛魔導具的特徵是不刻誓言，而是刻上徽章與名字，讓人能夠看出追求者是誰，同時還會滲出追求者的魔力。」

我驚訝地低頭看向一直以為是許可證的項鍊。雖然漢娜蘿蕾說了會有魔力滲出，但我根本看不到。到底該怎麼做才能看到呢？或許之後要問問斐迪南。

……這麼說來，斐迪南大人好像也是在看到這個項鍊以後，才突然說起我的夢想是與王子結婚之類的話……也就是說，只有我沒看出來這是求愛魔導具囉？

我想著這些事情時，漢娜蘿蕾輕笑出聲。

「之前上課時我就常常在想，羅潔梅茵大人雖然成績優秀，無所不知、無所不曉，但對於男女情愛以及男女間該做的事情，卻都不太了解呢。」

「我承認自己在這方面的學習比較不足，但這是因為與其他學習不同，斐迪南大人根本沒有教過我啊。」

我完全不提自己就算看了艾薇拉寫的戀愛故事也看不懂這回事，全部怪到斐迪南頭上。對此，漢娜蘿蕾露出了不知該如何回應才好的為難表情，站在身後擔任護衛的萊歐諾蕾則是開口：「這方面的事情不該由男士來教您。」

……嗯，我想也是啦。

「羅潔梅茵大人，建議您先包起來收在皮袋裡吧，王族的許可證可不能弄丟。」

哈特姆特笑容可掬地遞來一塊布。於是我接過後，用布把項鍊包起來，再收進腰間上的皮袋裡。重要的許可證居然這麼脆弱，真是教人始料未及。

……不過，沒想到這竟是求愛魔導具。席格斯瓦德王子到底在想什麼，為什麼會送我這種東西呢？

反正只要國王下了命令，再怎麼不情願我們還是得結婚；但若國王沒有下令，我們也就不必結婚。這種時候送給我求婚魔石以外的信物，又有什麼意義呢？

「羅潔梅茵，讓妳久等了……這是怎麼回事？」

換上魔石變成的全身鎧甲後，斐迪南從領主辦公室裡走了出來。一看到眼前密密麻麻全是披著戴肯弗爾格披風的人，他的表情瞬間凝結不動。戴肯弗爾格的騎士們一看到斐迪南，則是「唰」的一聲在走廊上整齊列隊，然後接連跪下。

「羅潔梅茵，為何在亞倫斯伯罕的城堡裡，會有這麼多戴肯弗爾格的人？」

斐迪南一向不喜歡預料之外的情況，目光兇狠地朝我瞪來。

……糟糕。有關戴肯弗爾格的事情，我完全忘記要說明了。

我連忙堆起討好的笑容，「呵呵呵……」地笑著想敷衍過關，指向戴肯弗爾格的有志之士們。

「這些人全是來自戴肯弗爾格的有志之士喔。他們是為了和我一起營救斐迪南大人，也為了來參加奪取基礎的真正迪塔。」

「斐迪南大人，萬幸您平安無事！」

在我身後的海斯赫崔霍然起身，帶著滿面笑容大步逼近。接著他大力扯下自己的披風，遞給一臉厭煩的斐迪南。

「我在此將披風交還給您。我要堂堂正正地與您比場迪塔，在贏得勝利之後，再親自從您手中拿回來。」

「我不需要。拿走。」

……啊啊啊，果然兩個人的態度簡直是天差地別！

面對冷若冰霜的斐迪南，海斯赫崔毫不氣餒，對著他繼續滔滔不絕。不愧是戴肯弗爾格的男人，不會因為這樣就受挫。

「上一回我自以為是為了您好，殊不知卻造成了反效果。當時我的本意原是想幫助斐迪南大人，所以這次我一定赴湯蹈火，在所不……」

「我沒時間跟你說這些。現在我們得去關閉境界門，免得讓蘭翠奈維的人逃了，還要加以討伐。」

斐迪南說著「別來礙事」，揮揮手作勢要驅趕海斯赫崔，但他聽了，反倒露出得意洋洋的笑容。

「那請讓我助您一臂之力。畢竟我們本就是在羅潔梅茵大人的請託下來到這裡。然後等一切結束，再好好討論迪塔……」

「等一切都結束再說，所以你再等個十年吧。」

「我一定助您及早結束，所以關於迪塔……」

……哇噢，明明斐迪南大人這麼冷淡，他竟然可以不屈不撓。

畢竟自打兩人在貴族院相識，無論斐迪南的態度有多麼冷漠，海斯赫崔還是有辦法一直纏著他要求比迪塔。對海斯赫崔來說，這點冷眼大概不算什麼吧。不愧是戴肯弗爾格的男人，真是纏人。

「話說回來，在場全是戴肯弗爾格的騎士吧。亞倫斯伯罕的騎士去哪了？」

萊歐諾蕾於是轉述了漢娜蘿蕾報告過的情況，再說明了我們之所以與戴肯弗爾格合作的來龍去脈。聽完，斐迪南再次捏起我的臉頰，「妳所採用的手段為何總是如此不合常理？」我覺得他絕對只是在遷怒。

「因為按照一般的辦法，根本救不了斐迪南大人啊。多虧有戴肯弗爾格的騎士們幫忙，我才能毫髮無傷地奪得基礎，也成功救出了斐迪南大人。請您先說聲謝謝吧。」

我這麼表示後，斐迪南好半晌陷入沉思，最後看向海斯赫崔。

「好吧，海斯赫崔。等關閉境界門，將蘭翠奈維的人一網打盡後，我便照著你的要求，帶你前往艾倫菲斯特。」

「要前往艾倫菲斯特嗎?!這是為什麼？」

漢娜蘿蕾瞪大雙眼，來回看向我與斐迪南。因為一開始只說好了要來亞倫斯伯罕，從沒說過還要再去艾倫菲斯特，所以也難怪身為指揮官的她不知所措吧。然而，斐迪南完全無視她錯愕的反應，繼續說道：

「羅潔梅茵雖然奪得了亞倫斯伯罕的基礎，但迪塔並非奪得寶物就好。若沒能護住己方的寶物，即使騎士的實力再強大、奪得了敵陣的寶物，也依然不算獲勝。戴肯弗爾格數不清有多少次就是因為被我奪走了寶物而落敗，對於這點想必有更深的體會吧？」

在場的騎士大概多與斐迪南是同個世代，因此一個接著一個地露出了像被踩到痛處的表情。

「……換言之，直到確實守住艾倫菲斯特的基礎為止，迪塔都不算真正結束。在取得完全的勝利前，千萬不能掉以輕心。蘭翠奈維會使用我們從未見過的武器與毒物，任何行動皆難以預料。所以海斯赫崔，接下來你要聽從我的指揮。我們要將蘭翠奈維擊潰到體無完膚。」

「是！接下來全員聽從斐迪南大人的指揮，繼續比真正的迪塔！」

「噢噢！」

戴肯弗爾格的騎士們矯捷起身，走到陽臺變出騎獸，起飛備戰。儘管熱血得令人難以招架，但行動卻也迅速可靠。「就這樣直接回去也很麻煩嘛。」漢娜蘿蕾點頭說道，臉上的表情半是死心半是贊同。

「尤修塔斯，在我回來之前，救出所有藏在秘密房間裡的貴族，並且全面地蒐集情報。」

「遵命。」

「哈特姆特、克拉麗莎，你們去釋放被集中關在一間房裡的亞倫斯伯罕貴族們，然後比較蒂緹琳朵與羅潔梅茵，來告訴他們新任奧伯有多麼優秀。同時別忘了宣傳羅潔梅茵的聖女事蹟，務必讓他們深入骨髓地了解到，若不由羅潔梅茵成為奧伯進行治理，亞倫斯伯罕將毀於一旦，把他們洗腦到一看到羅潔梅茵就想下跪也無妨。能否讓貴族們毫不抗拒地接受羅潔梅茵成為奧伯．亞倫斯伯罕，就看你們的本事了。」

「包在我們身上！」

兩人聲音洪亮有力地應道。我的胃部一帶突然痛了起來。

「那個，斐迪南大人，交給哈特姆特他們真的沒問題嗎？我可是非常不安……」

「在宣傳妳的功績這點上，沒有比他們更優秀的人才了。不說這個了，妳魔力恢復了嗎？……接下來可能要麻煩身為奧伯的妳多耗一些魔力。」

斐迪南開始往偌大的陽臺移動，同時面色有些憂心地低頭看來。為了讓他放心，我露出微笑搖搖頭。

「我沒事，而且也已經喝過藥水了……更何況，接下來才是重頭戲吧？」

斐迪南中毒以後險些喪命，現在卻不是讓自己好好休息，而是急著要去掃除敵人。因此我很清楚這件事非得馬上處理不可，也知道這是自己不能逃避的職責。

「很好，那走吧。妳身為奧伯．亞倫斯伯罕，必須平息這場風波，讓一切盡在妳的掌控之下。」

斐迪南露出兇狠笑容，在陽臺上變出騎獸。這時候，正好有奧多南茲飛來。白鳥停在艾克哈特的手臂上，以男人的嗓音開始說話：

「艾克哈特，我是休特朗。蘭翠奈維的船隻開始移動了，他們似乎打算趁著戴肯弗爾格停止攻擊時穿越國境門。斐迪南大人還沒救出來嗎?!請立即下達指示！」

奧多南茲厲聲重複了三次傳話後變回魔石。斐迪南接過艾克哈特手中的魔石，再以思達普輕敲。

「我是斐迪南。接下來我將與新任奧伯一同前往關閉境界門，你們切勿發動攻擊，也不能現出行蹤，靜候指令。」

奧伯的守護

隨後，我們一行人騎著騎獸飛出城堡。與艾倫菲斯特相比，亞倫斯伯罕的氣候十分溫暖，明明現在還是舉行祈福儀式的時節，氣溫卻讓人覺得已經進入初夏。

不久前抵達亞倫斯伯罕的時候，城市還隱沒在一片黑暗當中。如今天空已經泛著魚肚白，還有著由淺紫轉至淡黃的漸層，雪白的貴族區以及與港口相連的平民區因而浮現眼前。這裡與艾倫菲斯特不同的是，貴族區有大門與高牆圍起，但平民區並沒有。

在色澤比天空還要灰暗的海面上，有三艘銀色船隻開始朝著境界門移動。由於才剛出港，速度並不算快。港邊還有一艘銀色船隻，似乎只有那艘船還未做好出航的準備。

斐迪南送出奧多南茲，要監視著蘭翠奈維之館的戴肯弗爾格騎士以及境界門上的亞倫斯伯罕騎士，留在原地繼續監守。接著他又送出了好幾次奧多南茲。

此外，多半是收到了城堡裡騎士們的通知，原先在貴族區各處努力展開救援的亞倫斯伯罕騎士們，一個個地前來與我們會合。他們一看到我的小熊貓巴士，總是不約而同面露驚訝。當中還有人變出思達普大喊：「是窟倫嗎！」周遭的騎士便急忙制止，「這不是魔獸！是新任奧伯的騎獸。」

……這才不是窟倫。

「海斯赫崔、艾克哈特，指示眾人以十人為一小隊行動，然後任命隊長。接下來命令會以小隊為單位下達。隊長以上的指揮官及其近侍，稍後先在外牆的門柱上降落。其他人則在半空中待命。」

「是！」

海斯赫崔與艾克哈特驅策著騎獸，開始執行命令。當我們還在空中移動的時候，騎士們便已分好隊伍、定好隊長。

「羅潔梅茵，那裡就是外牆的門柱，抵達後發放魔導具給每個小隊。」

「馬提亞斯、勞倫斯、萊歐諾蕾、柯尼留斯，那麻煩你們幫忙了。安潔莉卡就擔任我的護衛。」

「是！」

各隊隊長與指揮官們開始下降，朝著貴族區外牆門柱上的平臺飛去。除了載有行李的乘坐型騎獸，其他騎獸都暫且消除。

接著我的護衛騎士們在斐迪南的指示下，把閃光彈發給了第一小隊與第六小隊的隊長，再把廣域魔法的輔助魔導具發給第二小隊與第七小隊的隊長。

「漢娜蘿蕾大人，其實您可以帶著自己的騎士，留在城堡裡歇息……」

看著蘇彌魯造型的乘坐型騎獸，斐迪南建議漢娜蘿蕾可以返回城堡，但她聽了卻是露出為難的苦笑搖搖頭。

「我到這裡來是為了一雪前恥，所以絕不能再次臨陣脫逃。另外我在想，能不能把在此處貴族區取得的沃爾赫尼，放進蘭翠奈維的船隻裡。」

漢娜蘿蕾示意自己的騎獸說道。只見行李箱的位置那邊載了三隻沃爾赫尼，正趴著排成一排。記得曾聽人說過，沃爾赫尼有著犬隻的外觀，和蘇彌魯一樣在貴族之間是相當受歡迎的魔寵。

……把寵物放進船裡面嗎？

儘管我完全不懂漢娜蘿蕾打算利用沃爾赫尼做什麼，但斐迪南顯然馬上意會過來。

「……原來如此。要對付蘭翠奈維的士兵，這真是個好方法。」

真不愧是戴肯弗爾格的女性——我好像還聽到了這句話。但這句話算是稱讚嗎？發現漢娜蘿蕾露出了靦腆的笑容，那麼肯定算是稱讚吧。就當作是稱讚吧。

「既然如此，那艘未出港的船隻就交給漢娜蘿蕾大人吧。請讓第一小隊及第二小隊與您同行，他們可在救出人質的同時順便擔任護衛。」

「感激不盡。」

接著斐迪南指向大海，看得出來銀色船隻行駛的速度開始加快。

「魔力對那些銀色船隻無效，這點想必各位也知道了，但若阻絕了魔力，也就無法進行轉移。因此等到靠近境界門的時候，那些船就會變成黑色。我們到那時再動手。」

斐迪南說為此，關鍵就在於要讓敵人以為他們回得去。由於騎獸的速度一定更快，所以要小心別追得太近。必須若即若離，保持著容易發動攻擊的陣勢與距離，等著他們移動到境界門那邊去。

「待船隻變成黑色，羅潔梅茵就要對著船隻施展奧伯的守護，保護人質。守護施展完畢後，我們再全力發動攻擊，摧毀船隻。黑色會吸收魔力，所以下手要不留餘力，使出所有的魔力進行攻擊。」

「什麼摧毀船隻……那船上的人質怎麼辦?!」

「奧伯的守護會保護他們。等他們掉進海裡，再撈上來即可。」

……這個人還是一樣只重視結果呢！

不過，萬一讓敵人回到蘭翠奈維，一切就無可挽回了。與其在陌生的土地上戰鬥，還是讓斐迪南在熟悉的地方作戰更有利。

「也幸虧有這麼多戴肯弗爾格的騎士在，又有妳成為奧伯，否則也無法採用這種靠魔力決勝負的方法。在此說聲謝了。」

斐迪南接連下達指示，要哪一隊攻擊哪艘船，接著要我把回復藥水留在這裡。

「妳若繼續帶著回復藥水，也無法在雙方開戰時到處移動，發給所有人。因此，回復藥水與魔導具就交給見習生管理，再指派妳的一名護衛騎士留下。」

「羅潔梅茵大人，那由我來管理吧。如今我已能強化視力，所以能在需要回復藥水時拿給見習騎士，請他們前往配送。再說了我也是見習騎士。」

勞倫斯自願留下。他表示自己會與亞倫斯伯罕的見習騎士一起待在這裡，負責補給魔導具與回復藥水。

「羅潔梅茵，妳把騎獸收起來，與我共乘騎獸吧。」

「咦？為什麼呢？」

雖然小熊貓巴士裡的東西確實都搬出來了，但有必要與斐迪南共乘騎獸嗎？我感到一頭霧水。

「看在亞倫斯伯罕的人眼裡，妳的騎獸就只是隻外表有些憨傻的窟倫，甚至還有騎士因為不曉得這是妳的騎獸，險些要出手攻擊吧。一旦攻擊奧伯，就是謀反。妳也不希望要處分的人無謂增加吧？」

斐迪南指出，因為我與亞倫斯伯罕的騎士幾乎沒有交集，所以他們完全無法接受我的騎獸。看來即使小熊貓巴士再可愛也不行。

「再者妳坐著乘坐型的騎獸也不好關閉境界門，我也不好下達指示。最重要的是，妳若坐在騎獸裡，旁人便無法看見新任奧伯，那就無法公開亮相。」

斐迪南似乎想要趁這個機會，向眾人大張旗鼓昭告我就是新任奧伯。這讓我想起了自己成為領主的養女時，他也曾要求我釋放大量的祝福。此刻哈特姆特與克拉麗莎又正在城堡裡大展身手，造成的結果會比那時候更讓人不敢直視吧。

要照著斐迪南說的與他同乘騎獸，讓洗禮儀式時的情況再次上演嗎？我正猶豫不決時，萊歐諾蕾與柯尼留斯雙雙擋在斐迪南身前，像是要保護我。

「雖能明白斐迪南大人的顧慮，但若讓您與羅潔梅茵大人共乘騎獸，傳出去怕是有損她的名聲。羅潔梅茵大人可以與我共乘騎獸……」

「沒錯，羅潔梅茵大人應與女性騎士同乘才對。在場視您為羅潔梅茵大人監護人的人十分有限，為了主人的名譽著想，請讓她與女性騎士共乘騎獸。」

聽完兩人的反駁，斐迪南輕輕挑眉。

「不行。萊歐諾蕾並非領主候補生，很可能會有不便之處。」

因為領主一族所用的魔法有些必須保密，所以就連在貴族院，近侍也不能進入領主候補生在上課的教室。歷任老師也都是王族，或與王族成婚的前領主一族。

接下來我要以領主的身分關閉境界門、守護領民，若與萊歐諾蕾同乘騎獸，就不太好放手施展領主所用的魔法。

「若有女性領主候補生願意讓羅潔梅茵共乘，倒是可以拜託對方。」

斐迪南說完，柯尼留斯一臉焦急地環顧四周。

「在場的女性領主候補生還有漢娜蘿蕾大人。」

遭到指名後，漢娜蘿蕾露出了非常窘迫的表情。

「那個，真是不好意思。因為我的騎獸也是乘坐型的，並不適合讓新任奧伯公開亮相。而且我身為指揮官，等一下要衝進船裡，可能不方便載著羅潔梅茵大人……」

……對吧？心裡只會覺得怎麼能對他領，而且還是大領地的領主候補生提出這種要求嘛。

「柯尼留斯，你對漢娜蘿蕾大人太失禮了唷。漢娜蘿蕾大人，實在非常抱歉，我在此向您致歉。」

「哪裡，因為護衛騎士們的擔心也是合情合理……不過，我也能夠明白斐迪南大人的擔憂。奧伯絕不能自己製造原因，讓自領的騎士攻擊自己。畢竟羅潔梅茵大人還只是將基礎染色，尚未掌控亞倫斯伯罕。」

漢娜蘿蕾對於雙方都表示可以理解，但總之結論就是，我不適合在這種時候還騎著小熊貓巴士。

「羅潔梅茵，我要以兄長的身分勸告妳。妳絕不能與斐迪南大人共乘……」

「閉嘴，柯尼留斯。」

艾克哈特惡狠狠地瞪著柯尼留斯打斷他。

「為了救斐迪南大人，羅潔梅茵都成為奧伯．亞倫斯伯罕了，事到如今還顧慮什麼名聲？船隻已經啟航，我們沒有時間了……羅潔梅茵，我以兄長的身分命令妳，快點遵從斐迪南大人的指示！」

「是！斐迪南大人，麻煩您了。」

雖然講的話十分過分，但面對盛氣凌人的艾克哈特，我不認為自己膽敢忤逆他。我急忙跑向斐迪南伸出手。

「真是讓人費心。」

斐迪南抓住我的手，讓我坐上他的騎獸。然而與小熊貓巴士不同，斐迪南的獅子騎獸坐起來很硬，也很難保持平衡。再加上斐迪南穿著鎧甲，背後一片平坦堅硬，一不小心還有可能撞到頭。

「斐迪南大人的騎獸坐起來真不舒服，感覺還會掉下去，真是可怕呢……」

「別挑剔了。當初妳就該製作普通的騎獸……話說回來妳長高太多了，我很難看到前面。」

……咦？等一下。我挑剔嗎？是斐迪南大人挑剔才對吧？

在我內心還完全無法釋懷時，騎獸已經升空，朝著港口加速飛行。現在有兩艘銀色船隻正從港口朝著國境門航行，有一艘則是離港後沒多久，不知為何就停了下來。還有一艘船是沒能出港，始終在做出航準備。

「斐迪南大人，停在海上的那艘船，說不定就是戴肯弗爾格的騎士們潛入的那艘。他們很可能正在制伏船上的敵人。」

海斯赫崔指著停在海上不動的船隻喊道。只要成功潛入，戴肯弗爾格的騎士絕不可能輸給蘭翠奈維的士兵。船內確實很可能正打成一團，船隻才停住不動。

「那艘船遲遲不啟程也很奇怪吧？」

眼見港邊的船隻不自然地晃動著，我強化視力定睛細看。結果我發現不只穿著銀衣的蘭翠奈維士兵，船上還有穿著破爛衣物的普通平民。疑似漁夫的那群平民個個曬得黝黑，看起來孔武有力，正面色猙獰地投擲木箱或網子，在船上面到處砸。每當砸中什麼東西，就出現小規模的爆炸。說不定他們拿來砸的，就是會爆炸的索普勒什魚。面對大搞破壞的漁夫們，身穿銀衣的蘭翠奈維士兵們則是舉著劍與盾牌應戰。平民與士兵打成一團，場面非常混亂。

「斐迪南大人，港邊那艘船上，士兵似乎正與漁夫陷入混戰。現在有穿著銀色衣服的人被丟出船外。」

「所以是遭到平民阻攔嗎？那就不好使用沃爾赫尼了……改變作戰計畫！漢娜蘿蕾大人，那艘船附近有不少平民，請等羅潔梅茵施展完奧伯的守護後再潛入！」

「是！」

斐迪南叫住了正要往港口下降的漢娜蘿蕾，再向我下達指示。

「羅潔梅茵，妳先對受了傷的亞倫斯伯罕領民施展洛古蘇梅爾的治癒，然後往港口一帶施展奧伯的守護。」

「是！」

我依言變出思達普，接著變成芙琉朵蕾妮之杖，施展洛古蘇梅爾的治癒。綠光隨即自芙琉朵蕾妮之杖湧出，灑向了陷入混戰的港口一帶。

「怎麼回事？」原本還在打鬥的眾人爭相喊道，不約而同抬頭往上看，尋找綠光的來源。發現身上的傷口都消失了，漁夫們驚訝大喊「這是奇蹟」，而這時候，我再把法杖變回思達普。

……奧伯的守護。

我深吸一口氣後，開始不停地往思達普灌注魔力。這是只有領主能夠使用的，用來守護自領人民的魔法。雖然有時間限制，但在那段時間內，可以保護領民不被任何攻擊傷害到。我第一次見到這個魔法，就是在見習青衣巫女時期的祈福儀式上，只是當時並不曉得那叫做奧伯的守護。齊爾維斯特也曾用來保護領民。

「伏爾科巴贊。」

我振臂大力揮下思達普，一頭黃色巨鳥旋即飛出，一邊撒著光粉，一邊在港口上方盤旋，最終慢慢消失淡去。這樣一來，就能保護自領的領民不受任何攻擊波及。

「是奧伯的守護……」

「羅潔梅茵大人當真成為亞倫斯伯罕的奧伯了嗎？」

亞倫斯伯罕的騎士們注視著撒在自己身上的光粉。因為奧伯的守護只能保護到登記為領民的人，儘管亞倫斯伯罕的騎士們都被淡淡的黃光包圍，但這對戴肯弗爾格的騎士們、我的近侍們，還有斐迪南大人等人與受洗前的孩子完全無效。

「第六小隊，投擲閃光彈！第七小隊，往港口施展廣域的洗淨魔法！一鼓作氣沖走蘭翠奈維的所有士兵！」

由於我剛才不只施展了洛古蘇梅爾的治癒，還施展了奧伯的守護，因此底下的人正都抬頭往上看，而就在這個時候，好幾顆閃光彈在他們頭頂上方炸開。蘭翠奈維的士兵們全按著眼睛痛苦掙扎，接著又有巨量的水流傾倒而下，將他們沖往海裡去。繫在港邊的船隻也因此搖來撞去，還有幾艘船因為纜繩鬆脫，被沖出了港口。在這些攻擊下毫髮無傷的領民們，則是愣愣地仰頭看著這邊。

「第三小隊、第四小隊、第五小隊，計畫變更！趁著奧伯的守護還有效時，盡速護送平民返家，並且擒縛蘭翠奈維的人！此外人質的救助與魔石的回收，全聽漢娜蘿蕾大人的指示！」

「是！」

披著淡紫色披風的騎士們接到斐迪南的指示後，朝著港口一帶漁夫較多的地方開始下降。

「第一小隊、第二小隊！我們走！」

在漢娜蘿蕾一聲令下，以乘坐型的蘇彌魯騎獸為中心，戴肯弗爾格的騎士們則是朝著銀色船隻下降飛去，身後的藍色披風飄揚起舞。底下的眾人大聲吆喝著騰出空間，讓騎獸有地方可以降落。

緊接著，漢娜蘿蕾從自己的騎獸裡放出沃爾赫尼。一出騎獸，原本還是中型犬大小的沃爾赫尼突然變成了大型犬大小，一個蹬地撲向四周的平民。

「不行。」

眼看沃爾赫尼就要撲向平民時，漢娜蘿蕾以思達普變出光帶製成牽繩，使力一拉。

僅僅這樣簡單的動作，沃爾赫尼便乖乖定住不動。漢娜蘿蕾先是朝害怕地瞪大雙眼的平民說了些什麼，隨後向騎士下達指令，再從裝卸貨物的出入口與他們一同衝進船內。

蘭翠奈維的船隻

之後，我們一行人朝著境界門再次在海面上奔馳，我坐在騎獸上開口問道：

「……斐迪南大人，沃爾赫尼究竟是怎樣的魔獸呢？」

「沃爾赫尼這種魔獸，面對魔力比自己強大的人會絕對服從。反之，牠們對於魔力比自己要低又會移動的物體，會不分敵我地撲咬上去。據說侍從在移動家具時，還得讓沃爾赫尼在外頭待著，免得家具遭到啃咬。」

「……還真是敵我不分到了極點呢。」

正當我這麼說時，停在海上不動的那艘船的內部突然爆炸，部分船身被往外轟飛。

斐迪南用沒有握著韁繩的那一隻手環住我的腰，將我壓向他。

「所有人提高警覺！」

只見船身上開了一個大洞，從中冒出白煙。儘管很想過去看看情況，但若不小心太過靠近，那種能夠貫穿騎獸與鎧甲的銀針說不定會突然飛來。斐迪南先是審視了前方的銀色船隻與境界門的距離，再照著戴肯弗爾格的騎士們報告過的，飛到銀針不會射及的高度後，保持距離停下騎獸。

「羅潔梅茵，麻煩妳強化視力，報告情況。」

我微微轉頭看向斐迪南，回答「是」。這種時候完全沒必要反問他：「您為什麼不自己強化視力？」既然有必要卻不做，當然是因為他就算想自己來也沒辦法。

我忽然明白了斐迪南要我與他共乘的原因。因為他不想被人知道自己的身體還未完全康復，但為了下達指示，又需要有人能強化視力、報告戰況。

……斐迪南大人會無法休息，都怪我們太不中用了呢。

即便我已將基礎魔法染色，但對亞倫斯伯罕的貴族們來說，我不過是素昧平生的陌生貴族。就算想要討伐蘭翠奈維，騎士們也不見得會乖乖協助。現在是因為有斐迪南在發號施令，騎士們才會行動。那麼，至少我絕不能扯斐迪南的後腿。我強化視力後，定睛察看白煙底下的情況。

「有個人身穿銀衣，似乎是男性，從船上的大洞裡走了出來。」

「是蘭翠奈維的人嗎？還是戴肯弗爾格？」

男人一邊東張西望，一邊移動到光滑的甲板上。他要做什麼呢？我往外傾身凝神細看，發現男人脫下身上的銀衣，用思達普釋出魔力。

「是思達普！他一定是戴肯弗爾格的騎士。」

在我揚聲報告的同時，海斯赫崔也朗聲喊道：

「斐迪南大人，那是船內敵人已制伏完畢的信號！」

看來他們已經預先說好，萬一出了什麼意外，就會釋出路德紅光求援；但如果只是釋出魔力的話，那就代表制敵行動成功。剛才引發爆炸的，就是潛入船內的戴肯弗爾格騎士們吧。

太好了——周遭的戴肯弗爾格騎士們紛紛鬆了口氣時，正好有奧多南茲飛來。

「船內敵人已經悉數制伏！現在要開始營救人質。由於人質們的騎獸用魔石也被沒收，營救行動可能要花點時間。」

聽完奧多南茲的傳話，斐迪南應了聲「好」，用力握緊韁繩。獅子騎獸大力地拍動了下翅膀。

「第六小隊，你們去營救人質並回收被搶走的魔石，第七小隊與第八小隊負責攻擊前方的第一艘船，第九小隊與第十小隊負責前方的第二艘船。」

「是！」

我們一邊調整距離免得太過靠近，一邊等著敵人航行到境界門附近。在海面上飛行的時候，天空已漸亮白，海面的色澤也不再灰暗。

「羅潔梅茵，一旦船隻開始變色，我希望妳能對前面的第一艘船施展奧伯的守護，但妳的魔力還足夠嗎？」

「再兩次的話，應該勉強還可以……但要更多次的話恐怕就不行了。」

我據實以告。這種時候絕不能撒謊，讓斐迪南高估我現有的魔力量。因為這關係到接下來的作戰計畫能否成功。

「因為在國境門進行轉移的時候，還有為基礎染色的時候，我已經連續飲用了好幾瓶回復藥水。若再繼續飲用，很可能導致身體不適、無法行動。接下來得到睡前才能再喝了。」

「妳能自己掌握藥水的飲用量就好。不過，勉強只能用兩次嗎……」

聽見斐迪南沉吟的語氣，我沒來由地感到不安。

「斐迪南大人在擔心什麼事情嗎？」

「那些船隻會從能夠阻絕魔力的銀色，變成能夠吸收魔力的黑色。先前秋季尾聲，境界門上的騎士曾親眼看著那些船隻返回蘭翠奈維。雖然我只是聽他轉述，所以並不肯定，但是據他所見，那些船隻似乎是藉由吸收國境門的魔力，再往整艘船灌注魔力，使船隻能夠進行轉移。換言之那可能不只是單純的黑色，而是有著與黑色魔石相當的魔力吸收能力……所以比起方才在港邊施展的守護，可能得消耗更大量的魔力。」

斐迪南不曾當過領主，雖然知道奧伯的守護會消耗大量的魔力，但並不清楚會對我造成多大的負擔吧。再者守護的威力，也視往思達普灌注了多少魔力而定，所以每個人要消耗的魔力量會有很大的差異。

「況且除非他們太蠢，否則應該也知道不能兩艘船同時變色。在確認第一艘船能順利地通過境界門與國境門之前，第二艘船肯定會先觀察情況。若看到船隻一旦無法阻隔魔力便遭到猛烈攻擊，多半就不會變色了吧。」

不變色就無法穿過國境門，但一變色又會遭到猛烈攻擊；屆時我們會與那艘進退不得的船僵持不下吧——斐迪南如是說。

「現在妳的魔力也可能不夠，究竟要用什麼方法迅速且平安地救出人質……」

其實若不考慮救出人質，那就可以採用戴肯弗爾格騎士們的提議，直接投擲巨岩。只不過我們當然不能這麼做，但考慮到艾倫菲斯特的危機與斐迪南的身體狀況，又不能耗費太多時間。

「羅潔梅茵，在妳擁有的知識當中，有沒有什麼辦法能盡量不傷及人質也不耗損魔力，同時又能有效地破壞船隻？不光是從梅斯緹歐若拉之書，妳也可以從異世界的知識裡尋找辦法。只要能讓魔力對船隻有效，是異世界的手段也無妨。」

斐迪南附在我耳邊小聲說道，以免被其他人聽見。雖然我完全可以理解這些話不能被其他人聽到，但這樣讓人耳朵好癢，真希望他想想別的辦法。防止竊聽魔導具不就是要用在這種時候的嗎？

「妳有頭緒嗎？」

「……之前那個世界雖然沒有魔力，但科學相當發達。只不過因為事前完全沒想過這件事，所以我得仔細想想才能知道。」

「那妳想想看吧，需要施展奧伯的守護時我再叫妳。」

於是我注視著銀色船隻，開始思索有沒有不用魔力的解決辦法。

……船身上的銀色是怎麼來的呢？怎麼看都不像是布，比較像是金屬，所以那層銀色其實是塗料嗎？

一時間，我只想到了可以想辦法讓塗層剝落，或是讓金屬塗層變得易脆，便於我們對其造成衝擊。

……如果試著加熱，塗層會不會熔化呢？但該怎麼加熱才好？而且這麼做的話，船裡的人質也有可能被活活熱死吧？嗯……

「奧伯的守護完成後，就使出全力發動攻擊。絕不能讓他們逃回蘭翠奈維，所以萬萬不可手下留情。人質等摧毀了船隻後再行搭救。」

在我陷入沉思的時候，斐迪南也向境界門的騎士們送去奧多南茲。

「靠近境界門的船隻開始變色了。羅潔梅茵，施展奧伯的守護。第七小隊、第八小隊與境界門的騎士，準備攻擊！」

只見船身像是一塊塊的瓷磚開始翻面般，漸漸地從銀色轉為黑色。斐迪南說了，只要瞄準變色的這一瞬間施展奧伯的守護，就能把魔力的消耗量降至最低。我立即變出思達普灌注魔力。

「伏爾科巴贊！」

我大力揮下思達普，朝著船隻釋出奧伯的守護。和剛才不同，這次鎖定的範圍相當狹小。黃色巨鳥沒有在空中盤旋，而是筆直地向著船隻飛去。

「去吧！」

斐迪南一聲令下，亞倫斯伯罕的騎士們跳上騎獸，從境界門門柱的平臺飛出。除了他們手上，朝著船隻開始加速的戴肯弗爾格騎士們手上，也都持有著迸放五顏六色光芒的思達普長劍。為了一舉摧毀蘭翠奈維的船隻，眾人所灌注的魔力散發出了耀眼奪目的光芒。

斐迪南揮下思達普，朝著船隻釋出魔力。是如同路德紅光般的那種細小光束。接收到了信號後，騎士們不約而同大聲吶喊，揮下長劍釋放魔力。飛出的魔力交織成了一道虹色光流，襲向變作黑色的船隻。

比陽光還要耀眼的魔力光流一舉擊中目標，瞬間船隻爆炸，讓人耳鳴的轟然巨響跟著傳來。海面先是劇烈震盪，吞沒了船隻後，下一秒揚起白色水柱。水柱中夾帶了不少船隻碎片，往外飛濺散落。

「已確認人質平安無事！開始進行救援！」

「快趁著奧伯的守護還在時救人。動作快！」

海面上到處浮起了身上帶有奧伯守護光芒的人。被擄走的女孩子們一臉不明白現在是怎麼回事，只見戴肯弗爾格的騎士們用思達普光帶把她們綑起來，再一個使力將人送到境界門上。亞倫斯伯罕的騎士則是撒出思達普變成的光網，一鼓作氣撈起漂浮在海面上的所有東西，包括還在眨著眼睛的貴族千金與魔導具等等。

「呀啊！」

網子內忽然傳來尖叫聲。原來是因為剛才那道攻擊的爆炸威力不小，有不少魚都跟著一起浮上來了，和魚一起被撈上來的貴族千金嚇得花容失色。雖然有些教人同情，但現在救人要緊，只能請她多多擔待了。

儘管也被爆炸波及，但由於蘭翠奈維的士兵們身穿銀衣，魔力攻擊並沒有對他們造成傷害，因此倖存者還不少。可以看到許多穿著銀衣的人都在海面上揮舞雙手，掙扎求生，但就算他們伸出了手想要抓住思達普變成的網子，身上的銀布卻阻絕了魔力。抓不住網子的他們只能徒然地舉著手臂，繼續被留在海上。

「斐迪南大人，蘭翠奈維的人要怎麼辦呢？可以抓住他們蒐集證據與證言……」

「若需要證言，已有方才那兩艘船上的士兵，不必再抓這些人。」

斐迪南果斷地決定見死不救後，將騎獸轉向後頭的第二艘船。一直在觀望的這艘船隻同樣受到了爆炸的震波波及，被巨浪打得搖搖晃晃，感覺隨時都有可能翻船。不過就如同斐迪南的預想，那艘船依然維持著銀色的外觀，既沒有朝國境門繼續前進，也沒有要掉頭返回港口的樣子。看來要在魔力無法造成攻擊的情況下陷入膠著了。

「嗯？」

這時，如潛艇般光滑的銀色船身的上甲板處突然有個開口打開，有什麼東西從底下被往上推出。不僅同樣是銀色的，外觀還像是四方形的盒子，表面有許多小孔。

「那是什麼？」

「就是我方才說過會射出銀針的武器！」

聽見斐迪南的疑惑，海斯赫崔回答道。他說就算從遠處以魔力攻擊那個地方，也一樣沒有效果，甚至帶來的魔導具也都對船隻完全不管用。儘管預先想好了要如何對付銀布，卻沒想到居然還有銀色船隻。老實說準備太不充分了，教人很不甘心。

「有銀針飛過來了?!」

「大家再後退一點！」

發現銀色船隻開始對著上空胡亂掃射，緊盯敵人動向的騎士們提醒眾人當心。那種銀針就連騎獸與鎧甲也能貫穿，所以絕不能隨便靠近。

「大概是因為親眼目睹了前面的船隻遭到擊沉吧。」

不僅親眼看著夥伴的船隻遭到摧毀，再加上船隻不變色就無法穿過國境門，眼看如今已經不可能返回蘭翠奈維，而且就算回到港口也肯定被捕。所以，士兵們會陷入恐慌也不足為奇吧——斐迪南這麼說道。

船裡的人質真教人擔心，必須快點救出來才行。為此，首先得破壞銀色塗層。既然看起來是像瓷磚一樣翻面，那麼應該可以利用小刀之類的工具，從接縫處把銀色塗層翻過來，或者直接刮除塗層，一定有什麼辦法。

「要是可以先把射出銀針的地方封起來就好了……」

「魔力攻擊多半無效，妳有什麼好辦法嗎？」

「穿著銀衣時，也無法穿過白色建築物或從地底移動吧？那如果我施展因特維庫侖變出蓋子，把那部分蓋起來呢？」

我試著思考有什麼是奧伯能做的事情，於是想到了可以製作白色石塊。然而，斐迪南卻一臉無奈地搖頭嘆氣，「妳還真是淨想些他人想不到的怪主意……」

「咦？不行嗎？」

「不是不行，而是辦不到。妳說來簡單，但誰要去測量蓋子所需的大小？又要如何畫設計圖？此刻我們手邊既沒有施展因特維庫侖用的魔紙與墨水，也沒有金粉，妳也沒有多餘的魔力了吧？」

……按一般的做法來說，確實是這樣啦。

「但只要有辦法測量大小，應該就行得通喔。我帶了很多克拉麗莎做的魔紙，用思達普變成的筆書寫也能取代墨水吧？剛好我身上也有一些金粉！」

我掏出了鍊子部分有些金粉化的王族徽章項鍊。取上面的金粉來用，應該就沒問題了吧？反正只是要製作阻擋攻擊用的蓋子，並不是要建造偌大的建築物。

「斐迪南大人，這些金粉夠嗎？」

「即使要做的東西再小，只靠這些金粉也遠遠不夠。若把鍊子的這裡到這裡變成金粉或許足夠，但將王族贈予的物品變作金粉，未免太過不敬。妳若真想採用這個方法，我會提供其他魔石給妳。」

不敬歸不敬，但如果換成斐迪南提供的魔石，根本無法變成金粉。因為他擁有的魔石魔力容量都很大，現在魔力所剩不多的我無法將其變作金粉吧。

「但這條鍊子含有的魔力已經快要達到飽和狀態了，所以若要變成金粉，只要再消耗一點魔力就好了喔。大不了歸還的時候給點補償，這樣難道不行嗎？王族總不會比起人命，認為快要變成金粉的鍊子更重要吧……」

「因為妳想救的貴族全來自謀反的領地，王族不見得會像妳一樣，如此重視人命。既然不曉得王族會作何反應，就不該無謂地留下把柄，況且站在保護者的立場，我也反對讓妳一個人飛到上空去施展因特維庫命。妳的護衛騎士也沒有半個人會贊成吧。」

妳要明白自己現在的處境有多危險——聽到斐迪南這麼說，我靜默下來。既然不能施展因特維庫命，只能再想其他辦法了。

「……那麼讓船結凍如何？只要用冰封住射出口，他們就無法發射銀針了吧？」

「這個方法不錯，但妳打算如何執行？」

「唔……要是可以使用埃維里貝之劍就好了。居然只有冬天才能使用，還真是派不上用場的神具呢。」

現在已是春天。而且這時候亞倫斯伯罕的天氣還與艾倫菲斯特的初夏差不多，跟冬天一點也沾不上邊。雖說由於祈福儀式尚未舉行，芙琉朵蕾妮的加護還算相當薄弱，但依然沒有達到可以使用埃維里貝之劍的條件吧。

「……雖然不太明白妳在煩惱什麼，但把此地的天氣變成冬天即可吧？」

「什麼?」

「只要改寫哈爾登查爾的喚春魔法陣，我們也能召喚出冬天吧?」

「咦?請不要說得一副理所當然!這不可能吧，一般人根本做不到。」

竟然只為了自己需要就要改寫大型魔法陣，這種事根本沒有多少人做得到，也沒有人會想到要改寫魔法陣吧。好比別人常說我在魔法陣的改良上沒有天分，所以我自然也完全沒想到可以改寫成呼喚冬天的魔法陣。

「不過，即使召喚冬天的範圍僅限那艘船，還是需要相當大量的魔力。妳若是魔力不夠，就得改用灌有魔力的魔石。妳身上有嗎?」

「有喔，是我從基礎裡面吸取出來的魔力。」

「妳為何帶在身上?」

明明很重，其實我大可坦白說出自己忘記拿出來了，但只要不說就沒人知道。

「妳說過妳身上還有魔紙吧?」

「有啊，這樣就萬無一失了吧。」

我從皮袋裡拿出了幾張摺起的魔紙。斐迪南忽然用疲憊萬分的語氣低喃:「妳異於常人的程度實在教我吃驚。」接著他又說:

「不過，就算能把此地的天氣變成冬天，我和妳之外，還有人能使用埃維里貝之劍嗎?考慮到之後還要關閉境界門與國境門，我和妳最好保存魔力。」

聞言，我看向周遭自己的護衛騎士們。他們每天出入神殿可不是徒勞。

「之前還為了比賽誰可以最快變出神具，所以我的護衛騎士們都能夠使用埃維里貝之劍喔。就連達穆爾也能變出外觀呢。」

很厲害吧？我自豪地挺起胸膛後，斐迪南看向四周的護衛騎士們，按住太陽穴。

「妳身邊不正常的人實在太多了。」

……說要召喚冬天的斐迪南大人才是怪人的頭號代表吧？

喚冬魔法陣

問完了幾個問題後，斐迪南立即召集第九小隊與第十小隊的騎士們，表示要凍結船隻，以阻止銀針的攻擊。

「凍結船隻?!現在氣候這麼溫暖，又充滿了芙琉朵蕾妮的力量，要如何才能讓冰雪之神休諾亞斯德發揮祂的力量呢?!」

「我們要舉行喚冬儀式，讓冬天降臨至這艘船。」

「什麼？」

……我懂。我明白你的心情。你是不是在想：你在說什麼啊？絕對是斐迪南大人的想法更異於常人吧？

斐迪南毫不理會一臉疑惑的海斯赫崔與其他騎士，接著轉向我的護衛騎士們，指示他們稍後使用埃維里貝之劍。柯尼留斯、馬提亞斯、萊歐諾蕾與安潔莉卡眨了眨眼睛，面面相覷。

「斐迪南大人，要所有的護衛騎士都使用是不可行的。因為一旦使用了埃維里貝之劍，體內的魔力會全部消耗殆盡。不能讓羅潔梅茵大人身邊沒有護衛騎士。」

「而且使用了埃維里貝之劍後，騎獸多半會消失，所以必須要有人能接住我們，否則我們會掉進海裡去。」

面對如此不合常理的作戰計畫，儘管我的護衛騎士們同樣一臉無法理解，但柯尼留斯與萊歐諾蕾還是很快反應過來。

「由於不曉得一個人的魔力能讓船隻結凍到何種程度，所以能夠使用埃維里貝之劍的人自然是越多越好，魔力量最好也足夠豐沛。不過，羅潔梅茵身邊確實也需要有護衛騎士。」

斐迪南這麼說完，馬提亞斯看往陸地的方向。

「勞倫斯也能使用埃維里貝之劍。不如交由其他人管理魔導具，讓勞倫斯加入我們上場戰鬥如何？」

斐迪南對腦筋轉得很快的馬提亞斯「嗯」地頷首，看往陸地的方向。然而，他的目光卻不是朝向外牆門柱，而是更後方的城堡。

「……羅潔梅茵，既然護衛騎士們都在神殿奉獻了魔力，能夠變出埃維里貝之劍，那麼哈特姆特身為神官長奉獻了魔力後，也一樣能使用嗎？」

「當然可以喔。他還曾與柯尼留斯哥哥大人比賽，看誰可以更快使用……斐迪南大人，難不成您想把哈特姆特也叫過來嗎?!」

我忍不住抬高音量，斐迪南輕哼一聲。

「他可是能夠使用埃維里貝之劍的文官，還不用減少妳護衛騎士的人數，這豈不是正好。只要妳開口，哈特姆特會立即趕來吧？」

斐迪南朝我遞來奧多南茲的魔石，要我把哈特姆特叫來。我照著指示錄下傳話，要求哈特姆特趕來。

「哈特姆特，為了能使用埃維里貝之劍，接下來我們將舉行大規模的儀式，所以需要曾是神官長的你來幫忙。請你換上魔石變成的鎧甲，盡可能以最快速度趕來。」

我對著左手上的奧多南茲說完傳話後，斐迪南接著執起我的左手。

「克拉麗莎，妳負責在外牆門柱上管理魔導具與回復藥水。另外若要帶亞倫斯伯罕的貴族們前來也無妨，讓他們見識見識何謂真正的儀式。動作快。」

起飛的奧多南茲很快便飛回來。

「遵命，羅潔梅茵大人。我會以最快速度趕到。」

「各位，我們走吧。一起將羅潔梅茵大人那女神般的神聖姿態烙印在眼底！」

兩個人的聲音簡直活力十足。由於我不允許克拉麗莎出入神殿，因此她無法變出神具。儘管這是無可奈何，但本人一定很不甘心吧。所以我很慶幸斐迪南也指派了任務給克拉麗莎。

……如果這不是洗腦工作的一環就更好了！

聽到哈特姆特與克拉麗莎的興致這麼高昂，我實在是有些不敢恭維。身後的斐迪南則是向人在補給區的勞倫斯送去奧多南茲，要他過來使用埃維里貝之劍。

「勞倫斯，稍後我要讓羅潔梅茵的護衛騎士使用埃維里貝之劍。你另外再挑選四名見習騎士帶來，在你們魔力耗盡時由他們負責攙扶，並且提供回復藥水。我還派了克拉麗莎去接手管理魔導具的工作。」

「……所以為了使用埃維里貝之劍，等我準備好回復藥水、挑選好四名見習騎士，也與克拉麗莎完成交接後，再迅速過去與各位會合就好了吧？」

聽得出勞倫斯的回答硬是吞下了其他所有疑惑，我只能在心裡為他搖旗吶喊：「勞倫斯，加油！」

「柯尼留斯，你們商量好誰要留下擔任羅潔梅茵的護衛，人數共兩名。考慮到埃維里貝之劍的特性，最好是留下女性護衛騎士。」

「是！」

我的護衛騎士們迅速動作，開始討論起來時，只見海斯赫崔依然一臉莫名其妙，不停來回張望，戴肯弗爾格的騎士們也都神情茫然。

「艾倫菲斯特的人為何可以如此冷靜?!斐迪南大人可是說了，他要召喚冬天來凍結船隻喔?!」

海斯赫崔選擇質問的對象，正是獨自一人稍微拉開距離，看著護衛騎士們展開討論的安潔莉卡。突然被人這麼一問，安潔莉卡驚訝地眨眨眼睛後，以手托腮露出了夢幻甜美的微笑。

「因為遇到困難要求的時候，比起理解，更重要的是如何做好指派給自己的工作。這次主人希望我做的是揮舞埃維里貝之劍與擔任護衛的其中一項，召喚冬天並不是我的工作。」

「原來如此。你們都是像這樣學會冷靜以對的嗎……」

……其實安潔莉卡的意思是，她打從一開始就不會去想那些複雜的事情，只做自己做得到的事。結果乍聽之下，像是安潔莉卡說了非常有哲理的話。

海斯赫崔大受感動，立刻自告奮勇說：「斐迪南大人，也請指派任務給我們！」但斐迪南根本不理他，朝著在剛才那艘船上展開救援與回收魔導具工作的騎士送去奧多南茲：「落海者的救援行動還要多久時間？」

「斐迪南大人，我是休特朗。被擄走的女性已營救完畢，現在正在回收魔石與魔導具……因為我們希望盡量找回逝世人們的魔石。」

「知道了。我們接下來將召喚冬天凍結後面這艘船，所以可能會使附近的海水跟著急遽降溫，你們自己多加小心。」

「……什麼？」

休特朗傳了語尾上揚的疑問句回來，然而斐迪南似乎當作他已經了解，沒有再送去更多說明。我不禁有些同情休特朗。

「斐迪南大人，休特朗是誰呢？」

「他是亞倫斯伯罕的前任騎士團長，因被蒂緹琳朵免職，現在是我的護衛騎士。」

隨後，斐迪南也向潛進船內制伏敵人的戴肯弗爾格騎士們送去奧多南茲說：「我想了解船隻的內部構造，派一個人過來。」收到「遵命」的回覆後，他再往漢娜蘿蕾那邊送去奧多南茲，詢問目前的情況。奧多南茲忙碌地飛來飛去。

根據回傳的消息，漢娜蘿蕾他們也已經大致制伏了船上所有敵軍，現在正開始協助被擄走的貴族女性下船，了解受害情況。

「羅潔梅茵，妳兩手伸直靠著騎獸，然後身體稍微向前傾。」

「為什麼？」

儘管滿頭問號，但我還是照著斐迪南說的伸直雙手靠在騎獸上，然後身體向前傾。

「保持這個姿勢別動。」斐迪南說完，拿出了某種像是板子的東西放在我背上。是用魔石變成的東西嗎？感覺有點重。

「斐迪南大人，這個姿勢太累了，您到底要做什麼？」

「忍耐，等我畫完魔法陣。」

……不——！他竟然把我當成了桌子?!

斐迪南把我的背當成桌子使用，然後以思達普變成的筆，在我拿給他的魔紙上畫起魔法陣。

「斐迪南大人，我的手臂快支撐不住了。」

「未免太快。再堅持一會。」

為了轉移注意力，不要去在意自己抖個不停的手臂，我開始思考既然要凍結船隻，不然也問問結凍之後，能否緊接著對船隻施加衝擊。

「斐迪南大人，貴族做的帶有魔力的類金屬製品，耐衝擊性會因魔力含量而有所不同，但平民平常用的金屬都有著在極低溫的環境下就會脆化的特性，比如冰點以下。如果蘭翠奈維的船隻用的是不含魔力的金屬，那麼在召喚冬天、揮下埃維里貝之劍使其結凍後，若緊接著施加劇烈的衝擊，我想應該會比一般的攻擊更有效。不知您覺得呢？」

「哦？如果交給戴肯弗爾格，他們應該能夠輕易地造成衝擊，那麼妳認為怎樣的攻擊最好？」

斐迪南反問的同時，繼續畫著魔法陣。

「呃……金屬還有一個特性，是氣溫急遽下降時會收縮。如果能用劍或長槍瞄準細微的縫隙，應該就有辦法把船身表面的黑銀兩面塗層給剝下來。」

成功剝開一些後，應該不難把周遭其餘的全部剝開。

「其實只要能封住銀針的發射口，我們便能降落到甲板，憑著蠻力強行突破。畢竟在場多的是眾人公認力大無窮的騎士。但既然都要凍結船隻了，施加衝擊也是不錯的辦法。重點在於剝除銀色的表層後，要施展奧伯的守護。只要能鑿開足以供一人通行的開口，之後再投入魔導具與戴肯弗爾格的騎士，相信便能順利救出人質吧。」

我們帶了很多應該能派上用場的魔導具，比如會發出爆炸聲響的，還有剛才也使用過的閃光彈，以及哈特姆特特製的催淚彈等等。一旦施展了奧伯的守護，要壓制敵軍也是輕而易舉吧。

根據潛入敵船的騎士與漢娜蘿蕾一行人提供的資訊，船內有個房間是專門用來防阻人質以魔力進行攻擊。

「海斯赫崔，等船隻一結凍，你便連同幾人一起朝著沒有人質的地方擲出長槍。人選你自己挑。」

「包在我身上！」

斐迪南畫好魔法陣的時候，哈特姆特、勞倫斯以及負責支援的見習騎士們也前來與我們會合。由於為了蒐集情報與下達指示，奧多南茲到處飛來飛去，我們似乎因此徹底引起了亞倫斯伯罕貴族的注意。我發現不只外牆那邊多了不少騎在騎獸上的貴族，就連平民也都打開了窗戶看著這邊。

待在銀針攻擊不到的船隻上方，我舉目看向正與見習騎士同乘騎獸的護衛騎士們。等一下負責揮下埃維里貝之劍的，有柯尼留斯、馬提亞斯、勞倫斯與哈特姆特共四人。

「羅潔梅茵，開始吧。」

斐迪南一聲令下時，日頭正好開始升起。太陽從大海與天空的縫隙間探出頭來，使得天空一下子無比明亮。陽光落在海面上形成一道光之小徑，閃動著粼粼波光。

我接過斐迪南遞來的魔石，依著魔紙上的魔法陣描繪線條，開始灌注魔力。魔法陣很快開始吸取魔石裡的魔力，轉眼就用掉了三顆、四顆。不知道身上的魔石夠不夠？我不由得擔心起來，但就在我放下第五顆魔石時，魔法陣發動了。

魔紙翩然浮起，被紅色火焰吞沒後，魔法陣再向著上方飛去，停浮在船隻上空。緊接著魔法陣染作一片鮮紅，朝著船隻筆直地立下巨大到足以罩住整艘船的紅色光柱。

「噢噢……」周遭的騎士們不由得紛紛發出讚嘆。就在這個時候，魔法陣開始由紅轉白。潔白的光芒像要蓋過紅色一般，覆蓋了整個魔法陣，再蔓延至從上空往船隻延伸的紅色光柱。

「冬天已經降臨。上吧。」

「是！」

斐迪南騎著騎獸進入光柱當中。與外頭相比，內部明顯寒冷得多。近侍們大概是因為穿著全身鎧甲，感受不太到溫度的差異，全都神色自若地變出埃維里貝之劍。

儘管才剛變出來，雪白的刀身卻都已經大放光芒，散發森冷寒氣。隨著四人繼續往埃維里貝之劍灌注魔力，刀身四周的寒氣也更是凜冽，並且逐漸化作冰雪。

「司掌再生與死亡的生命之神埃維里貝，侍其左右的十二眷屬神啊。」

四人詠唱起禱詞後，周遭接著颳起夾帶冰雪的強風。我冷得不停摩擦自己的上臂，見狀，斐迪南解下披風，用披風將我整個人裹起來。夾帶冰雪的呼嘯寒風終於不再打在身上，我安心地鬆了口氣。

「謝謝斐迪南大人。」

「不，這是我的責任，竟然忘了讓妳做好保暖。倘若侍從在的話，肯定準備好了禦寒裝備。早知道該把尤修塔斯也帶來嗎……」

聽著斐迪南反省的同時，我低頭看向發光的披風。其實這種事倒不需要反省，只是這樣真的沒問題嗎？從裹住我的時候開始，披風上的魔法陣便亮起光芒，從遠處看來肯定很醒目。

……但現在太陽也升起了，應該不用擔心吧？遠遠看過來應該看不到？真不曉得現在看起來是什麼樣子呢。

只不過光柱當中實在太冷，所以我並不打算脫下披風，但感覺得出自己備受矚目，眾人的目光也讓我有些在意。

「不屈的意志奉獻予祢，讚美祢至高無上的真情，懇請賜予祢不撓的守護。使敵人勿近，賜予吾力量。」

就在我煩惱的時候，禱詞已經詠唱完畢，四人朝著船隻揮下長劍。瞬間，冰雪所化成的冬之主眷屬們從中飛出，朝著底下的船隻疾衝而去。數量多到一時之間我根本數不過來，但應該有七十隻左右吧。

眷屬飛出以後，思達普變成的埃維里貝之劍轉瞬消失，負責揮劍的四人也不約而同地無力倒下。同乘騎獸的見習騎士們急忙扶住四人，緊接著飛出白色光柱，以便提供回復藥水。

我立刻強化視力，定睛察看遭到眷屬攻擊的船隻。只見以銀針的發射口為中心，片片雪花開始凝結，表面由銀轉為白色。想必是四個人的魔力加起來有著壓倒性的力量，沒過多久時間，整艘船便被冰雪覆蓋，光柱中就連大海也被凍結成冰。

「羅潔梅茵，冬之眷屬們還在活動嗎？」

「還有兩、三隻。」

看著身影逐漸淡薄消失的眷屬們，我回報數量後，斐迪南喚來戴肯弗爾格的騎士。

「海斯赫崔，去吧！」

「我們走！」

四名戴肯弗爾格的騎士飛進光柱裡來，變出思達普，異口同聲喊道：「嵐恩翠！」眨眼之間，四人手上都是大放藍光的萊登薛夫特之槍。

「……戴肯弗爾格的人竟能變出萊登薛夫特之槍嗎？」

「我三年級的領地對抗戰上，奧伯不是從神殿帶來了萊登薛夫特之槍向大家展示嗎？在那之後，戴肯弗爾格的人為了能在比迪塔前的儀式上變出萊登薛夫特之槍，似乎都開始前往神殿……看來是因為亞倫斯伯罕並未參加在貴族院舉行的儀式，很多消息都沒傳入斐迪南大人耳中呢。」

「此刻我也痛切地明白到了這一點。」

身披藍色披風的騎士們手舉發光長槍，以墜落般的速度朝著船隻俯衝而去。

「喝啊啊啊啊啊！」

海斯赫崔發出魄力十足的吶喊，與其他三人朝著沒有人質的地方擲出長槍。即使銀色表層能夠阻隔魔力，也阻擋不了萊登薛夫特之槍帶來的蒸騰熱氣。覆住船隻表面的冰霜立即被打碎，同時有一部分的瓷磚跟著碎裂開來。

似乎是其中一支長槍順利地刺進了金屬在冷卻收縮後所形成的空隙。剎那間，藍色的魔力光線猶如網子般向外擴散，表層的瓷磚一一鬆脫剝落。

「羅潔梅茵，奧伯的守護！」

不要錯過這個機會——聽到斐迪南這麼說，我往思達普灌注魔力，奮力揮下。

「伏爾科巴贊！」

為了守護船內的亞倫斯伯罕領民，黃色巨鳥朝著船隻飛去，而早在我用思達普變出黃色巨鳥之前，斐迪南已經接著下達指示。

「切開船頭製造出入口，艾克哈特！」

「是！」

「第九小隊、第十小隊，準備登船！」

「是！」

艾克哈特將思達普變作大劍，一邊灌注魔力，一邊追隨著黃色巨鳥的腳步往船隻飛去。如今船隻能夠阻隔魔力的銀色表層已然剝落，再也不是我們的對手。綻放著虹光的大劍舉起揮下，船頭隨即出現偌大的缺口，戴肯弗爾格的騎士們相繼飛進船內。

接著我依照斐迪南的指示，用思達普變成的筆畫好魔法陣後，他再往魔法陣投擲了三顆魔石。瞬間白色光柱消失，冬天宣告結束。在初夏般的陽光與氣溫中，卻有艘結凍的船隻漂浮在海面上，這幅光景實在超脫現實。

「斐迪南大人，萊蒂希雅大人好像被救出來了。」

看見從船裡頭走出來的金髮少女，我轉頭看向斐迪南。雖然長高了一些，但五官幾乎沒什麼變，所以我一眼就認出來了。斐迪南重新披上我歸還的披風，輕聲發出嘆息。

「羅潔梅茵，妳打算如何處置萊蒂希雅？」

「……咦？」

「要將她視為是謀反的一員？還是以殺人未遂的罪名進行懲處？抑或找個理由從輕發落？……端看妳的決定，對她的處置也會大不相同。不是視為罪犯當場逮捕，就是視為獲救的受害者，同時加以監視。」

我看向被帶到船外的萊蒂希雅，再看向斐迪南。

「如果可以，我希望從輕發落。既然斐迪南大人當時還把獻名石託付給了萊蒂希雅大人，代表您也不認為她是真心想殺了您吧？」

「……反正何時要問罪都可以，先視她為受害者吧。」

選擇

在被冰雪覆蓋的銀色船隻上，有著萊蒂希雅與疑似是她近侍的四名女性。斐迪南操縱著騎獸往那裡下降。

「萊蒂希雅大人，幸好您平安無事。您沒有受傷吧？」

在斐迪南的協助下，我下了騎獸後便要往萊蒂希雅走去。然而安潔莉卡與萊歐諾蕾做為我的護衛，落地後立即稍微伸出手，制止我往前，不讓我繼續靠近。

「……您是羅潔梅茵大人嗎？」

萊蒂希雅連連眨著眼睛看我。大概是因為我長大了，一時間認不出來吧。

「聽救我們出來的戴肯弗爾格騎士們說，您為了救斐迪南大人，奪取了亞倫斯伯罕的基礎，還討伐了蘭翠奈維……我真不知該說些什麼才好。歸根究柢都是我……」

「萊蒂希雅大人。」

就在這時，斐迪南出聲打斷了她。萊蒂希雅看向斐迪南後，一臉不敢置信，但驚愕的同時似乎也如釋重負，整副身軀倏地放鬆下來。

「斐迪南大人，原來您平安無事。蒂緹琳朵大人還告訴我您已經不在這世……」

「多虧萊蒂希雅大人為我向尤修塔斯他們傳達了口信。」

斐迪南再次打斷萊蒂希雅，微笑說道。他的笑容凌厲駭人，連在旁邊的我也看得出來，他正在強烈暗示萊蒂希雅「不要多嘴」。萊蒂希雅顯然也看懂了他的暗示，掩著嘴角不再說話。

「奪得基礎，成為奧伯．亞倫斯伯罕的羅潔梅茵，在了解了來龍去脈後，表示願意留妳一命。」

萊蒂希雅吃驚地往我看來。她的近侍們也同樣露出了吃驚的表情。大概是沒想到來救斐迪南的我，竟然願意饒可說是加害者的萊蒂希雅一命，也沒想到以武力奪取基礎的人會願意放過原有的領主一族吧。

「可是，斐迪南大人。我……」

「在我們安排時間進行談話之前，請妳什麼話都不要多說，並且表現得什麼事也沒有發生過。這次妳願意聽進我說的話了吧？」

萊蒂希雅面色鐵青地仰頭看著斐迪南，緊揪自己的衣領，渾身微顫地頷首。

「……我明白了。由衷感謝羅潔梅茵大人與斐迪南大人的寬宏大量。」

「接下來我們要去關閉門扉，免得再有蘭翠奈維的船隻進來。萊蒂希雅大人，請妳與騎士同乘騎獸，先行返回城堡整頓大會廳，再吩咐侍從們備好客房，供戴肯弗爾格的騎士們休息。」

看到斐迪南對著才剛被救出來的萊蒂希雅開始下達指示，我忍不住訝聲制止。

「斐迪南大人，萊蒂希雅大人直到剛剛都被關起來，應該先讓她休息一下吧。怎麼能對她下達這種指示……」

「我可是被蒂緹琳朵下了毒，而妳也是從艾倫菲斯特趕來後，不僅將基礎染色，還討伐了蘭翠奈維。相比起來萊蒂希雅大人一直待在船裡沒有移動，想必比我們二人更有魔力和體力吧。」

「話是這麼說沒錯，但請您也考慮一下她的心靈層面。」

我小聲地抱怨起斐迪南行事只重效率。斐迪南於是冷哼一聲，低頭看向萊蒂希雅開始說明。

他說現在貴族們正陷入一團混亂，若能由身為領主一族的萊蒂希雅親口告訴他們，自己是被戴肯弗爾格的人與成為新任奧伯的我所救，以及蘭翠奈維帶來的危機也已經解除，這樣才能真正起到作用。

……的確，比起由戴肯弗爾格或艾倫菲斯特的人來說，他們會更容易接受吧。

不僅如此，現在這種情況任誰都看得出會對精神造成重大打擊，但若年幼的萊蒂希雅依然堅強地努力幫忙，便比較容易博得眾人的同情。這不但有助於她救自己一命，看到身為舊有領主一族的她還活著，也能讓其他貴族懷抱希望，相信自己也有活下去的機會。再者，看到年紀尚幼的她這麼努力，還能刺激受害的成年貴族們振作起來，覺得自己也該有所作為。

「況且，除非是生性樂觀又天真單純，否則在這種緊急事態下，若沒有受到懲處也無事可做，還要她像往常一樣生活，也可能讓她在心理上更加難熬吧？」

斐迪南說完，萊蒂希雅往前站了一步，在我身前跪下。

「羅潔梅茵大人，斐迪南大人說得沒錯。現在如果有我能做的事情，我什麼都願意去做……我實在無法只是靜靜待著。」

「我明白了，那麼就交給萊蒂希雅大人。請您整頓好大家可以休息的空間。」

「是。璐思薇塔……」

萊蒂希雅站起來，轉過身抬頭看向自己的近侍們，但喊到一半，她忽然「啊……」地小臉一僵。一名頭髮尚未盤起，看似還是見習生的少女伸手輕碰萊蒂希雅的肩膀。

「萊蒂希雅大人，由我來召集侍從們吧。」

「菲亞吉黎……」

從萊蒂希雅沉痛的表情與兩人的對話，可以猜到名為璐思薇塔的那名侍從一定是出了什麼事情吧。

「萊歐諾蕾，麻煩妳去拜託戴肯弗爾格的騎士，請他們慎重地護送萊蒂希雅大人她們回城堡。」

萊歐諾蕾立即遵照指示，走向戴肯弗爾格的騎士。這時候，名喚菲亞吉黎的少女叫住斐迪南。

「那個，斐迪南大人，可以請教您一個問題嗎？」

「說吧。」

「……請問家父是否成功保護了亞倫斯伯罕的貴族們呢？」

她交握在身前的雙手微微顫抖著。瞬間，我不由得把她那努力守護著城市與貴族的父親，與自己努力守護著艾倫菲斯特城市的父親重疊在一起，跟著仰頭看向斐迪南。

「根據初步得到的消息，休特朗可說是將傷亡人數降到了最低。此刻他正在境界門附近救助其他人。」

「感激不盡。」菲亞吉黎卸下心頭重石般地紅了眼眶，跪下來致謝。隨後，聽見變出了騎獸的戴肯弗爾格騎士的呼喊，她便與萊蒂希雅等人一同走了過去。

我目送萊蒂希雅一行人離開時，斐迪南則是走向正從船裡搬出魔石與魔導具的戴肯弗爾格騎士們。

「海斯赫崔，記得吩咐戴肯弗爾格的騎士們脫下蘭翠奈維士兵身上的銀衣。接下來到了艾倫菲斯特與中央，敵人很可能也都穿著銀衣。」

「是！」

「艾克哈特，你也留在這裡。別忘了回收魔石。」

說話時，斐迪南遞給了艾克哈特防止竊聽的魔導具。不知道斐迪南說了什麼，但他似乎下了某種命令，只見艾克哈特神情僵硬地點一點頭。

向戴肯弗爾格的騎士們都下達完指示，也以奧多南茲聯繫過正在境界門附近進行打撈作業的騎士們後，斐迪南變出騎獸喚我過去。

「羅潔梅茵，我們先去關閉國境門。」

「可是，要關閉國境門的話……」

「只有利用國境門前來的妳才辦得到。更衣時尤修塔斯告訴過我了。」

……看來是不能讓其他人知道斐迪南大人也持有梅斯緹歐若拉之書吧。了解。

為免被人看見自己關閉國境門的樣子，斐迪南確實需要帶著我移動吧。我與斐迪南同乘騎獸，前往國境門。遭到萊登薛夫特之槍的攻擊後，如今船隻只有一部分還覆蓋著冰雪，碎散的殘冰則在四周的海面上載浮載沉。多半是海水的溫度較高，冰塊融化的速度看來相當快。

「蘭翠奈維的士兵正朝著國境門游過去呢。」

「隨他們高興。反正就算游到了轉移陣那裡，自己沒有魔力能進行轉移的人，與未持有許可證魔石的人都無法進行轉移。不是因為身上的銀衣而被彈開，就是直接衝進國境外的雪白大地。」

由於我之前是在夜半時分抵達亞倫斯伯罕，又背對著國境門往城市全力衝刺，因此那時候完全沒去留意周遭。但是現在，隨著太陽升起，加上又坐在騎獸上往國境門移動，前方的景色清清楚楚地映入眼簾。在散發著神秘虹彩的國境門外，就和從艾倫菲斯特的國境門往外看出去一樣，是一片廣闊無垠的白色沙漠。大海彷彿遭到國境門轉移陣的切割一般在此戛然而止，與一片雪白的世界相連，感覺就像看著一幅錯視畫。

「羅潔梅茵，妳竟然沒有關閉國境門的屋頂就離開嗎？」

「……因為那時候根本來不及管這個嘛。」

國境門的屋頂和小熊貓巴士離開時一樣敞開著，但因為抵達的時候我們都緊張萬分，還警戒著亞倫斯伯罕騎士團的攻擊，所以飛出屋頂之後，我完全沒有多餘的心力想到要關閉屋頂。

「嗯，倒省了打開的工夫。羅潔梅茵，妳舉起右手，確保在場眾人都能看到，然後變出聖典。我們要直接進去。」

「是。」

我回應之後，斐迪南的右手伸到我腹部前方。看在旁人眼裡，會以為他是想像保險桿一樣用手臂固定住我吧。

「古得里斯海得！」

配合我的吶喊，斐迪南也小聲細語：「古得里斯海得。」於是在我的腹部前方，其他人看不到的位置上，也出現了斐迪南的梅斯緹歐若拉之書。

……斐迪南大人的梅斯緹歐若拉之書好大本喔。不知道我也能閱覽嗎？

當眾人的目光都聚集在我手中高舉的梅斯緹歐若拉之書時，載著我與斐迪南的騎獸飛往國境門當中。能從上方進入國境門的，只有持有聖典的人而已。萊歐諾蕾不僅無法跟上還遭到彈開，焦急地大喊道：

「羅潔梅茵大人、斐迪南大人！請兩位先回來！」

進入國境門後，大概是暫時用不到，斐迪南先消除了梅斯緹歐若拉之書與騎獸。

「羅潔梅茵，關上國境門的屋頂吧，不然無法關閉國境門。」

我仰頭看著在上空來回盤旋的萊歐諾蕾與安潔莉卡，聽到斐迪南這麼吩咐後，便把自己的梅斯緹歐若拉之書按在國境門上，關閉屋頂。

「正好趁這機會，我想先問清楚，這之後妳打算怎麼做？」

「我打算先休息一會兒，再返回艾倫菲斯特……」

「我指更之後。」

注視著屋頂逐漸關上的我被這麼一問，一時不知如何回答。

「今晚妳不僅將亞倫斯伯罕的基礎染色，還排除了蘭翠奈維帶來的威脅。而且因為妳使用了國境門，使得眾人知曉妳具有成為君騰的資格，所以有了選擇的機會。」

斐迪南緩慢地一根根豎起手指，告訴我有哪些選擇。

第一個選擇，是把亞倫斯伯罕的基礎讓給其他人，照著原定計畫嫁給王族，過著必須忍氣吞聲的生活；第二，是把亞倫斯伯罕的基礎讓給其他人，成為王族的養女後，我自己成為君騰治理尤根施密特；第三，是把古得里斯海得魔導具交給王族以後，回到這裡擔任奧伯．亞倫斯伯罕；第四，是把古得里斯海得魔導具交給王族以後，再把亞倫斯伯罕的基礎讓給其他人，回到艾倫菲斯特。

「大致說來，妳有這四個選擇。在關閉國境門前，告訴我妳的選擇吧。因為端看妳如何決定，要採取的行動也會截然不同。」

說完，確認屋頂已完全關閉的斐迪南低頭朝我看來，露出狡黠的笑容。

「在我要來亞倫斯伯罕時，是妳自己說過，我必須得到幸福不可吧？」

「是、是啊。」

「既然如此，明知還有其他選擇，妳也不必選擇那種惡夢一般的未來，讓自己與生活水準會下降的人結婚。沒錯吧？」

斐迪南用我以前說過的話來反駁和提醒我，臉上還帶著眼底毫無笑意的笑容。在他無形的施壓下，我當然只能這麼回答：

「斐迪南大人說得沒錯。」

就這樣，第一個選項被剔除了。

「很好，那來說說第二個選擇。若想完成梅斯緹歐若拉之書，只能是我死，抑或妳登記成為王族，取得地下書庫裡的古得里斯海得……但是，妳不僅容易感情用事，為了自己重視的人，就連國家也能輕易捨棄，根本沒有足夠的資格成為君騰。所以，我堅決反對由妳成為君騰。若妳選擇成為君騰，我一定竭盡全力阻撓。在妳選擇這條路之前，先做好覺悟我會拚上性命頑抗到底。」

「我怎麼可能選擇走這條路，太恐怖了吧！」

「我想也是。」

現在我已經成功救出了斐迪南，尤根施密特的安穩固然重要，但我對於成為君騰一點想法都沒有。可是，尤根施密特又非常需要持有梅斯緹歐若拉之書或者古得里斯海得的君騰。

「嗚嗚……難道沒有斐迪南大人成為君騰這個選項嗎？持有梅斯緹歐若拉之書的人不只我一個吧？」

「妳想要我殺了妳嗎？」

被惡狠狠地一瞪，我忙不迭搖頭。要是讓斐迪南下定決心，我這條小命就不保了。以斐迪南的能耐，他完全有辦法在不顯露敵意的情況下就把我殺了。

「我不是這個意思。而是我成為國王的養女後，也可以把古得里斯海得交給斐迪南大人啊……」

「或許可以吧，但妳希望我成為君騰嗎？」

斐迪南定睛注視著我問道，我於是想像了他成為君騰的光景。其實倒也滿適合的，但我記得他說過自己不想當。

「並沒有喔。我個人是希望斐迪南大人可以快點過上退休生活，回到艾倫菲斯特平靜安穩地度過餘生。」

「別把我當成老頭子。」

「豪痛喔！」

明明我描繪的是可以盡情享受研究的快樂人生，斐迪南卻用顯然十足認真的力道捏了我的臉頰。超痛的。我眼眶噙淚地摀著腮幫子，抬頭看向斐迪南。

「那個，我之前也說過，只要我不能成為奧伯．艾倫菲斯特，就不可能回到艾倫菲斯特吧？那照這樣看來，打從一開始我就只有一個選擇啊。」

唯一留給我的選項，就是成為奧伯．亞倫斯伯罕。但是坦白說，我不怎麼想選擇這條路，因為我對亞倫斯伯罕實在沒有什麼好印象。雖然只要看看雷蒙特、萊蒂希雅與賽吉烏斯他們，就能知道亞倫斯伯罕也不是所有人都很討人厭，但是回想起來，亞倫斯伯罕確實讓我留下了太多不愉快的回憶。

見習青衣巫女時期，都怪賓德瓦德伯爵想要把我抓走，才害得我與家人分開。從成為領主的養女後一直到現在，喬琪娜與向她獻名的貴族們也一而再地找艾倫菲斯特的麻煩。到了貴族院，傅萊芮默還視我為眼中釘，加上每次與蒂緹琳朵舉辦茶會，我內心老是火大到了痛苦難忍的地步。並且這段時間來，明明超出了未婚夫的分內工作，他們卻把公務、儀式與魔力供給都推給斐迪南去做，最後甚至想下毒殺了他。

這次雖說是為了救人，才奪取了亞倫斯伯罕的基礎魔法，但我只打算盡些該盡的基本責任。其實如果可以，我很想讓給其他人。

「這個嘛……」斐迪南說著，變出自己的梅斯緹歐若拉之書。

「妳若要選擇其他選項也無所謂。不過，剩下的這個選擇也不算差吧？因為我本就認為亞倫斯伯罕這塊土地滅了也無妨。所以，正好可以當作妳的遊樂場。」

……遊樂場?!

遊樂場

「你說的遊樂場是什麼意思呢？」

我本來還因為想起過去的種種而十分火大，但斐迪南這番出人意表的發言，讓我的火氣瞬間消了大半。

「意思就是在這裡，妳想怎麼做都可以。如今亞倫斯伯罕因為勾結外患，早已是罪不可赦。妳可以以奧伯的身分做出不該做的選擇，毀了這塊土地，也可以表面上裝作大發慈悲。」

「請等一下，怎麼能讓這塊土地滅亡呢?!實際上還有貴族與領民住在這塊土地上吧！請不要隨口就說這種話。」

這時，我忽然想起了哈塞那段往事。這麼說來，斐迪南從以前就是這樣的人。面對膽敢攻擊領主的平民，他會斷然說出那就直接摧毀整座城鎮。

……斐迪南大人原本是真的打算毀了亞倫斯伯罕。

自己竟然大意到中了蒂緹琳朵下的毒——看來他並不是基於這種想要掩蓋汙點的可愛理由，隨口開開玩笑而已。現在搞不好和哈塞那時一樣，我若不認真設法阻止，亞倫斯伯罕就要被斐迪南夷為平地了。

哈塞那時候的惡夢要再次上演了嗎?!我不由得抱住頭時，卻聽見斐迪南用不耐煩的語氣說了：

「不是妳想要亞倫斯伯罕嗎？這裡有海、有魚，妳不是很羨慕這裡的人隨時可以吃到魚嗎？而且因為蘭翠奈維的人後來太過橫行霸道，有幾名文官憤怒之下，為了減少與他們的貿易量，還取得了幾種辛香料的來源植物，正在進行實驗。若能援助他們成功種植，往後也許就能自行生產各種辛香料。」

……什麼?!亞倫斯伯罕聽起來突然好美味！

我摀著嘴巴不讓口水流下來，腦海中浮現出了置身海鮮天堂的想像圖。原本像是惡夢聚集地的亞倫斯伯罕，變成了教人口水直流的領地。

「而且在妳為基礎染色後，這裡已是屬於妳的土地，妳想怎麼施展因特維庫俞都不成問題。說不定還能建造成有次預習時，妳曾提議過的圖書之都。」

「咦？圖書之都?!真的可以嗎?!」

對於我所規劃的圖書之都，不僅預習時斐迪南用無言以對的眼神看我，在貴族院上課時，艾格蘭緹娜也露出了她會支持小孩子夢想的溫暖眼神。如今我真的可以親手打造嗎？斐迪南突然答應得這麼乾脆，反而讓我心生不安。

「當初妳設計時是預設要建在艾倫菲斯特，所以若照著當時的構想去建造，肯定會有許多不合宜的地方。雖然還得改良設計圖，並把亞倫斯伯罕現今的特產與主要產業也考量進去，但圖書之都這個構想確實有實現的可能。」

聽到魚與辛香料的時候，我的內心就已經大為動搖，現在居然還允許我建造圖書之都。而且聽到斐迪南說還得改良設計圖，感覺反倒更真實了。我發現自己的心已被牢牢抓住，整個亞倫斯伯罕忽然變成了魅力四射的領地。

「以前妳也曾說過，為了提升平民的識字率，想要建造神殿學校。那麼在自己的領地上，妳就可以放手去做。因為妳既不需要徵得其他人的許可，這又屬於領內事務，君騰無權干涉。趁著現在情勢混亂，若想大力推行改革，相信多少行得通。」

……神殿學校啊，這也曾是我的夢想呢。提升識字率，培養出各領域的作家……

竟然記得我過去說過的種種規劃，我對斐迪南的記憶力感到既驚訝又佩服，腦海一隅有道聲音在說：「我看那就成為奧伯．亞倫斯伯罕吧？」但是與此同時，又有另一道聲音在提醒自己：「妳冷靜一點，斐迪南大人怎麼可能讓妳為所欲為。」

……沒錯，斐迪南大人才不可能這麼好心！

我不斷說服自己冷靜下來時，斐迪南又接著說：

「而且妳重視的人們都已做好了搬遷的準備吧？那直接把他們帶來妳所治理的這塊土地就好。然後打造神殿學校與平民也能使用的圖書館、發展印刷業，若能在過程當中慢慢消除貴族與平民間的隔閡，妳想見到他們也比較容易……再者妳與平民區家人簽訂的契約僅限在艾倫菲斯特，到了他領便沒有作用。」

「斐迪南大人，你的意思是……」

我可以再見到家人嗎？我心生警戒，後退一步。他如果這時候跟我說是開玩笑的、其實還是不可能，我可沒有信心能控制好自己的情緒。

「當然，若想讓妳平民區的家人過上平穩安定的生活，表面上還是別以家人相稱才是明智之舉。但妳以因特維庫命改造城市時，可以在提供給妳家人的屋子裡設置一道轉移陣，與妳的秘密房間相連，這樣你們便能私下會面。」

「……我可以基於這麼個人的理由設置轉移陣嗎？」

我不敢相信斐迪南居然同意自己在私事上使用奧伯的力量，心中不由得警鈴大作。

「歷史上曾有奧伯為了與愛人相見而設置轉移陣，所以這雖然不是值得稱許的行為，但確實並非不可行。只不過為了保護家人，妳必須有所節制……」

「節制！……意思就是我不能主動去見他們對吧？」

果然保持警覺是對的！我瞪向斐迪南後，他卻蹙起眉頭。

「妳為何曲解成了這種意思？」

明明他至今也常常曲解原意來糊弄我，我才想問他為何一臉驚訝。

「至少每個季節有一到兩次的機會，可以讓妳與家人團聚吧。」

「你保證？」

「……若我能夠負責管理妳的行程，這點時間便擠得出來。換作是哈特姆特，也能每半年排出一點時間吧。」

此時的我，已經想要直接坐上奧伯．亞倫斯伯罕的寶座，因為我想要的一切通通都在眼前。但這麼美好的事情，背後一定有詐。

「……居然舉出了這麼多對我有利的事情，斐迪南大人的目的是什麼？我才不會輕易受騙上當。你一定是假裝要實現我的心願，但其實另有所圖吧？」

「別把人說得那麼不安好心。」

「我這是根據自身經驗。」

我擺出備戰姿勢，直直瞪著斐迪南瞧。他看著我的眼神像是非常遺憾痛惜。

「確實如妳所說，我並非毫無所圖。」

「看吧，我就知道！你有什麼企圖？要是不老老實實說出來，以後只會衍生出更多麻煩喔。」

明明總是提醒我報告、聯絡與商量的重要性，斐迪南自己卻老是有所隱瞞，或在暗地裡採取行動。我逼他一五一十說出來後，斐迪南思索了一會兒，用手抵著下巴。

「……是啊。我希望能在妳的圖書館旁蓋間研究所。最好是以屋頂相連，有想要的資料我走幾步路就能拿到。」

「啊，是斐迪南大人以前說過的魔樹研究所吧？」

「差不多，但不只魔樹，我也想研究魔獸與魔魚。既然要將亞倫斯伯罕改造成妳的遊樂場，我也可以為自己打造供玩樂的空間吧？」

原來他的目的是要我建造研究所，斐迪南果真是一如既往的研究狂。理解了的同時，我的內心也火大起來。

「那我剛才說了想讓你過上可以盡情享受研究的人生時你還反駁，結果想要的還是可以研究的生活嘛！」

「一邊是艾倫菲斯特，一邊是亞倫斯伯罕，能做的事情大不相同吧。而且做為研究設施的一環，我還想在偏遠處建造可以栽種魔樹的研究所與能夠飼養魔獸的研究所，並在海邊設立魔魚研究所。」

……也就是說，除了想在圖書館旁邊蓋間綜合研究所，他還想在偏遠的地方建造植物園、動物園與水族館吧？

不過這樣看起來，遊樂場這個詞用得還真是恰當。看來斐迪南打算讓我成為奧伯・亞倫斯伯罕，自己再過著盡情享受研究的生活。

「沒想到你想要的研究設施這麼多呢。」

「沒錯。在艾倫菲斯特，齊爾維斯特不曾答應，我才想在這裡建造。我會準備好妳建造研究設施所需的金粉，設計圖也由我來畫，妳只要下達許可就好。」

……牢牢確保自己的好處這一點，還真是符合斐迪南大人的行事作風！他打算把奧伯的工作都丟給我，自己去過快樂的退休生活！

一旦下達許可，就會變成我一個人忙碌得去不了圖書館，斐迪南卻開開心心地成天窩在研究設施裡。這樣可不公平。

「不行，斐迪南大人也要幫忙處理公務才行，怎麼可以只有你一個人開心玩耍。」

「這樣就好了嗎？如果這就是妳的條件，和我至今的生活比起來，簡直是輕而易舉。」

斐迪南勾起嘴角笑道。被他這麼一說，我突然覺得不再多加點條件的話就輸了，於是拚命思考。

「呃、呃……光這樣當然不夠。斐迪南大人還要負責管理我的行程，讓我每個季節至少能與家人見一次面。另外也要研究怎麼讓藥水變得更好入口，再把研究結果整理成書籍送去圖書館。」

「嗯。雖然每項條件都得耗費不少心力，但我都能接受。此外若領地願意負擔裝訂的費用，我會讓使用研究設施的文官們也提交研究成果。」

「這真是好主意！」

眼看書本將會定期增加，我忍不住歡天喜地。見狀，斐迪南輕笑出聲。

「那麼，對於由妳成為奧伯．亞倫斯伯罕一事，妳沒有異議了吧？接下來就以此為前提採取行動，沒問題嗎？」

「沒問題。」

好耶！我興高采烈地歡呼時，斐迪南說著「非常好」，翻開手中的梅斯緹歐若拉之書。

從斐迪南稱作聖典就可以知道，他的梅斯緹歐若拉之書與神殿長的聖典外觀一模一樣。只不過，功能卻是截然不同。他的梅斯緹歐若拉之書似乎真的不需要搜尋，才一打開便有魔法陣浮現而出。只是浮起的魔法陣有所欠缺，這樣應該無法發動吧。

「羅潔梅茵，這是用以關閉國境門的魔法陣，但這裡缺少了一部分。雖然能從四周的符號與圖案推敲出來，但如果妳那邊有正確答案，我想直接確認。」

他說他沒有多餘的魔力慢慢修改，反覆嘗試發動魔法陣。聞言，我急忙變出自己的梅斯緹歐若拉之書。

「關閉國境門……魔法陣……」

搜尋後發現，我的梅斯緹歐若拉之書裡有的就是缺少的那一部分，但真的只有一小部分，光憑這些根本看不出來這是什麼魔法陣。斐迪南看著我的聖典，以思達普變成的筆描繪在自己的聖典上。

「斐迪南大人，這個不能直接複製貼上嗎？」

「嗯，妳指那個離譜至極的魔法嗎……雖然我也很感興趣，但改天吧。今天已沒有時間。」

說完，斐迪南畫好魔法陣後，詠唱「因度格朗茲」。魔法陣立即大放光芒，腳下的地板也開始震動。是國境門開始關閉了吧，等到國境門完全關閉，蘭翠奈維的船隻就再也無法進出了。

「……被吸走的魔力倒比我預期中要少。」

「可能是因為我先使用過國境門了吧。像我第一次轉移時就被吸走了大量魔力，但第二次倒還好。」

「看來為國境門供給魔力是當務之急。」斐迪南這麼低聲說完，收起梅斯緹歐若拉之書，於是我也詠唱「咯空」收起來。

「這下最大的問題就解決了。」

說完斐迪南伸出手來。不明白他為什麼伸手的我，直接把自己的手放上去，斐迪南於是調整位置說：「是這裡。」原來是要護送我。真難得。

接著我們從門柱裡的樓梯離開，再坐上斐迪南的騎獸，確認國境門已經關閉。至今因為境界門與國境門一直開著，可以看見轉移陣與大海另一頭雪白的沙漠，但現在虹色的門扉關上後就看不到了。

「羅潔梅茵大人！」

「您沒事吧?!」

萊歐諾蕾與安潔莉卡立即騎著騎獸衝過來。我坐在斐迪南的騎獸上向兩人揮手。

「現在蘭翠奈維的士兵進不來了，妳們放心吧。」

「羅潔梅茵，順便也先關閉境界門，多少可以防止閒雜人等跑來。」

「我知道了。」

於是我照著斐迪南說的變出思達普，關閉了境界門。斐迪南操縱著騎獸繼續往上飛，在境界門門柱的平臺上降落。掉進海裡的貴族女性們似乎都已被救上來，送回城堡去，所以門柱這邊已經不見她們的蹤影。正在回收魔石等物品的騎士們動作整齊一致地向我下跪。

「沒想到可以撈回這麼多物品，辛苦你們了。留下三人把守，其餘的就都回去休息吧。之後要去帶回與喬琪娜一同行動的騎士。」

「是！」

斐迪南先是慰勞了努力打撈海中物品的騎士們，再告知之後的行動。對話一結束，萊歐諾蕾便往前一站。

「斐迪南大人，接下來若只要返回城堡，請讓羅潔梅茵大人與我同乘騎獸。」

「嗯，接下來已不需要下達指示，還是讓她盡快回城堡休息吧。目前需要處理的事情就這些了。」

斐迪南往萊歐諾蕾的方向輕推我的背。

「羅潔梅茵，到了萊蒂希雅準備好的客房，妳要變出自己的騎獸在裡頭休息。這麼做最安全。」

因為還不曉得亞倫斯伯罕的貴族能否信任——我聽出了斐迪南的言下之意，但剛中過毒的他更需要休息以及能安心睡覺的場所吧。

「那斐迪南大人呢？」

「我會在秘密房間裡休息。萊歐諾蕾，羅潔梅茵消耗了過多魔力，十分疲憊。幫我轉告哈特姆特，為她準備原液藥水，並且要原先兩倍的量。」

「遵命。」萊歐諾蕾頷首應道，我卻是臉色刷地發白。

「兩、兩倍的量……」

「畢竟妳長大了，同樣的量不可能還有同樣的效果。若妳要與近侍一起留在亞倫斯伯罕那就不用喝，但若想前往艾倫菲斯特的話就非喝不可。」

「……是。」

我沮喪地垮著肩膀，與萊歐諾蕾同乘騎獸，往城堡移動。

「羅潔梅茵大人，今後請您審慎思考自己的身分，改正與斐迪南大人的相處方式。對外您仍是韋菲利特大人的未婚妻，但今日您與斐迪南大人的互動卻太過親密，讓人一點也無法如此認為。兩位看起來已不再像是監護人與被監護人，更像是一對情感和睦的戀人。」

聽完萊歐諾蕾的叮囑，我卻是無法理解地歪過頭。

「……是嗎？但我覺得就和以前一樣啊。」

「那是因為您以前的外表還十分年幼……明明斐迪南大人也十分清楚旁人會如何看待，為何還做出了那樣的舉動呢？」

「他是為了更有效率地討伐蘭翠奈維吧。不管四周有無旁人，也不管會不會影響到我的名聲和清譽，我想斐迪南大人都會採取一樣的行動。」

一想到我的名聲和清譽，萊歐諾蕾就十分憤慨。身為護衛騎士，她說這些話或許也是應該的吧。可是，為了不讓旁人看出自己身體不適，也為了在戰場上下達指示、隱藏自己的聖典，斐迪南確實是需要與我共乘騎獸。

「難道他認為以監護人自居，便能全然不顧您的聲譽嗎？」

萊歐諾蕾看來真的非常生氣。雖然我個人認為，斐迪南的身體與盡早把麻煩解決更重要，所以自己的名聲倒是無關緊要。

……但說出來肯定挨罵，因此我只會放在心裡。

「坦白說，我實在不明白斐迪南大人在想什麼，看來只能直接去問本人了吧。」

……不過，真傷腦筋呢。

感受著身後萊歐諾蕾的怒火，我不由得陷入沉思。因為我照著和以前一樣的相處方式，答應了斐迪南一旦我成為奧伯．亞倫斯伯罕，就會為他建造研究所。看在他人眼裡，這樣的舉動是否也不合禮儀規範呢？

……斐迪南大人似乎一心只想著研究，根本沒在顧慮旁人的想法。還是我該拜託養父大人，請他為斐迪南大人在艾倫菲斯特建造研究所嗎？

「羅潔梅茵大人，歡迎歸來！我真是太感動了！還往戴肯弗爾格與艾倫菲斯特都送了信過去唷！」

一抵達城堡，情緒激昂的克拉麗莎便出來迎接我們。

「剛好我正在想得聯絡奧伯才行呢。克拉麗莎，謝謝妳。」

「戴肯弗爾格已經准許騎士們接著前往艾倫菲斯特。艾倫菲斯特則是傳來了『做得好』的回覆。」

在熱情如火的克拉麗莎帶領下，我進入了亞倫斯伯罕的城堡。她認真工作的模樣固然令人感動，但是在她身後，不認識的貴族們也同樣熱情如火地吶喊著：「羅潔梅茵大人！」讓我覺得有夠恐怖。

「那個，羅潔梅茵大人，我為您在這邊準備了客房。」

「萊蒂希雅大人，真是感激不盡。明明您也遭遇了不少事情，也請您早些歇息。」

我向辛苦安排休息場所的萊蒂希雅表達感謝後，她卻露出了有些為難的表情。

「不敢當。不過，因為戴肯弗爾格的諸位開始舉辦宴會，所以在侍從們能夠休息之前，我恐怕也無法離開……」

「要萊蒂希雅大人去接待戴肯弗爾格的騎士們，想必負擔太大了呢。漢娜蘿蕾大人去哪裡了呢？」

「漢娜蘿蕾大人去找飼主，歸還沃爾赫尼了。」

……啊啊，所以戴肯弗爾格的騎士們現在是脫韁野馬的狀態嗎？

我決定請萊蒂希雅帶路，前往戴肯弗爾格的騎士們以反省會之名義，舉辦起宴會的大會廳。門還沒開，就能聽見屋內震耳欲聾的喧鬧聲，連在走廊上也聽得見他們正熱烈地談論著萊登薛夫特之槍有多麼威風凜凜，埃維里貝之劍又如何在迪塔上大顯神通。

我請近侍開門後，對著大會廳內的騎士們投以微笑。

「羅潔梅茵大人！今天的儀式太壯觀了，實在是──」

「今天各位的表現著實精采……所以我本來是想來致謝的，但現在真是教我吃驚。斐迪南大人不是說過，直到守住基礎為止，迪塔都不算真正結束嗎？戴肯弗爾格的人卻會在比迪塔途中就飲酒作樂嗎？」

現場氣氛瞬間凝結。我還發現有好幾名騎士偷偷地移動酒桶，以免被我瞧見。

「明明迪塔尚未結束，卻開始鬆懈心神大肆飲酒，也不顧明天還有正事要做，不懂得休息養精蓄銳。不曉得斐迪南大人是否願意帶這樣的人同行呢？」

「我們馬上收拾整理，立刻就寢。請問預計何時出發？」

「……等我的體力一恢復。」

眼看戴肯弗爾格的騎士們全都安分下來，我留下一句「明天也期待各位的表現」，便離開了大會廳。萊蒂希雅與她的近侍們因為並不習慣戴肯弗爾格的行事作風，這時都明顯放鬆下來，一臉如釋重負。

「羅潔梅茵大人，由衷感謝您。」

「畢竟是我帶來的客人，所以您不必道謝。萊蒂希雅大人，抱歉在您如此疲憊的時候還提出請求，但請您吩咐廚房的廚師們，預先做好冷掉也能吃的食物。因為最好讓大家能在醒來後就各自開始用餐，否則人數眾多，準備起來會手忙腳亂吧。」

我根據萊蒂希雅以前送來的食譜，從中挑了一些下達指示後，接著進入客房。先是用洗淨魔法洗去一身髒汙，再喝了哈特姆特拿過來的雙倍超級難喝回復藥水，最後照著斐迪南說的進入騎獸裡休息。

流言與出發

……這裡，是哪裡？

與其說是一片漆黑，更像是看不到任何光源。我緩緩起身，發現身下的觸感和平常的床舖不一樣。摸起來毛絨絨的，就好像被什麼東西徹底包覆起來了。還沒睡醒的我伸手到處摸索，漸漸想起了自己身在何處。

……對喔。這裡是亞倫斯伯罕，而我正睡在小熊貓巴士裡面。

由於男性近侍們也會進出客房擔任護衛，因此為了不被他們看見自己的睡臉或說睡相，睡前我關上了所有車窗。加上睡前喝的回復藥水顯然十分有效，感覺體力與魔力都完全恢復了。

但由於睡前我只是施展了洗淨魔法，這時身上仍然穿著騎獸服。我用手整理了一下頭髮後，稍微打開騎獸的窗子，馬上在附近看見安潔莉卡的後腦勺。

「安潔莉卡，早安。請幫我找來可以整理服裝儀容的侍從……」

「遵命。」

安潔莉卡立刻向萊歐諾蕾送去奧多南茲，並把男性近侍們趕出房間。很快地，萊歐諾蕾帶著一名見習侍從走了進來。

「羅潔梅茵大人，早安。您身體感覺還好嗎？」

「應該是完全恢復了，我覺得神清氣爽呢。」

我這麼回答後，原本還一臉憂心的萊歐諾蕾便鬆了口氣，露出安心的笑容。

「因為您躺下歇息以後，過了整整兩天都沒有醒來，本來我還十分擔心呢。」

「整整兩天嗎?!」

看來我真的消耗了非常大量的魔力與體力，才會睡得不省人事。而且看我遲遲沒有醒來的跡象，她說近侍們都十分忐忑不安，但指定了服藥量的斐迪南卻是說：「她恐怕要睡上兩、三天才會醒來。」

「……那斐迪南大人現在在做什麼呢?他不可能趁這機會，自己也跟著休息吧？」

已經過了整整兩天，艾倫菲斯特的情況肯定大不相同。斐迪南絕不可能乖乖地待在亞倫斯伯罕，等著我恢復。我的預測顯然非常正確，只見萊歐諾蕾點一點頭。

「斐迪南大人率領亞倫斯伯罕與戴肯弗爾格的部分騎士團成員，出發前往艾倫菲斯特了。」

「我被留在這裡了嗎？」

明明對我說了想去艾倫菲斯特就得喝藥，結果居然撇下我先走，真是太過分了。

……要喝兩倍的超級難喝藥水可是非常痛苦耶!

「正確說來，其實是因為不能讓戴肯弗爾格的騎士們繼續留在城堡裡，斐迪南大人才帶著他們離開。」

只要聲稱是真正的迪塔，到了外頭，戴肯弗爾格的騎士們便會服從指揮官的一切指令。然而一旦無事可做，只是待在城堡裡頭，他們就會以反省會的名義想要舉辦宴會，或者以出發前該演練一下為藉口，拉住正忙著處理善後的亞倫斯伯罕騎士們想要比迪塔。為了把戴肯弗爾格的騎士們帶離城堡，斐迪南才動身前往了艾倫菲斯特。

「請等一下，那斐迪南大人自己恢復了嗎？」

「他在秘密房間裡待了一天一夜，我想應該是恢復了吧。」

說完，萊歐諾蕾請我離開騎獸，整理服裝儀容。我走出小熊貓巴士後，在帶領下坐在鏡子前。

「由我來為您梳妝準備。請叫我菲亞吉黎。」

「妳是與萊蒂希雅大人一同獲救的見習侍從吧？妳與萊蒂希雅大人都稍微休息過了嗎？」

我這麼問向先前有過一面之緣的少女，便見菲亞吉黎揚起開心的微笑。

「是的，萊蒂希雅大人現在也已恢復精神……羅潔梅茵大人，真的非常感謝您救了萊蒂希雅大人。」

菲亞吉黎一邊準備幫我洗臉，一邊為萊蒂希雅的事不停向我道謝。先是我之前送來的點心，讓萊蒂希雅在面對斐迪南嚴苛的作業時有所慰藉，然後是我將她從蘭翠奈維的船隻裡救了出來。此外，也因為我並未將萊蒂希雅視作是反叛領地的領主候補生，而是視為被擄的受害者伸出援手，這個舉動可以說是拯救了她。而現在，聽說萊蒂希雅正帶領著此次受害的貴族們，還有慘遭哈特姆特與克拉麗莎洗腦的人們，讓大家接受我是新任奧伯。

……雖然也是因為有斐迪南大人的命令，但萊蒂希雅大人還真是努力呢。

「雖然斐迪南大人說過，羅潔梅茵大人可能要睡上三天才會醒來，但我們還是惶惶不安……萊蒂希雅大人還非常擔心您再也醒不過來。」

聽到她問我接下來如果打算用餐，要不要與萊蒂希雅還有漢娜蘿蕾一起，我轉頭看向萊歐諾蕾。因為現在的我完全不了解城堡裡的情況，無法判斷自己能否隨口答應，便交給喚來菲亞吉黎的萊歐諾蕾去做決定。只見她點一點頭。

「那麼我便讓人準備餐點。」

菲亞吉黎送出奧多南茲後，收起洗臉用具，開始整理我的頭髮。她先梳頭再綁起，一邊稱讚我的髮質，一邊編成細膩的髮辮。

「羅潔梅茵大人的兩位近侍總是讚不絕口，說您一頭夜空色的長髮就和睿智女神梅斯緹歐若拉一樣，受到了黑暗之神的祝福，還有著星光般的亮澤，果然是真的呢。」

……拜託誰快來阻止那兩個人。我也知道他們正喜孜孜地遵從斐迪南大人的命令，所以沒有人能阻止，但還是拜託誰快來阻止他們。

「兩位現在也還在向亞倫斯伯罕的貴族們訴說羅潔梅茵大人是多麼出色的主人，不僅如此，還結合了埃澤萊赫的歷史，向眾人分析亞倫斯伯罕目前的處境。所以，亞倫斯伯罕的貴族們全都戰戰兢兢，不知王族會下達何種裁決。」

好比之前的政變就進行了慘烈的肅清。如今亞倫斯伯罕甚至勾結外患造反，更是難以想像將面臨多大規模的肅清。看樣子，哈特姆特與克拉麗莎正大力煽動著亞倫斯伯罕貴族們心裡的恐懼。

……雖然多少有些誇大，但其實也不算有錯。雖然不算有錯……

「所以此刻在我們心目中，曾在消失之際蒙受諸神的祝福、得到智慧之書，還身負重任要呈獻古得里斯海得給王族，等同梅斯緹歐若拉化身的羅潔梅茵大人，簡直就是救世的女神。」

……咦？

「為了授予王族古得里斯海得，並且淨化受到混沌女神蠱惑的亞倫斯伯罕，等同女神化身的羅潔梅茵大人將帶領這塊土地上的人們重新出發吧？」

……不——！現在的情況簡直莫名其妙！到底是誰造成這一切的?!啊，罪魁禍首只有一個。斐迪南大人這傢伙！

就算想要抱怨，他人卻已經不在城堡。而且就算想要抱頭哀號，偏偏菲亞吉黎正在幫我綁頭髮，所以也無法這麼做。

我「唔唔」地發出沉吟盯著鏡子，忽然發現菲亞吉黎做事的時候，身上的披風顯得十分礙事。在看似制服的服裝外，她還披著淡紫色的披風，但是，披風上卻以黃色與藍色的染料畫了斜線，形成一個巨大的×。這有什麼涵義嗎？

「菲亞吉黎，在亞倫斯伯罕，侍從工作時都得披著披風不可嗎？我看妳做事好像很不方便……」

「平常我們並不會穿戴，只不過現在是非常時期。只有斐迪南大人判定對羅潔梅茵大人以及對艾倫菲斯特諸位沒有敵意的人，才可以披戴披風。沒有披著這個畫線披風的人會被抓起來，直到確認沒有敵意再釋放。」

原來斐迪南趁著我昏睡的時候變出了舒翠莉婭之盾，連同小熊貓巴士一起納入，然後用來檢測亞倫斯伯罕的貴族們有無敵意。

……不知道有沒有人是對竄倫懷有敵意？

正整理儀容的時候，近侍們一個接一個地趕來，看來因為我昏睡了太長時間，害得護衛騎士們也非常擔心。「妳真的沒事了嗎？」不僅柯尼留斯頻頻觀察我的臉色，馬提亞斯與勞倫斯也明顯鬆了口氣。

「我已經沒事了，現在我更擔心的反而是艾倫菲斯特……」

「其實為了妳的身體著想，妳應該再休息幾天。不過，因為我也一樣擔心艾倫菲斯特，所以如果妳想出發，我也不會阻止。」

聞言，我笑著對柯尼留斯點點頭。現在必須掌握艾倫菲斯特的情況，再把這邊的情況傳達給齊爾維斯特知道。

「斐迪南大人吩咐過，若羅潔梅茵大人無論如何也想前往艾倫菲斯特，得先向他送去奧多南茲，確認他的所在地後再使用轉移陣。」

看來雖然撇下我先走，但斐迪南也允許我使用只有奧伯才能設置的轉移陣追上他。聽到勞倫斯這麼說，瞬間我的心情好了許多。

「正好我方才收到了奧多南茲，說戴肯弗爾格的騎士們與斐迪南大人一行人即將抵達境界門所在的札贊。聽說他們會先向境界門的騎士們問話，中午再休息一會兒，然後就進入艾倫菲斯特。」

「那我們使用轉移陣，搶先抵達境界門吧。」

「萬萬不可，太危險了！」

在馬提亞斯的怒斥下，我只好向斐迪南送去奧多南茲，告訴他自己已經醒來了，預計使用轉移陣前往境界門。斐迪南捎來回覆：「少安毋躁。等我到了境界門再通知妳，不要擅自進行轉移。」沒辦法，那就邊等邊做準備吧。

看到我乖乖聽從斐迪南的指示，柯尼留斯有些游移不定地開口問道：

「……羅潔梅茵，妳要就此成為奧伯．亞倫斯伯罕嗎？現在到處都在這樣謠傳。斐迪南大人也說妳已經同意了。」

「是啊，如果可以，我想在成為奧伯以後建造圖書之都。」

「啊？圖書之都？不是將亞倫斯伯罕導向正途嗎？」

對著一臉不明就裡的柯尼留斯，我緩緩搖頭。

「我想在這裡建造圖書之都喔。不過，還是得看與王族談話後的結果如何吧……因為截至目前為止，並沒有多少事情照著我的期望發展。」

曾經我所描繪的未來，是以見習青衣巫女的身分進入神殿、奉獻魔力，然後一邊自由自在地往來神殿和平民區，一邊與路茲一起做書，但卻在被迫成為貴族的養女後無法繼續。原本至少在十歲那年進入貴族院就讀之前，可以與平民區的家人一起生活，卻也因為賓德瓦德伯爵的出現而被迫提早結束。

本該以領主養女的身分接受教育，卻在尤列汾藥水裡睡了兩年，結果所有人都長高了，只有我沒有。現在又因為神祇的力量讓我突然長大，引來眾人驚奇的眼光。

希望斐迪南別走，但他還是去了亞倫斯伯罕；希望他平安無事，結果卻是中了劇毒奄奄一息。即使想要留在艾倫菲斯特，我卻已經不能再待在那裡。
「如果我真的成為奧伯．亞倫斯伯罕，也許就能照著與斐迪南大人討論過的來治理領地。可是，現況是國王要收我為養女，我想自己的願望不可能順利實現吧。」
「羅潔梅茵？」
「把古得里斯海得交給王族以後，他們真的會輕易放我離開嗎？所以我想成為奧伯．亞倫斯伯罕，不過是痴人說夢罷了。」
斐迪南能為我提供了其他選擇，我很高興，也希望可以成真。但是，我不認為自己的願望會輕易實現。
「……這樣啊。羅潔梅茵，沒想到妳的想法這麼實際。」
柯尼留斯露出五味雜陳的表情，輕拍了拍我的頭。

結束了與近侍們的談話後，我在帶領下前往餐室。雖然對我來說是吃早餐，但對其他人來說似乎已經是午餐了。到了餐室，萊蒂希雅與漢娜蘿蕾及兩人的近侍們都在。
「羅潔梅茵大人，您身體還好嗎？」
「漢娜蘿蕾大人，我已經沒事了。」
「我吩咐廚師準備了營養豐富的餐點喔。」
「萊蒂希雅大人，謝謝您。」
萊蒂希雅與她的近侍們也都披著以黃藍兩色畫有×記號的披風。只看菲亞吉黎一個人的時候還沒什麼感覺，但現在看到這麼多人都披著同樣的披風，便能強烈地感受到這是艾倫菲斯特與戴肯弗爾格攻下了亞倫斯伯罕的證明。

「羅潔梅茵大人，斐迪南大人率領的騎士們身上的披風也都標有這樣的記號，並且要小心別誤傷或是逮捕這些人。請您以此來辨別敵人與同伴吧。」

萊蒂希雅面帶微笑說道。隨後我一邊喝著使用了大量辛香料、味道濃郁的湯，一邊聽著漢娜蘿蕾講述我昏睡時發生了哪些事情。

「戴肯弗爾格的騎士們已經搜索過蘭翠奈維之館了。如同萊蒂希雅大人所說，使館內有一道只有奧伯才能打開的門。據斐迪南大人所說，那個房間通往供蘭翠奈維公主居住的離宮。」

現在，除非已將基礎魔法染色的我下達許可，否則過去的人都無法從那邊回來，因此他們已經封鎖了蘭翠奈維之館。

「無論是前往貴族院的轉移陣還是從宿舍通往中央樓的門扉，想要使用都得有新任奧伯提供魔力與識別胸針，所以蒂緹琳朵大人他們將無法使用轉移陣回來。」

「漢娜蘿蕾大人，謝謝您。」

「哪裡。既然吃了這裡的東西，當然也該讓戴肯弗爾格的騎士們出一份力。我比較擔心會對沒有休息多少時間的斐迪南大人造成負擔呢。」

她說騎士們個個慷慨激昂，聲稱既然斐迪南身體狀況不好，那就由他們來當他的左右手。然而從頭到尾，沒有半個人建議過斐迪南去休息。

……戴肯弗爾格，你們就是這一點讓人傷透腦筋！

「現在，亞倫斯伯罕的文官們正拿著騎士們打撈上來的魔石與登記證在比對，確認魔石來自何人……雖然斐迪南大人說了，這次傷亡已經成功降到最低，但還是有不少人不幸身亡。」

萊蒂希雅難過地垂下目光，我不知道該說什麼來安慰她。

「既然斐迪南大人都說傷亡已經降到最低，那便是最低了吧。萊蒂希雅大人，當時是您命令休特朗去通知大家會有危險的吧？休特朗就是遵從了您的命令，才保護了貴族們喔。在落入蘭翠奈維手中的時候，您想的不是自己，而是下令要救其他貴族，我認為這樣的您非常了不起呢。」

「羅潔梅茵大人，可是我……」

萊蒂希雅一臉泫然欲泣地看著我，我立刻豎起食指貼著嘴唇。因為她已經答應過斐迪南，要裝作什麼事也沒發生過。

「萊蒂希雅大人若還有話想說，之後我會與斐迪南大人一起聆聽。因為用完午餐後我就要前往艾倫菲斯特了，還是等回來後再說吧。」

萊蒂希雅摀著嘴巴點一點頭，漢娜蘿蕾卻是納悶地眨眨眼睛。

「羅潔梅茵大人，雖然您說要去艾倫菲斯特，那亞倫斯伯罕的基礎該怎麼辦呢？比真正的迪塔時，您得待在這裡守住基礎才行吧？」

漢娜蘿蕾說這是奧伯的職責，而且比迪塔期間也絕對不能離開寶物半步。聞言我輕笑起來。

「漢娜蘿蕾大人，如果真的有人想要奪走基礎，那他就儘管來吧。倘若他未經王族許可，也想得到這個正犯下謀反大罪的領地的話。」

雖然我的確持有王族給予的許可證，但也不認為未持有的人會想奪取亞倫斯伯罕的基礎。要是真的非常想得到，那就儘管來吧。因為斐迪南肯定會幫我把所有責任都推到對方身上。

「再者一般而言，一旦基礎被奪、奧伯換人，前任奧伯的登記證就會遭到銷毀，但我的登記證還在艾倫菲斯特。」

我的登記證並不在這裡，所以就算有人奪走了基礎，也無法將我處刑。要是基礎魔法被奪，我完全是不痛不癢。

「最後，也是因為我已經知道基礎的所在位置。如果我真的很想要這個領地的基礎，到時候再搶回來就好了。要比魔力量的話，我可不認為自己會輸。」

漢娜蘿蕾思索了一會兒後，輕笑起來說：「說得也是呢。」接著表示他們也會與我一同前往艾倫菲斯特。

「咦？漢娜蘿蕾大人也要同行嗎？但您不是被要求留在這裡，以免遇到危險嗎？」

「不是的。斐迪南大人對我下達的指示是，比迪塔期間，我要負責保護可說是己方寶物的羅潔梅茵大人。」

午餐過後為了準備出發，我請人帶自己前往可以繪製大型轉移陣的空曠場所，好容納所有要一起移動的人。抵達後我開始畫魔法陣。

原來斐迪南也已經選好了在我要前往艾倫菲斯特時，能與我同行的成員。在我畫著魔法陣的時候，成員陸續到齊。有我的近侍們與漢娜蘿蕾帶領的小隊，以及五名亞倫斯伯罕的騎士。

「能夠護衛可說是梅斯緹歐若拉化身的羅潔梅茵大人，我們由衷感到光榮，也由衷感謝您的寬厚仁慈，願意前往戰場拯救我們的同胞。祈禱獻予諸神！感謝獻予羅潔梅茵大人！」

「呀啊?!」

突然被獻上與神同樣等級的感謝，我忍不住向後倒退，但只退了一步就克制自己停下來，真希望有誰能來表揚我一下。看到一臉心滿意足地點頭的哈特姆特，我忍不住感到想哭，也好希望有誰能來安慰安慰我。誰能想到不過昏睡兩天而已，周遭的一切就有了這麼大的改變。

「那、那個，我……」

「既然已準備就緒，一等斐迪南大人回覆，我們便轉移至札贊吧。」

不知道是故意對我的驚慌視而不見，還是這一切盡在掌握之中，勞倫斯只是臉上帶著微笑，向斐迪南送去奧多南茲。他很快便捎來回覆。

「不去札贊，現在要改為轉移至賓德瓦德。我們得到消息，說是昨晚有大量的騎士從賓德瓦德湧入艾倫菲斯特，所以此刻正在趕路。我們剛進入賓德瓦德，應該再過不久就能看見夏之館。希望能在進入艾倫菲斯特之前會合。動作快。」

聽完回覆，大家的表情都變得嚴肅。我環顧站在轉移陣上的眾人。

「那麼各位，請觸碰轉移陣灌注魔力。」

於是所有人都跪下來，將手按在轉移陣上。我也跟著跪下，往魔法陣灌注魔力。黑金兩色的光芒隨即浮起，旋轉著將我們包圍。接著我變出思達普，觸碰魔法陣。

「涅盧瑟爾，賓德瓦德。」

賓德瓦德

「天呀！」

我正閉著眼睛以免感到暈眩時，迎接我們的卻是這道足以教人耳鳴的高亢尖叫。聽起來非常耳熟，還讓人心生些許懷念，是因為我之前在貴族院沒待多少時間嗎？一睜開眼睛我就看見傅萊芮默，還有三名女性正往我們這邊跑來。

……雖然是熟悉的臉孔，卻教人一點也高興不起來。

「我還奇怪庭院裡為何突然出現魔法陣，你們怎麼會在這裡?!」

「傅萊芮默老師……」

「羅潔梅茵大人，她已經不是老師了唷……那個，因為她的言行舉止實在不符合老師的身分，所以貴族院辭退了她。」

漢娜蘿蕾小小聲告訴我。這麼說來，我好像也聽過這回事。既然被遣送回故鄉，也難怪傅萊芮默會出現在亞倫斯伯罕。儘管聽說過她與賓德瓦德伯爵有關聯，但真沒想到會在這種時候見到她。

「艾倫菲斯特的人竟然出現在這種地方，簡直荒唐至極！」

「就是說呀，姊姊大人說得沒錯！所以我才討厭艾倫菲斯特的人嘛！」

傅萊芮默與另外三名女性指著我們，氣憤地不停嚷嚷：「天呀！天呀！」由於聲音和體型都很像，看來在場全是傅萊芮默的親人。

「明明戴肯弗爾格的人也在，她們都看不見嗎？」漢娜蘿蕾用有些落寞的語氣這麼說完，變出思達普，用光帶將傅萊芮默綑了起來。

……咦?!

由於漢娜蘿蕾的動作太過一氣呵成，一時間我完全不明白發生了什麼事。與此同時，她所率領的小隊也展開行動，轉眼間就擒縛住了眼前四人。畢竟這四個人並未身穿銀衣，對付起來可說是易如反掌，但我還是呆立在原地。

漢娜蘿蕾沒有看向被光帶綑起的傅萊芮默四人，而是仰頭看著和我一樣目瞪口呆的騎士們，輕嘆口氣。

「亞倫斯伯罕的騎士們是否反應太慢了呢？雖說面對同領的貴族，可能會比較不忍心動手……但是這副模樣無法保護羅潔梅茵大人。」

漢娜蘿蕾面帶微笑，以溫和恬靜的語氣說：「這樣可不行唷。」我不禁覺得她果然是戴肯弗爾格的女性。

「不願服從羅潔梅茵大人的人都在這裡了嗎？」

說完，漢娜蘿蕾將目光投向賓德瓦德的夏之館。亞倫斯伯罕的騎士們一聽，恍然回過神般地扭頭看向漢娜蘿蕾，接著變出騎獸衝向宅邸。

……真是太訓練有素了，漢娜蘿蕾大人。

倘若她這副模樣是戴肯弗爾格的標準，那我絕對無法在戴肯弗爾格生活。雖然英氣逼人，但我肯定模仿不來。

「天呀！妳是羅潔梅茵大人?! 妳不是應該已經死了，為何會出現在這裡?! 妳竟然這麼頑強！」

遭到光帶綑起的傅萊芮默倒在地上，瞪著我這麼喊叫。哈特姆特立即往前一站，儘管嘴角上揚，但他的眼底絲毫沒有笑意，眼神冷冽地低頭看著傅萊芮默。

「傅萊芮默，如今的妳因為被貴族院辭退，早已不再是老師……竟然口口聲聲地說羅潔梅茵大人應該已經死了，不知這究竟何意？我聽聞妳就是因為這方面的失言而遭到解任，但看來妳還是不明白自己做錯了什麼。」

對傅萊芮默而言，被貴族院解任是莫大的汙點吧。只見她氣得整張臉都紅了，惡狠狠地瞪著哈特姆特。然而，哈特姆特只是垂首看她，臉上帶著譏諷的冷笑。

「如果妳指的是塗在聖典上的慢性毒藥，那早在羅潔梅茵大人碰到前就已經被我們發現，並且將其清除。」

傅萊芮默不敢置信似地睜大雙眼。哈特姆特看著她，臉上的笑意加深。

「知道這件事的，只有意圖毒殺羅潔梅茵大人的人。看來必須徹查妳的嫌疑。」

「天呀！我只是收到報告而已，除此之外什麼也不知道。」

傅萊芮默將臉撇向一邊。哈特姆特指著她，轉頭看向柯尼留斯。

「柯尼留斯，現在沒有時間仔細盤問了。在她說出是誰報告的之前，可千萬別讓她死了。」

「我知道。」

柯尼留斯的表情變得冷峻，變出思達普指向傅萊芮默。

「呵呵呵呵……你們是羅潔梅茵的近侍吧？實在可憐。」

倒在傅萊芮默旁邊的女性，以充滿憐憫的目光看著柯尼留斯與哈特姆特。只是髮色有些不同，但她與傅萊芮默簡直像是同個模子裡印出來的。

「竟被羅潔梅茵蒙在鼓裡，全然不曉得她的真面目，還忠心耿耿地侍奉她，真是教人同情。這女人不僅欺騙還陷害了我的貴族丈夫，不過是個原為平民的見習青衣巫女！她是平民！卑微低賤的平民！」

心頭一驚的我不由得按住胸口。一臉得意地看著我，發出高亢大笑的女性，似乎就是曾經來到神殿的那個蟾蜍伯爵的夫人。哈特姆特往前一站，將我護在身後。

「哦？從前在艾倫菲斯特，也曾有愚蠢的騎士遭到此種謊言矇騙，意圖傷害羅潔梅茵大人，最終遭到處刑。沒想到現在竟然還有受騙上當的愚蠢之人，真是教我吃驚。」

「哈特姆特……」

明知我是平民的哈特姆特微微一笑，執起我的手。

「放心吧，羅潔梅茵大人。若是您被藏在神殿裡養育長大的那段時間倒還無妨，但看到現在的羅潔梅茵大人，倘若還有人真心相信您是平民，那麼她不是腦筋出了問題，就是已經喪心病狂了吧。多半是因為丈夫犯下重罪，她卻不願面對現實。」

「天呀！你真是失禮！」

「我說的都是真話！」

哈特姆特毫不理會大喊大叫的傅萊芮默她們，像要安撫我般地面帶微笑，又重複一遍說道：「請您放心。」然後環顧在場眾人。

「那麼假設真如妳所言，羅潔梅茵大人是平民吧。倘若真是如此，代表原是平民的她，在就讀貴族院時曾連續三年獲選為最優秀者。對此，不知與羅潔梅茵大人一同上過課的漢娜蘿蕾大人有何看法？」

同年級的漢娜蘿蕾看了看我，再看向傅萊芮默，接著緩緩搖頭。

「羅潔梅茵大人不僅能在彈奏飛蘇平琴時釋出祝福，更是手握魔石就能將其變作金粉，這樣的她不可能是平民。」

「漢娜蘿蕾大人說得沒錯，平民怎麼可能有辦法比迪塔。」

戴肯弗爾格的騎士們基於奇怪的理由表示贊同，甚至開始扼腕起來，要是平民也懂得比迪塔的話，比迪塔的人就變多了。雖然無法理解他們的思考迴路，但看來在戴肯弗爾格，不管你是平民還是貴族，只要能比迪塔那都不是問題。

「你們別被騙了！我丈夫也是因為被艾倫菲斯特的人欺騙，才會落到那種下場。」

蟾蜍伯爵夫人正尖聲叫嚷的時候，進入夏之館搜索的亞倫斯伯罕騎士們帶著總計約莫十人的女性與孩童，全綑綁著帶了出來。

「羅潔梅茵大人，宅邸裡的貴族都在這裡了。至於下人，則是擒縛後留在宅邸當中……請問發生了何事？」

看到我們正與傅萊芮默四人互相對峙，亞倫斯伯罕的騎士們語帶警戒地問道。萊歐諾蕾輕笑著走上前。

「那名女性主張羅潔梅茵大人是平民。倘若真是如此，代表亞倫斯伯罕的基礎在一夜之間就被平民奪走了呢。各位不覺得這實在教人感到慚愧且無地自容嗎？」

「天呀！天呀！真是滿口謊言！艾倫菲斯特就是一群說謊成性的騙子！」

儘管我奪走了亞倫斯伯罕的基礎一事應該還未傳開，但看到我能夠使用轉移陣轉移活人，難道她們都不覺得奇怪嗎？傅萊芮默四人持續叫囂，戴肯弗爾格的騎士們露出了難以言喻的表情，以厭惡的眼神看著她們：「夠了，成何體統。」

萊歐諾蕾更是挑釁意味十足地輕笑起來。

「諸神可是將包含王族在內，沒有任何貴族能夠取得的古得里斯海得授予了羅潔梅茵大人，然而她們竟然主張羅潔梅茵大人是平民，相信任何人都能看出她們的思考已非常人……難不成，亞倫斯伯罕的貴族也都認為羅潔梅茵大人是平民吧？」

「羅潔梅茵大人絕不可能是平民。身為亞倫斯伯罕的貴族，請別把我們與已經失去理智的她們混為一談。」

亞倫斯伯罕的騎士們立刻用充滿輕蔑的眼光看向傅萊芮默四人。

「我親眼見到羅潔梅茵大人關閉了國境門與境界門。為了亞倫斯伯罕著想，請妳們別再大言不慚地散播這種妄言。」

「遭到貴族院辭退後，鎮日待在這樣的偏僻鄉野，也難怪妳們蒐集不到情報，又在鬱鬱寡歡之下心生怨恨。但是，別再說那些沒有人會相信的鬼話了。」

眼看同領的貴族也不相信自己，蟾蜍伯爵夫人渾身顫抖起來，忿恨地狠瞪向我。

「羅潔梅茵，妳快點告訴他們實話！」

「實話嗎……我也知道親族被捕、遭到貴族院辭退，心裡一定非常難過，但請幾位還是認清現實吧。只有奧伯才能設置與發動可以轉移活人的轉移陣喔？所以現在的我確實已是奧伯·亞倫斯伯罕。」

我一個字也沒撒謊。我完全避免提及平民的出身，只是強調自己現在的身分。

「太荒謬了，怎麼可能！這丫頭是平民！我丈夫就是遭到艾倫菲斯特的陷害！」

「你們不要被騙了！」

蟾蜍伯爵夫人與傅萊芮默橫眉豎眼，歇斯底里地大叫。下個瞬間，柯尼留斯一腳將傅萊芮默的頭踩在地上。

「不准妳再侮辱我妹妹。」

「柯尼留斯哥哥大人……」

「羅潔梅茵，別擔心。我會留她們一口氣。」

……我擔心的才不是這個！

我在心裡頭吶喊時，忽然有話聲從天而降。

「柯尼留斯，你在做什麼？」

「艾克哈特哥哥大人！」

由艾克哈特擔任先鋒，斐迪南率領著戴肯弗爾格的騎士們往這裡降落。

「斐迪南大人，您怎麼現在才到。」

「因為發現了從艾倫菲斯特回來的人，方才在追捕他們。妳身體狀況如何？」

「都昏睡到被您拋下不管了，我現在當然是精神飽滿。倒是斐迪南大人有時間休息嗎？」

我瞄向戴肯弗爾格的騎士們向他反問。「稍微有些。」斐迪南回道，執起我的手後又馬上鬆開。「這樣無法進行檢查。」他低聲這麼說完，先是卸下自己的手甲，再開始檢查我的手腕、額頭與脖頸。傅萊芮默見了立刻睜大雙眼。

「天呀！天呀！簡直不知羞恥！你們在眾目睽睽下做什麼呀?!」

「只是在做檢查，但妳吵得我無法測量脈搏。艾克哈特，讓她安靜。」

「是！」

艾克哈特說著「閉嘴」，堵上了傅萊芮默的嘴巴。感受到周遭眾人的眼光，我再看向一如往常為自己做檢查的斐迪南，歪過頭問道：

「……斐迪南大人，我們這樣很不知羞恥嗎？」

「我只是在做健康檢查，若有人覺得不知羞恥，那便是他自己的思想有問題，妳不必放在心上。目前看來並無問題……對了，妳當真想去艾倫菲斯特？只怕會看到許多妳不想直視的光景。」

對於斐迪南的詢問，瞬間我有些瑟縮。其實我也不喜歡跑到戰場上去，但現在是非去不可吧。

「嗯，我要去。」

「是嗎……那倒在這裡的這群人又是怎麼回事？」

「這些貴族負責在基貝們前去攻打艾倫菲斯特後，待在此處迎接他們歸來。宅邸也已搜索完畢。」

剛才搜索過宅邸的亞倫斯伯罕騎士開口回答。聞言，斐迪南面無表情地低頭看向被柯尼留斯踩著的傅萊芮默。

「柯尼留斯，頭部要用來讀取記憶，所以之後若想讓她閉上嘴巴，集中攻擊腹部即可，免得還要浪費魔力治癒她們。」

「是！」

「此外，這些就是在艾倫菲斯特使用黑色武器，奪取土地魔力的基貝一行人。」

斐迪南指向戴肯弗爾格的騎士們以光帶綑起，吊掛在騎獸底下的男人們說道。

「您說黑色武器嗎?!」

「竟然奪取艾倫菲斯特土地的魔力……」

眼看我的近侍們反應激烈，斐迪南稍微抬起手來。

「喬琪娜所謂的參加祈福儀式，似乎並不是他們自己提供魔力，而是去搶奪艾倫菲斯特的魔力。據悉舊孛克史德克的貴族們現在正兵分兩路，藉著人數眾多在奪取土地的魔力。」

發現有人從艾倫菲斯特回到亞倫斯伯罕來，斐迪南與戴肯弗爾格的騎士們立即抓捕所有人，並且加以審問。由於其中有好幾個人並非騎士，很輕易便問出了消息。

「最先遭到攻擊的是西南方的格利貝與伊庫那，艾倫菲斯特往這兩個地方派了人手支援後，現在似乎換作是東南方的格拉罕陷入苦戰。」

得到這個消息以後，斐迪南才決定不去札贊的境界門，而是與我在賓德瓦德會合，再前往格拉罕。

「若不是妳要過來，現在我們差不多抵達格拉罕了。」

聽到斐迪南說他可不希望我自己跑去境界門附近亂晃，曾提議要搶先抵達境界門，結果卻遭到馬提亞斯怒斥的我只是一聲不吭。

「帶頭襲擊格拉罕的，是喬琪娜一名左手戴有義肢的心腹，而且似乎對格拉罕這塊土地瞭若指掌。」

「父親大人……啊，不對，也就是說，這次要對付的敵人是戈雷札姆吧。」

馬提亞斯特意改口，直呼父親的名諱。接著他緊抿雙唇，目光凌厲地看往格拉罕的方向。

「馬提亞斯……」

「羅潔梅茵大人，我心中沒有任何遲疑，請您放心吧。」

「看到你用視死如歸的表情這麼說，羅潔梅茵大人怎麼可能放心嘛。」

勞倫斯抬手拍向馬提亞斯的後背。大概是力道相當大，馬提亞斯腳下一個踉蹌，沒好氣地瞪向勞倫斯。

「你不用自己一個人去做了結。我們一起走吧。」

「馬提亞斯，勞倫斯說得沒錯喔。要與自己的父親為敵想必非常痛苦，你可以交給其他人……」

我話還沒說完，馬提亞斯便搖頭拒絕。

「羅潔梅茵大人，您的好意我心領了。但正是因為戈雷札姆等人的行動，才使得艾倫菲斯特有數不清的貴族成了罪犯，還有人失去了父母，所以此時我絕不能逃避。」

聽完馬提亞斯的發言，斐迪南點了點頭。

「這樣啊。那麼把所有罪犯都送往亞倫斯伯罕的城堡後，我們便立即動身，前往艾倫菲斯特。」

戴肯弗爾格的騎士們改用一般的繩子重新綑起那幫男人，再動作粗魯地把他們疊在轉移陣上。接著，亞倫斯伯罕的騎士們也讓賓德瓦德夏之館裡的女性與孩童進到轉移陣裡。有這麼多人，轉移陣想必可以順利發動吧。

斐迪南先是往城堡裡的騎士送去奧多南茲，指示他們要將送過去的人關進牢裡，待收到「遵命」的回覆以後，他再回頭看向我。

「羅潔梅茵。」

被叫到名字的我點一點頭，發動轉移陣。

「涅盧瑟爾，亞倫斯伯罕。」

把所有罪犯都轉移回城堡後，我們便操控騎獸，從賓德瓦德開始往格拉罕移動。若以一般的方式越過邊界，齊爾維斯特在感知到我們的入侵時，說不定會誤以為是亞倫斯伯罕派來的援兵。所以一越過邊界，可能得先送去奧多南茲，告訴他我們是來支援艾倫菲斯特的。

……跟參加蘭普雷特哥哥大人的婚禮時相比，綠意減少了好多。

由於賓德瓦德的夏之館充滿魔力、春意盎然，所以我剛才毫無所覺，但從上空俯瞰這塊土地後，就會發現外面其實一片荒涼又綠意稀疏，魔力明顯完全不足。

「斐迪南大人，這個地方需要供給魔力呢。」

「等各地的祈福儀式都結束後再說。」

「雖然我明白您的意思……」

但撇開貴族不說，現在這副模樣，恐怕會有許多平民活活餓死吧。

「再者，比起魔力不足已經持續好一段時間的賓德瓦德，妳還是先擔心土地魔力正被奪走的格拉罕吧。」

斐迪南說得沒錯。格拉罕的土地看似綠意蔥蘢，但一越過領地邊界，就能看見到處都有圓坑般露出地表的紅褐色區塊，彷彿遭受到了陀龍布的肆虐，一眼就能看出盈滿土地的魔力東缺一塊、西缺一塊。

「……在那裡的是誘敵部隊。」

我循著斐迪南指的方向看去，看見了兩隊正在交戰的人馬：一隊披著淡紫色披風，另一隊則是艾倫菲斯特的黃土色。那些人應該都是騎士吧，魔力釋出的攻擊在空中不停交錯。

「而那裡與那裡，應該都是基貝所率領的隊伍。」

除了交手激烈的戰場外，其他地方還有好幾組披著淡紫色披風的人馬。紅褐色的土地在眼前持續增加。

黑色武器與小聖杯

「休特朗曾說，他一直沒有見到過舊孛克史德克的騎士們。而在那裡進行掩護、聲東擊西的，肯定就是舊孛克史德克的騎士們吧。」

斐迪南指著的誘敵部隊，對於剛越過領地邊界的我們來說距離最遠。我強化視力，凝神細看。一邊是披著明亮黃土色披風的格拉罕基貝騎士團，一邊是披著淡紫色披風的舊孛克史德克騎士團，後者的人數明顯更多，戰況對基貝騎士團相當不利。

「看來舊孛克史德克的基貝們是在喬琪娜大人的煽動下，來到了艾倫菲斯特奪取土地的魔力。從目的來看，說他們是誘敵部隊或許沒錯，但對格拉罕的基貝騎士團來說，為了守住後方的夏之館，那裡才是主戰場吧。」

「養父大人曾通知各地基貝，要做好迎戰的準備，基貝的夏之館裡應該也備有許多魔導具。在被敵人攻下之前，我們快點過去與他們會合吧。」

馬提亞斯與我說完，斐迪南點一點頭。對於馬提亞斯認為應該稱作主戰場，以及我主張必須要守住夏之館，他皆表示同意。

「……但前往會合時，途中也消滅一些舊孛克史德克基貝所率領的小隊吧。畢竟要是讓他們會合了，人數一多，對我們來說也十分棘手。」

斐迪南低頭俯視紅褐色地表不斷擴張的地方，說：「趁著人數對我們有利時要把握機會。」目前看到的紅褐色地表共有四處，散落在各個方位。斐迪南指向在前往兩支騎士團交戰處的路途中，離我們最近的那個紅褐色區塊。他說想在會合之前，盡可能減少敵人的戰力。

「羅潔梅茵、漢娜蘿蕾大人及兩人的近侍們，要負責保持不會受到攻擊的距離，待在上空察看戰況，確認共有幾支小隊在奪取魔力。羅潔梅茵，妳記得聯絡奧伯．艾倫菲斯特，告訴他我們已經到了。雖然會是先斬後奏，但也請他准許奧伯．亞倫斯伯罕在艾倫菲斯特動用武力。」

「是。」

「海斯赫崔，總之先捉拿那邊的小隊。如今魔力普遍不足，要盡可能讓有魔力的人活下來。」

「是！」

由基貝所率領的那支小隊大約有三十人，由亞倫斯伯罕與戴肯弗爾格組成的聯合部隊則是一百五十人。除非有什麼意想不到的變數，否則一定是我們贏吧。以斐迪南為首，披著藍色披風的戴肯弗爾格騎士們整齊劃一地變出思達普。

「斐迪南大人，我有個請求！」

馬提亞斯忽然揚聲喊道，斐迪南轉頭看向他。

「我之前曾與波尼法狄斯大人在小屋裡設置過陷阱，還請允許我前往確認。現在必須盡快抓到戈雷札姆不可。但他曾是基貝又是文官，並不是騎士，無法保證他會在主戰場那裡……我總覺得他潛伏在森林裡的可能性更高。」

「……察看陷阱嗎……好。但你必須隱密行動，而且只是前往察看，絕不能擅自與敵人交手，一發現敵人的蹤影立刻回報。」

「是！感激不盡。」

向馬提亞斯下達許可後，斐迪南再留下十名戴肯弗爾格的騎士保護我與漢娜蘿蕾，然後驅策騎獸，率領其餘的騎士們往底下那支小隊飛去。

「馬提亞斯……」

我開口呼喚神情悲痛的馬提亞斯，只見他緊緊閉上情緒起伏劇烈的藍色雙眼。

「格拉罕是我出生長大的故鄉，我怎麼也沒想到會遭人如此大肆破壞，甚至帶頭指揮的還是戈雷札姆……」

自己出生長大的故鄉慘遭渴求魔力的舊孛克史德克貴族們踐踏，隨著魔力枯竭，一片又一片的土地變作了紅褐色。而帶頭指揮行動的人，從前還是這塊土地的基貝，甚至是自己的親生父親。此刻盤踞在馬提亞斯心頭的情感，肯定複雜得難以形容吧。他緊緊握起的拳頭還在微微顫抖，完全可以感受到他的憤怒與不甘。

「現在必須盡快抓到戈雷札姆不可。羅潔梅茵大人，實在非常抱歉，但勞倫斯請借我一用。因為森林內管理小屋的所在位置，不能讓他領的騎士知道。」

「……一有任何情況，要馬上釋出路德求援喔。」

「我向您保證。」

隨後，馬提亞斯與勞倫斯兩人飛往底下的森林。我注視著兩人時，萊歐諾蕾開口喚道：「羅潔梅茵大人，我們再往上飛一些吧。」

「說得也是呢，還要送奧多南茲給養父大人……」

我照著萊歐諾蕾說的往上空移動，再依著斐迪南的指示送出奧多南茲。

「養父大人，我是羅潔梅茵。我已經與斐迪南大人還有戴肯弗爾格的騎士們來到艾倫菲斯特，此刻正在格拉罕。我打算與格拉罕的基貝騎士團會合，然後以奧伯・亞倫斯伯罕的身分，阻止並逮捕舊孛克史德克與亞倫斯伯罕的騎士們，還請您下達許可。」

「羅潔梅茵大人！那裡似乎還有其他小隊，又有一片森林消失了。」

奧多南茲振翅飛起後，安潔莉卡幾乎同時揚聲大喊。不光是我，漢娜蘿蕾也從蘇彌魯造型的騎獸往外傾身，定睛注視安潔莉卡指著的方向。

「這代表森林裡還潛伏著好幾支小隊吧。羅潔梅茵大人，確認有幾支小隊也是我們的工作唷。」

我頷首回應漢娜蘿蕾，強化視力環顧格拉罕這塊土地。現在還不知道究竟潛藏著多少敵人。

「不過，真奇怪呢。就算是以黑色武器奪取魔力，最多也只能奪取一人份，但他們卻吸收了這麼一大片土地的魔力，人類的身體承受得住嗎？」

對於漢娜蘿蕾的疑惑，我點頭贊同。即便他們是為了自己的土地在奪取魔力，但這也已經超過三十個人所能奪取的量。

「而且他們這樣大量奪取魔力，之後打算怎麼辦呢？喬琪娜大人若想在奪得艾倫菲斯特的基礎後治理領地，奪走土地的魔力並不是明智之舉吧？」

因為奧伯必須為土地供給魔力。現在如此大規模地奪取魔力，等到她自己當上奧伯的時候，全部都得自己補足才行。身為領主候補生的漢娜蘿蕾也上過課，知道要為土地供給魔力，她俯瞰眼下的土地點頭道：

「是啊，她在得到基礎以後，究竟想對艾倫菲斯特做什麼呢？」

「果然她的目的只是想毀滅艾倫菲斯……」

萊歐諾蕾話說到一半，突然從斐迪南等人前往的方向同時飛起了數隻奧多南茲。通體雪白的小鳥分別飛往了主戰場與其他地方的紅褐色區塊，眾人當即閉口不語，定睛注視著奧多南茲飛往的方向。

「羅潔梅茵大人，已經確認奧多南茲共有七隻！應該是除了主戰場外，敵人另外共有六支小隊。」

也就是說，還有一支小隊尚未發現吧。

「地點確定了嗎？」

「其中兩隻似乎是飛往主戰場。可能一隻是去騎士團，另一隻是飛往了負責發號施令的戈雷札姆，也說不定兩支小隊已經會合了。」

「羅潔梅茵大人，主戰場上與各小隊中有幾名疑似斥候的士兵，似乎已經察覺到了我們的存在。」

正當周遭的騎士們紛紛回報情況的時候，齊爾維斯特也捎來了奧多南茲，允許我動用武力。

「斐迪南大人，起飛的奧多南茲共有七隻，其中兩隻飛往了主戰場。還有，奧伯·艾倫菲斯特已經下達許可。」

我立刻向斐迪南送去奧多南茲。白鳥光速振翅離去，數秒過後，忽然「咚」的爆炸聲響，遠方有樹木頹然倒下。

「……一得到許可，大家馬上就大打出手呢。」

「我好像看到了戴肯弗爾格的騎士們正樂不可支地展開攻擊。」

漢娜蘿蕾露出有些過意不去的表情，說：「現在好像變成了是戴肯弗爾格的騎士們在艾倫菲斯特大搞破壞呢。」

……雖然這也是沒辦法，但我還是很想說，麻煩稍微手下留情。

以壓倒性有利的人數迅速地制伏了那支小隊後，斐迪南捎來奧多南茲，要我們過去會合。留下幾人在空中把守，我與漢娜蘿蕾開始下降準備會合。

「哇?!」

就在這時候，忽然一半左右的戴肯弗爾格騎士們一窩蜂地從森林裡飛出，聲勢浩大地朝著另一支敵隊進攻。

「羅潔梅茵大人，我們下去與斐迪南大人會合吧。」

漢娜蘿蕾瞄了眼戴肯弗爾格的騎士們說道。於是我按照她說的，往身上各披著明亮黃土色、淡紫色與藍色披風的那群人前進。被擒的貴族約莫有三十人，這時全都倒在地上，被斐迪南一行人團團包圍。

「他們使用了黑色武器與小聖杯。」

斐迪南向我高舉他手中的小聖杯。那想必是基貝持有的小聖杯吧。

「喬琪娜似乎是與舊孛克史德克的基貝們說好，等到她奪得基礎，便會讓他們成為新艾倫菲斯特的基貝。」

倒在地上的貴族們一個個憤恨地瞪著我們，柯尼留斯與安潔莉卡於是移動到我身前，擋下他們的目光。

「妳也知道，小聖杯是用以儲存魔力，為土地所用的神具。若使用黑色武器，將艾倫菲斯特土地的魔力儲存在小聖杯當中，喬琪娜奪取基礎時就能少費點力。」

奪取土地的魔力，就等同減少基礎當中的魔力；而且只要使用儲存在小聖杯裡的魔力，事後就能輕易地讓土地重新盈滿魔力。喬琪娜似乎是打算在奪得基礎後，再讓小聖杯裡的魔力重回艾倫菲斯特的土地。然後舊孛克史德克的貴族們再成為這些土地的基貝或是轉籍過來，最終則是要讓自己土地上的人民搬來居住。

「沒有奧伯的土地，再怎麼灌注魔力也無法填滿。像現在無論怎麼灌注魔力也沒意義，就連本該保護的人民也怨聲載道，這種只能感到懊悔與無力的痛苦妳能明白嗎?!」

被捕的舊孛克史德克基貝向成為新任奧伯的我控訴道。

「即使亞倫斯伯罕有了新的奧伯，孛克史德克還是一樣只能苟活度日。就算被迫披上亞倫斯伯罕的披風，兩邊依舊是隔著邊界的不同領地。」

土地的魔力減少後，自己的人民開始挨餓。即使懇求奧伯為土地提供更多魔力，但站在奧伯的立場，比起奉王族之命不得不管理的另一塊土地，當然是為自己的土地灌注魔力更重要，因此面對舊孛克史德克也就一拖再拖。即使改為懇請王族任命新的奧伯前來，但未持有古得里斯海得的王族並無法重新設立基礎，也就無法指派新的奧伯。

「連王族都棄孛克史德克於不顧，無法任命新的奧伯，那我們拋下自己的故鄉離開又有何不對？倘若是有著奧伯的土地，我的人民根本不會挨餓受苦。是喬琪娜大人為我們帶來了希望！」

聽完舊孛克史德克基貝們的主張，明白了他們也只是想方設法要保護自己的人民，我不由得垂下雙眼。

「我明白你們有自己的苦衷。但是，你們披著亞倫斯伯罕的披風、侵犯他領奪取魔力，這仍然是不爭的事實。我身為新的奧伯．亞倫斯伯罕，不能容許這種行為，如今你們都已是犯下重罪的犯人。請把他們送去賓德瓦德的夏之館吧。」

我這麼下達指示後，亞倫斯伯罕的騎士們「是！」地應聲，開始動作。

「之後對於所有來到艾倫菲斯特的基貝，請一定要從他們手中搶走小聖杯，絕不能被帶到其他地方去。因為小聖杯裡的魔力都屬於艾倫菲斯特。」

「是！」

為了能夠奪得基礎魔法，喬琪娜竟然還把並未盈滿魔力的小聖杯發給基貝們，將此巧妙地安排到自己的計畫當中，對此我不禁感佩嘆氣。雖然不曉得她的計畫縝密到了何種程度，但可以肯定的是她非常聰明。

「羅潔梅茵，別發呆。由於土地遭到大規模的奪取魔力，艾倫菲斯特的騎士團都往這裡還有伊庫那加派了人手。倘若這是聲東擊西之計，意圖削弱貴族區的戰力，那麼喬琪娜很可能已經到了艾倫菲斯特的城市附近，或者已經進入城市了。」

聞言我猛然回頭，腦海中浮現平民區與神殿裡的眾人。大概是感受到了我想立刻飛回城市的迫切，斐迪南對我搖了搖頭，指向主戰場。

「首先得解決這裡，逮捕舊孛克史德克的貴族是妳身為奧伯．亞倫斯伯罕的職責。在那之後，還得向奧伯．艾倫菲斯特徵得進入城市的許可……雖然妳成為了奧伯．亞倫斯伯罕，但應該還是進得去，只是已經帶走登記證的我還有戴肯弗爾格的騎士們，需要有奧伯的許可才能進城。」

聽到斐迪南說，他即使想要提供協助也無法進入城市，我再一次強烈地感受到如今的他依然被視作是他領的人。明明還未成婚，斐迪南就算想要回來，沒有領主的許可就連家門也進不去。在這種情況下，他很難將艾倫菲斯特視為自己的歸宿吧。

……這場仗結束之後，一定要讓斐迪南大人回來才行。

我重新下定決心之際，在上空把守的騎士捎來奧多南茲。

「斐迪南大人，收到奧多南茲的各個小隊開始移動，前去與騎士團會合了。一旦所有小隊集結，基貝騎士團很可能轉眼便被擊潰。」

這時紅褐色的土地已經停止擴張，那些披著淡紫色披風的人開始往主戰場移動。一旦敵軍匯合，基貝騎士團很可能支撐不住。「這下沒有時間了。」斐迪南低喃道。

就在這時，又有一隻奧多南茲飛來，但這隻奧多南茲並沒有飛向斐迪南，而是往我這裡降落。

「羅潔梅茵大人，我是馬提亞斯。我發現小屋的陷阱已經遭到破解，證明戈雷札姆確實來到了此地。」

「竟然破解了波尼法狄斯大人的陷阱嗎？看來他比預期的還要不好應付。」

斐迪南面色嚴峻地低聲說道。陷阱是由波尼法狄斯與馬提亞斯一起設下，想要破解應該不容易，然而戈雷札姆卻成功地通過了。胃部一帶像被人揪住般痛了起來。

「羅潔梅茵，讓馬提亞斯過來會合。」

於是我送去回覆，要馬提亞斯與勞倫斯回來會合。緊接著又有奧多南茲飛來。

「斐迪南大人，戴肯弗爾格又制伏了一支敵軍。」

「好。休特朗，罪犯的運送由你負責指揮。羅潔梅茵，回收小聖杯後，我們要從舊孛克史德克騎士團的中央進行突破，與主戰場上的基貝騎士團會合。」

斐迪南要我絕不能從小熊貓巴士裡伸出頭和雙手，不管身邊的人誰受到攻擊，都絕不能別開視線，必須緊跟在後。

「我會努力。」

噹啷，噹啷……

目的地基貝．格拉罕的宅邸傳來第四鐘的鐘聲。這彷彿成了開始行動的信號一般，我們操縱著騎獸加速飛行。

終章

收到蒂緹琳朵捎來的奧多南茲告知計畫成功時，喬琪娜人正在賓德瓦德的基貝宅邸當中。賓德瓦德與艾倫菲斯特的格拉罕接壤，前任基貝還因為在艾倫菲斯特的神殿內攻擊了領主的養女羅潔梅茵而遭到拘留。自那之後，這塊土地便日漸蕭條衰敗，這裡的人們也因此對艾倫菲斯特及其領主一族恨之入骨。對喬琪娜來說，此次訂定計畫時，賓德瓦德可說是利用起來最不費工夫的地方。

「蒂緹琳朵大人成功了嗎？」

侍從賽兒緹這麼問道，喬琪娜頷首回應。

「是呀。本以為還要幾天時間，沒想到萊蒂希雅大人比預期的要快到達極限呢。」

一切似乎皆按計畫進行。喬琪娜早就料到，首席侍從璐思薇塔若被抓走，萊蒂希雅肯定會拚了命地想找到她。而在那種情況下，她能仰賴的除了近侍之外，便只有奉王命前來教導她的斐迪南。她不可能會來尋求平常既無往來，又屬於對立派系的蒂緹琳朵或喬琪娜的幫助。

……但即便去拜託斐迪南大人，他多半也只會拒絕吧。

斐迪南是艾倫菲斯特的領主一族，論身分算得上是喬琪娜的異母弟弟。但是，斐迪南受洗時喬琪娜早已成婚離開領地，因此雙方從來沒有當面交流過，她對他也沒有任何手足之情。在斐迪南來到亞倫斯伯罕以後，儘管雙方會互道寒暄，或在聚會與聚餐時碰到面，但彼此的目的都是蒐集情報，因此不算是有真正的交流。

……不過，他還是比蒂緹琳朵以及齊爾維斯特好懂得多呢。

雖然僅只是根據蒐集到的情報，但喬琪娜認為斐迪南是在必要情況下，可以做出非常冷酷無情判斷的領主一族。不知是因為兩人的思考方式有著相似之處，還是因為從小都被薇羅妮卡不斷奪走重要的事物，有著相似的成長環境，所以喬琪娜料想得到，即便萊蒂希雅去找斐迪南商量，他也只會叫她放棄。因為喬琪娜自己多半也會給出一樣的回答。

遭到自己的指導員拒絕，沒有人可以依靠後，這時雷昂齊歐再利用加了圖魯克的點心，誘導萊蒂希雅使用銀筒，告訴她：「既然奧多南茲還送得出去，不如妳用這個試著拜託斐迪南大人吧。」只要知道首席侍從還活著，絕不可能輕易放棄。

對領主候補生而言，自受洗前便陪伴在自己身邊的首席侍從可說是第二個母親。萊蒂希雅又是從多雷凡赫來到了亞倫斯伯罕當養女，在她心裡的地位定然更不一般。畢竟領主候補生受洗後就要搬離本館，在北邊別館自己住一個房間，所以喬琪娜非常清楚首席侍從是多麼重要的存在。更遑論侍從還不是自行離開，而是被人強行帶走，那種恐懼與絕望喬琪娜自己深有體會。

「計畫進行得比想像中還要順利。萊蒂希雅大人是否太缺乏危機意識了？還是斐迪南大人的教導不夠充分？」

戈雷札姆摸著自己的義肢左手，蹙眉說道。

「因為她平常都被要求待在北邊別館，避免與我們接觸吧。萊蒂希雅大人並不是親身感受到危險以後，判定自己必須待在北邊別館裡，而是身邊的人這麼要求她。她大概只會覺得受到拘束，並不會因此產生危機意識吧。」

「本以為同樣沒有可以仰賴的父母，這樣的境遇與喬琪娜大人十分相似，但現在看來並不盡然。」

我先前給萊蒂希雅大人的評價似乎太高了些——聽見戈雷札姆這麼嘀咕，喬琪娜微微彎起嘴角。

「雖然有父母，他們卻只會傷害自己且無法依靠，跟父母並不在身邊所以無法依靠，這兩者的境遇當然不同。」

在喬琪娜看來，父母正是為自己帶來痛苦的存在。她數不清有多少次，都希望父母死了算了。比起父母，近侍與向自己獻名的貴族更值得信任。

「況且因為國王有令，萊蒂希雅大人早已確定會成為下任領主，往後的地位可謂無可動搖，這種情況下怎麼可能產生危機意識呢。再說了，一直以來我也刻意不讓那孩子產生戒心。」

即使派系不同，公開場合上喬琪娜仍會對萊蒂希雅表現出應有的尊重；在蒂緹琳朵敵視她時，也會提出其他辦法，避免蒂緹琳朵做出過於直接的攻擊行為。看在萊蒂希雅與她身邊的人眼裡，喬琪娜雖是敵對派系的人，平常又鮮少往來，但並不會帶來實際的危害，所以只要接觸的時候保持警戒就好——這便是她刻意引導他們形成的認知。

……排除時再顯露敵意就夠了。

一思及此，相較之下斐迪南要危險得多。因為明明見到面時自己總是笑臉以對，但斐迪南卻從未放鬆警戒，超過一年以上的時間也都沒有鬆懈下來，持續想要找出喬琪娜的破綻。彼此多半都心想著，對方不知何時會揭開臉上的假面具。

「萊蒂希雅大人與近侍們的感情太好，遇到緊急情況時，便無法從貴族的角度做出判斷，果斷地捨棄近侍吧。這是在疼愛中長大的領主候補生容易有的傾向。」

想起齊爾維斯特身為領主，同樣總因骨肉親情而優柔寡斷，喬琪娜在面紗底下微微瞇起雙眼。

「接下來萊蒂希雅大人應該會被帶到蘭翠奈維的船隻上，斐迪南大人也身亡了。只不過，真沒想到事發地點會在供給室。」

供給室原則上禁止攜帶不必要的外物入內，這是因為供給室只有已登記的領主一族能夠進入，古往今來一向容易淪為爭奪下任領主之位的兇殺之地。喬琪娜本以為商量談話的地點會在斐迪南或者萊蒂希雅的房間，然後才使用裝有致死毒粉的銀筒。

……本以為可以把在場兩人的近侍們也一網打盡呢。

然而，由於事發地點是在供給室，中了致死劇毒的只有斐迪南一人，而連領主辦公室也進不去的尤修塔斯與艾克哈特更是絲毫不受影響吧。不僅如此，能夠察看現場、回報詳情的人，也變成只有蒂緹琳朵一人。喬琪娜不太相信自己的女兒，儘管想從更多管道得到消息，但如今看來也只能放棄。

「最起碼成功排除了戒心最強、感覺也最難排除的斐迪南大人，只能先滿足於這樣的成果了。」

原本斐迪南一直負責輔佐齊爾維斯特，在搬到亞倫斯伯罕以後，也始終與艾倫菲斯特保持著聯繫，所以若讓齊爾維斯特經由他得到消息、開始思考對策，情況就麻煩了。畢竟斐迪南不僅曾連續多年在貴族院獲選為最優秀者，在亞倫斯伯罕即使攬下了再多公務，也依然一副神色自若的樣子。喬琪娜十分希望能在採取行動前將他排除。

「雖然那兩個難纏的近侍還在，但我們繼續執行下一步計畫吧。不知會是尤修塔斯與艾克哈特先把消息送到，還是我先取得基礎魔法呢？」

「現在境界門已在我們的掌控之下，所以他們既無法送出奧多南茲，也無法往艾倫菲斯特送信，消息是不可能傳達出去的。剩下的辦法便是親自傳達，但騎著騎獸從城堡到境界門大約需要兩天的時間，再到艾倫菲斯特的城堡則要一天的時間。只要在境界門那裡將他們視為可疑人物攔下，就能再拖延一點時間，而未持有銀布的他們也無法私自穿越邊界。齊爾維斯特大人永遠也沒有機會知曉您已採取了行動吧。」

奧多南茲無法越過邊界。儘管可以傳話給守在境界門的亞倫斯伯罕騎士，請對方向艾倫菲斯特的騎士轉達，再傳回艾倫菲斯特的城堡，但如今境界門內的亞倫斯伯罕騎士都是他們的人。魔導具信送到了境界門以後，也會先經過檢查。重要事項不可能直接寫下來，況且若被騎士攔截，也就不可能送得出去。雖然還有通往貴族院的轉移陣，但必須要有奧伯的許可才能使用。所以若是以騎獸移動，一定是喬琪娜更快抵達吧。

「如今已成功排除了斐迪南大人，那麼領主一族中最該當心的對象，便是波尼法狄斯大人了吧？」

「是的，首先得將他引開城堡。畢竟那位大人總是不按計畫行事。」

戈雷札姆面色凝重地說完，喬琪娜揚起苦笑。因為波尼法狄斯總能本能地避開敵人的陷阱，進而摧毀敵人的計畫。即使問他為何能夠發現陷阱，他也只會回答：「我也沒有根據，只是憑直覺。」相比之下，喬琪娜與戈雷札姆卻是凡事都要計畫周詳才採取行動，雙方可以說是兩個極端。再加上波尼法狄斯的武力高強，若是正面對上，很可能敵不過他，所以他們預計把他引到伊庫那。

「首先從伊庫那開始進攻。那裡的騎士人數不多，基貝想必會請求支援。等再過一段時間，也對格拉罕發動攻擊。如此一來，奧伯便不得不往邊境派出騎士團。但由於不可能讓騎士團長離開城堡，所以會由波尼法狄斯大人前往邊境抵禦敵襲吧。」

先把波尼法狄斯引到西南邊的伊庫那，間隔一或兩天之後，再於東南方的格拉罕製造混亂。算算騎士們以騎獸移動的速度，應該能夠爭取到充足的時間。

「舊孛克史德克的基貝們煽動起來還真是輕而易舉呢。相信他們會在艾倫菲斯特大肆進行破壞吧。」

那些基貝都正管理著魔力匱乏，收成寥寥無幾的土地。越是真心關愛當地平民與貴族的人，越是容易上鉤，只要告訴他們：「這麼做便能保護你們土地上的人民。」沒有舊孛克史德克的基貝會不為所動。因為現今的君騰甚至無法為領地重新劃定邊界，害得他們已是窮途末路，只能不擇手段。

「而且，我已經有辦法能對付波尼法狄斯大人了。」

戈雷札姆說著，緩緩摩挲自己的義手。看著已有辦法能夠對付波尼法狄斯的他，喬琪娜投以微笑。

「你的忠心真是令我驕傲，我一定會取得艾倫菲斯特的基礎。」

「此外根據平民提供的消息，艾倫菲斯特的基貝們確實都在加強防衛，那麼貴族區與城堡的守衛想必也比以往更加森嚴。祝您得勝歸來。」

喬琪娜向同行的掩護隊伍也下了指示，要他們穿上能夠阻隔魔力的銀布，外頭再披上披風。如此一來，他們的魔力便不會被感知到。接著他們分別坐上馬車，馬車載著裝有魔導具的木箱與皮包，由賓德瓦德的平民負責駕駛。

利用銀布越過領地邊界後，先是到達格拉罕，再坐上前來迎接他們的馬車，往萊瑟岡古繼續前進。駕駛馬車的車夫名為勞各，是奉戈雷札姆之命潛藏在平民當中的身蝕。日常生活當中，他是個買賣植物以供製作染料與藥材的商人。在他的安排下，喬琪娜一行人將搭上前往艾倫菲斯特的船隻。

路途中找了地方留宿一晚，隔天便抵達萊瑟岡古。為了盡量不引人注目，掩護隊伍會分開搭乘數艘不同的船隻。只不過由於乘坐的是商船，各自都得中途停靠以裝卸貨物，所以要花上一點時間才會全部抵達。

「最後一艘船預計在後天的第四鐘抵達西門。兩位因為是搭乘直達艾倫菲斯特的船隻，所以明天才出發，但應該會是最快到達的吧。抵達時間預計是第三鐘。」

喬琪娜與她的侍從賽兒緹裝作是勞各的侍從在萊瑟岡古過了一宿，然後搭上已經訂好位置的船隻。

「妳們兩人就住這個房間，到了艾倫菲斯特會告訴妳們。在那之前，不要隨意出來走動。」

勞各一邊警戒周遭，一邊裝出主人的樣子，帶著兩人前往船艙。雖然只是狹小的二人房，但因為不必再在意旁人的眼光，所以能稍微喘口氣，也不會有人發現喬琪娜兩人是貴族吧。對此喬琪娜心滿意足，向賽兒緹點一點頭。

「這是主人給你的獎賞。」

賽兒緹小聲說完，向身蝕勞各遞去一顆黑色魔石。多半是體內的魔力已經累積到了一定程度，勞各緊緊握著黑色魔石，放鬆地吐出大氣。

「基貝換人以後，你一直沒有機會釋出熱意吧？那麼為了今後著想，等船隻抵達時我再給你一顆魔石吧。雖然比原先說好的要多，但這也代表我十分期待你今後的表現，不知你覺得如何呢？」

自從戈雷札姆失去基貝的身分，搬到了亞倫斯伯罕居住，身為身蝕的他們便一直活在死亡的恐懼當中。眼看體內的魔力一點一點增加，卻不像從前一樣有機會能夠釋放。就在這時，喬琪娜提供了比說好要多的黑色魔石，還暗示了今後仍會持續合作。能夠擺脫死亡的恐懼，勞各心中滿是安心與感動，不禁跪了下來，用崇拜的目光看著眼前面帶慈祥笑容的貴族女性。

喬琪娜理所當然般地接下勞各崇拜的目光，輕輕擺手要他退下。

「我們會照著你說的待在這間房裡。在船上的時候，請你別忘了要假裝自己是我們的主人。」

勞各退出船艙後，接下來除了坐在搖搖晃晃的船隻裡，抵達前完全無事可做。為了讓主人在不便的平民船隻當中也能過得舒適一些，賽兒緹做為侍從開始使出渾身解數。不同於忙碌的侍從，喬琪娜倒是閒得發慌。大概是因為人已在艾倫菲斯特，又坐在搖晃擺盪的船隻裡，過往的記憶在腦海中浮現又消失。

……我在艾倫菲斯特真的沒有多少愉快的回憶呢。

但是，不論從前還是現在，喬琪娜都只有在以艾倫菲斯特的領主為目標時，才能真切地感受到自己還活著。

◆

「喬琪娜，妳一定要成為下任領主。」

久遠的記憶裡，喬琪娜最早記得的便是母親薇羅妮卡的這一句話。當時波尼法狄斯的兒子卡斯泰德也被視為是領主一族養育，薇羅妮卡總是一邊教導喬琪娜，一邊面目猙獰地叮囑她：「妳絕對不能輸給卡斯泰德。」嚴厲的母親不容許她有一丁點的瑕疵、一丁點的失敗。喬琪娜常常一邊哭著一邊學習文字，為了練習寒暄連聲音都啞了，學習禮儀的過程中也經常挨打。

「喬琪娜，妳願意成為下任領主，解救母親吧？」

看到母親以無比哀戚的神情這麼對自己說，喬琪娜便在心底發誓，為了解救受到貴族們欺凌的可憐母親，自己一定要更加努力才行。

「又是女兒……」

後來妹妹康絲丹翠出生，薇羅妮卡明顯大失所望，也不怎麼關心自己的這個孩子。眼看妹妹被母親棄之不顧，喬琪娜擔心之下，便想讓妹妹也接受母親對自己施以的教育。然而她越是擔心，旁人越是讓兩人保持距離。

當時的她無法理解這是為什麼，但如今的她可以明白，因為自己面對根本不是下任領主候補的妹妹，態度太過嚴厲了。然而，身邊的大人只是將兩人隔開，卻沒有用「妳太嚴厲了」來阻止喬琪娜，肯定是因為實際上她也正接受著如此嚴苛的教育吧。

那個時候，儘管接受的指導既嚴厲又難熬，但只要自己拿出優秀的表現，母親便會稱讚自己；到了比較懂事的時候，黎希達也開始會袒護她，勸阻過於嚴厲的薇羅妮卡；此外雖然見面次數不多，但舅父拜瑟馮斯也毫無保留地疼愛她。那時的喬琪娜還天真地相信著，只要自己不輸給卡斯泰德、成為下任領主，母親便會對自己展露笑顏。

……直到齊爾維斯特出生為止。

弟弟出生以後，母親簡直像是變了一個人。「我有兒子了。」她為此高興不已，全心全意地只疼愛著他。明明齊爾維斯特只是生為男孩，明明只會哭什麼也不會做，就得到了母親的愛。喬琪娜困惑不已，僅僅因為弟弟出生，自己所在的這個世界便有了改變。她開始心生疑惑，覺得自己是否不管怎麼努力也沒有用，也覺得母親的驟變太過反常且教人毛骨悚然。

……要是齊爾維斯特沒有出生就好了。

身為第一夫人的薇羅妮卡生下兒子後，卡斯泰德便被拔除了領主候補生的頭銜。原本在喬琪娜看來，卡斯泰德是一起爭奪下任領主之位的良好競爭對手。儘管卡斯泰德既比自己年長，又是男性，條件更加有利，但他只是前任領主的孫子，並不是現任領主的親生孩子。對沒有兒子的現任領主來說，是替補一般的存在。一邊是卡斯泰德，一邊是雖為女性卻也是親生孩子的喬琪娜，無論由誰成為下任領主都不奇怪。當時喬琪娜尚未受洗，從未與卡斯泰德見過面、說過話，但也從指導過他的黎希達那裡耳聞過一些，所以一直把他視為目標，認為只要自己努力，就有機會能贏過他。

然而，僅僅只是因為齊爾維斯特出生，卡斯泰德的身分就變了。她親眼目睹了原本和自己一樣身分的人，一下子從領主候補生降為上級貴族。喬琪娜當然會憂心接下來有可能輪到自己。

……要是沒有齊爾維斯特，就不會發生這種事情了。

喬琪娜憂懼不已，但她所擔心的事情並未發生。因為薇羅妮卡希望能由自己的親生孩子當上下任領主，所以她雖然排除了卡斯泰德，卻不會排除喬琪娜。明白這一點後，喬琪娜如釋重負。

此外，儘管薇羅妮卡排除了卡斯泰德，但剛出生的齊爾維斯特也許是像到了父親，身體十分虛弱。因此，在為領地未來感到擔憂的人們建議下，喬琪娜在受洗過後會開始接受下任領主的教育。

……看來以後要與齊爾維斯特切磋砥礪，競爭下任領主之位吧。

然而她才剛剛下定決心，不會輸給弟弟時，首席侍從黎希達便被奪走了。黎希達是薇羅妮卡最為信賴的侍從，因此決定把她調到日後將成為下任領主的齊爾維斯特身邊。這件事發生在喬琪娜為了洗禮儀式，正在北邊別館為自己布置房間的時候。

首席侍從堪稱領主候補生的第二個母親——不對，在喬琪娜心中，黎希達投注給自己的關愛比母親更像母親。就在她要離開父母身邊，搬到北邊別館居住的時候，自己最為信任的近侍竟然要被奪走，這讓她無法忍受。她跑去向母親抗議，認為這是非常嚴重的背叛，母親卻是不理不睬。

「齊爾維斯特身體虛弱，但妳不僅身體健康也很有活力吧。我怎麼能把無法信任的人安插在齊爾維斯特身邊呢。」

父親也認可母親的主張，於是黎希達正式成為了齊爾維斯特的近侍，凡事以弟弟為優先。

……真希望齊爾維斯特死了算了。

喬琪娜第一次對齊爾維斯特萌生殺意，多半就是在這個時候。所有的不愉快，全都來自弟弟這個存在。除了性別以外，齊爾維斯特根本沒有一個地方能贏過自己，卻不斷搶走屬於她的東西，她絲毫無法對這個親弟弟萌生憐愛之情。

洗禮儀式過後，喬琪娜便搬到北邊別館居住。隨著開始接受下任領主的教育，生活變得十分忙碌，但她還是每個月至少前往本館一次，與母親舉辦茶會，報告自己的學習進度。每當這種時候，她都會見到日漸長大且活力充沛的齊爾維斯特。他總是調皮搗蛋，惹得侍從傷透腦筋，黎希達也訓斥連連。但在母親眼中，他似乎永遠是那個身體虛弱的孩子，對他始終一味縱容，甚至還說：「他現在這樣不是正好嘛。」喬琪娜簡直不敢相信自己的耳朵，換作自己做了同樣的事情，肯定會遭到嚴厲的訓斥與責罰吧。

……齊爾維斯特真有擔任下任領主候補的必要嗎？

這個弟弟只顧玩樂，淨愛調皮惹事。有時喬琪娜忍無可忍，便出口斥責說：「你若想成為下任領主，就該好好努力。」沒想到他卻去找母親哭訴：「我不想當下任領主，我才不要努力。」母親還反過來責備喬琪娜：「妳不要去打擊齊爾維斯特的信心。」「齊爾維斯特還小，不用那麼努力沒關係。」「妳別老說那些不中聽的話，應該多疼愛弟弟呀。真是冷漠薄情。」

喬琪娜完全無法理解。那麼在卡斯泰德還是領主候補生時，每當喬琪娜前往餐廳去道睡前的問候，母親總會執拗地細數他的缺點，並且要求喬琪娜更加努力，那些又算是怎麼一回事？況且打從齊爾維斯特出生到現在，她一次也沒有感受到母親的關愛，別說是薄情了，內心世界早已一片乾涸。身為母親的她在說什麼啊？

被母親訓了一頓後，喬琪娜再被逼著向齊爾維斯特道歉，但就在她道歉的時候，齊爾維斯特對她吐了舌頭。從那可恨的表情便能看出，他非常清楚自己獨占著母親的愛，而且絕對不會挨罵。

……為了艾倫菲斯特的將來著想，這孩子應該消失才對吧？

他真的和自己一樣，都是下任領主候補嗎？每一次見到面，喬琪娜心中的殺意便不斷積累。可是，這種情況不可能一直持續下去吧。相信父母有朝一日也會清醒過來，認清不能把下任領主的位置交給這種愚蠢之人。

……為了那一天，我必須努力才行。

為了得到旁人的認可，喬琪娜專注投入地接受下任領主的教育。然而，就在她要進入貴族院就讀的時候，眾人開始禁止她與最疼愛自己的神殿長拜瑟馮斯往來；想要納為近侍的人，也因為「以後要當齊爾維斯特的近侍」這種理由而禁止她招攬。喬琪娜大鬧了一場，她不僅失去了心靈的依靠，連想要招攬近侍在將來輔佐自己也不能如願。

……真的好希望齊爾維斯特死了算了。

但是，儘管她與母親的關係不斷惡化，父親卻認可了她的努力。因為父親以入贅為前提，為她選定了他領的領主候補生為未婚夫。女性若想成為領主，其配偶也必須是領主一族不可。與他領的領主候補生訂下婚約後，喬琪娜往下任領主之位又靠近了一步。所以，即使精神上的寄託一一被奪走，她仍能朝著下任領主的位置繼續努力。

然而，齊爾維斯特的洗禮儀式推翻了這一切。因為薇羅妮卡到處宣揚，這是下任領主的洗禮儀式。由於春季出生的弟弟是在慶春宴上舉行洗禮儀式，因此艾倫菲斯特的貴族全都聚集來到了城堡。在首次公開亮相的場合上，齊爾維斯特便被貴族們認定為是下任領主。喬琪娜去找父親抗議，請身為奧伯的他親口駁斥這樣的認知。因為若不及時糾正，基貝們都將返回自己的土地，那麼下次再集結時，齊爾維斯特是下任領主便會成為眾所公認的事實，再也無法更改。

但是，父親拒絕了喬琪娜的請求。他是這麼說的：「領主夫婦必須在貴族們面前保持意見一致，所以在與貴族們應對之前，我會先與薇羅妮卡好好商量。」

……父親大人也得顧全體面吧。

總不能讓領主丟了顏面。因此喬琪娜點一點頭，暫且退讓。然而，那卻是錯誤至極的決定，那個時候她不該退讓的。結果貴族們認定了齊爾維斯特會成為下任領主，她回到貴族院上課時，未婚夫還對她說：「我聽說妳不再是下任領主候補了，這跟訂婚時說好的條件不一樣。」

喬琪娜向父母哀訴未婚夫希望能解除婚約，然而，兩人卻不是撤回齊爾維斯特會成為下任領主的決定，而是選擇了取消這樁婚約。

「既然齊爾維斯特會是下任領主，妳也不必尋找願意入贅的結婚對象了吧？母親可以為妳找到領地排名更高的未婚夫。」

「喬琪娜，妳的能力出眾，我很希望妳能在齊爾維斯特成為下任領主時輔佐他，畢竟他也需要如同我兄長那般的得力助手。所以妳不一定要從領主一族，也可以從上級貴族當中尋找結婚對象。」

喬琪娜感覺自己的世界像是徹底顛覆過來。看著面帶笑容的父母，她是真心無法理解他們在說什麼。原來自己一直以來接受的下任領主教育，都是為了要輔佐齊爾維斯特，父母根本無意讓她成為下任領主。而自己從出生到現在付出的所有努力，也都在這一刻遭到全盤的否定……

她不知道自己花了多久時間才理解到這些事實，但在理解的同時，強烈的憤怒與絕望也席捲而來，讓她臉上失去了所有表情。

……明明他那麼愚蠢，受洗以後也不肯認真學習，你們為何還想讓他成為下任領主？讓一個毫無意願的人成為領主有什麼意義？為何不能是我？我一直以來的努力又算什麼？我承受那些嚴厲的指導才不是為了要輔佐齊爾維斯特。還以為父親大人也認可了我的表現，原來只是我一廂情願嗎？

對父母的怨恨與不滿悉數湧到了嘴邊，但喬琪娜極力咬住牙關。她緊緊握拳，用力到指甲都陷進了掌心裡，拚命忍下想要對著兩人變出思達普的衝動。

「我所做的一切都是白費工夫。」

「喬琪娜大人，我們並不認為您的努力是白費工夫，那些都是成為下任領主應盡的努力。但倘若領主夫婦已經決定由齊爾維斯特大人成為下任領主，我們也只能遵從吧。只不過，若他不能成為值得您輔佐的奧伯，我們也無法信服。」

近侍們勉勵喬琪娜，建議她對齊爾維斯特施以下任領主教育。確實再照這樣下去，喬琪娜一點也沒有輔佐的意願。因為齊爾維斯特明明已經舉行了洗禮儀式，搬到北邊別館居住，卻還是成天都能見到他不願學習、被近侍們追著跑的模樣，黎希達更是每天都在怒聲喝斥。喬琪娜決定把母親指導她的方式，也套用到齊爾維斯特身上。

然而，齊爾維斯特總是轉身就逃。她一開始指導他，他便不顧體面地嚎啕大哭，怎麼也不願接受應有的教育。

「我才不想當下任領主！由姊姊大人去當不就好了嘛！」

……那你就去死吧。

喬琪娜感覺自己的理智徹底斷線。如果她自己想當就能當的話，那她早就當了。明明她無論如何努力也無法得到，弟弟卻是一出生就得到了下任領主的位置，奪走了她的一切，還半點努力也不肯付出。喬琪娜是真心想要殺了這個弟弟。

「那種人不值得喬琪娜大人的輔佐，而且為了艾倫菲斯特的將來，應該將他排除才對。有資格成為下任領主的是喬琪娜大人。」

「戈雷札姆，但是父親大人與母親大人已經決定了，我又能夠做什麼呢？」

「讓貴族們看清現實即可。讓他們知道那個人有多麼愚蠢，而您有多麼出色。為此，您需要有難以撼動的勢力，以及絕不會背棄您的同伴。」

近侍戈雷札姆這麼說著，遞來獻名石。接著他說明了獻名石的作用，也告訴她薇羅妮卡總是說著「不肯獻名的人不值得信任」，要求了許多貴族向她獻名。

「若是腳踏實地的努力也得不到回報，那麼您便效法薇羅妮卡大人吧。薇羅妮卡大人從上級貴族變成領主的第一夫人後，便不停網羅絕不會背叛自己的同伴、鞏固自己的勢力，排除一路上的絆腳石。」

從小母親就告訴自己，她備受萊瑟岡古一族的厭棄與苛待，但只要冷靜下來觀察貴族間的勢力關係，不難發現她現在早就能以領主第一夫人的身分展開報復。

「嘉柏耶麗大人出嫁時，跟著她來到艾倫菲斯特的近侍們，其子其孫都被薇羅妮卡大人要求獻名。等到齊爾維斯特大人在貴族院取得了思達普，多半也會要求他們向他獻名吧。在那之前，我們必須先取得絕不會背棄的同伴。」

這個提議深深吸引了喬琪娜。因為她不想要再有近侍像黎希達那樣被齊爾維斯特搶走，強烈地渴求著只屬於自己的近侍。

「效法母親大人嗎……這麼做的話，父親大人與母親大人也不能責怪我了吧。」

……看來我也需要學習更多藥草相關的知識。

於是在貴族院，喬琪娜除了修習領主候補生課程，也開始修習文官課程。她尤其積極地去上那些藥草學課。

她一邊累積知識，一邊向貴族們宣揚齊爾維斯特的愚蠢，以及她對艾倫菲斯特未來的擔憂，使得他們心中萌生了對齊爾維斯特的質疑與對領主夫婦的不信任。

與此同時，她也找了與嘉柏耶麗的近侍們有血緣關係，尤其是與自己同個世代的人，要求他們獻名。戈雷札姆幫她調查過了，有的人考慮到年紀，十分遲疑是否該向薇羅妮卡獻名。於是她說服那些人，接受了他們的獻名，而貴族們集結的時候，齊爾維斯特所展現出的教育不足的模樣，更讓喬琪娜的主張具有說服力。

「應該由我成為下任領主才對，怎麼能交給那樣的小孩子呢。」

正當喬琪娜在暗地裡慢慢網羅同世代的貴族時，有一天父親召見了她。

父親厲斥了她竟要求貴族獻名，還指責她對齊爾維斯特的態度不當，最後更是明言不能讓她留在艾倫菲斯特負責輔佐，要她與奧伯．亞倫斯伯罕成婚。

「我不要，為何我非得嫁往他領當第三夫人不可?!」

「喬琪娜，住口。能夠嫁入大領地亞倫斯伯罕，這可是天大的幸運唷。畢竟妳將可以成為大領地領主一族的一員。而且還是有血緣關係的我為妳談成了這樁婚事，妳要心懷感激。」

……這哪裡是天大的幸運了?!

明明為成為下任領主所做的一切努力都遭到了否定，現在好不容易網羅到了支持自己的貴族，卻要她嫁到他領去，在年紀與父親相差無幾的男人身邊當個玩物，喬琪娜實在無法接受。況且雖說是大領地，但第三夫人一點權力也沒有，無法干預政事。

……為了成為下任領主，我努力了這麼多年。

然而，既然父親已經決定，也與對方談妥，這樁婚事根本無法取消。諷刺的是，他們還用她接受至今的下任領主教育來強迫自己，說她若是拒絕這樁婚事，便是不為領地著想。極致的屈辱與憤怒幾乎要令喬琪娜發狂。

「父親大人、母親大人，我要與法雷培爾塔克的芙蘿洛翠亞大人結婚！」

齊爾維斯特在能夠感知到魔力後，一從貴族院回來，便說他對年長自己兩歲的一名領主候補生一見鍾情。但是，法雷培爾塔克是康絲丹翠即將嫁往的領地。聯姻向來是為了與他領建立起更加深厚的關係，那麼既然都要與法雷培爾塔克聯姻了，再讓齊爾維斯特與該領的女性領主候補生結婚便毫無意義。

「她是第三夫人的女兒，既然我是下任領主，應該不會被拒絕吧。除了她以外，我絕不跟任何人結婚！」

喬琪娜的第一樁婚事遭到了取消，儘管她曾表明不想解除婚約，卻沒有遭到理會。第二樁婚事，則是要嫁給年紀與父親差不多的男人當第三夫人，她也表明了自己不願意，卻只是遭到駁回。那麼，為何齊爾維斯特可以迎娶自己喜歡的對象？明明這樁婚事對領地來說沒有多大的益處，父親身為領主卻點頭同意了嗎？

一直以來齊爾維斯特總是逃避，不願接受下任領主該有的教育，還成天總說「我才不想當下任領主」。然而自己有需要的時候，竟然就改口宣稱「因為我是下任領主」，用來實現自己的心願。對此喬琪娜說什麼也無法容忍。

……殺了他吧。母親大人在剷除礙事者時，都是怎麼做的呢？

反正自己已經確定要嫁往他領，會有什麼後果她根本不在乎。自暴自棄之下，喬琪娜決定使用母親在排除礙事者時所用的毒物。晚餐席間，已向她獻名的侍從往齊爾維斯特的餐點裡下了毒。

「唔噁……」

突然間齊爾維斯特吐出嘴裡的食物，從椅子跌落在地。父母皆吃驚得瞪大雙眼，喬琪娜也同樣大吃一驚，因為她沒想到事情會這麼簡單。

「齊爾維斯特?!」

明明是自己常用的毒藥，被人用在自己的兒子身上竟就嚇得臉色大變，這樣的母親令她覺得可笑極了。看到母親陷入恐慌，害怕失去她比任何事物都要看重的兒子，喬琪娜的內心更是感到痛快。

「啊、啊唔……」

低頭看著按住喉嚨、痛苦扭動的齊爾維斯特，喬琪娜感到前所未有的愉快與舒暢。真希望他再痛苦一點，然後就此斷氣。

然而，齊爾維斯特並沒有死。因為不同於慌得六神無主，只會緊緊抱住兒子的母親，她冷靜的侍從很快便調配出了解毒藥水。

由於沒能殺死齊爾維斯特，喬琪娜懷抱著遺憾嫁往亞倫斯伯罕。在那之後，她過著渾渾噩噩的婚後生活。儘管也想過試著在亞倫斯伯罕擁有權力，但她卻一點也提不起興致，只覺無聊透頂。索然無味的日子一天又一天地過去。

……要是我成為第一夫人，出席領主會議時地位變得比齊爾維斯特要高，日子是否會開心一點呢？

忽然間她興起了這樣的念頭，於是暗地裡開始採取行動，讓自己能夠成為亞倫斯伯罕的第一夫人。計畫順利進行，她也成功地讓齊爾維斯特跪在自己身前，然而，她卻並不怎麼感到暢快。看來還是要得到艾倫菲斯特，她才能夠心滿意足吧。

而後轉機到來。因為沒過多久，喬琪娜便收到了曾任神殿長的舅父拜瑟馮斯作為遺物留下來的信件。

◆

「喬琪娜大人，我們好像就快到了。您怎麼了嗎？」

「……沒什麼。我只是在想，真得感謝舅父大人才行呢。」

喬琪娜兩人跟在商人身後下船，一路上平民們搬運行李時的對話傳入耳中。似乎是有騎士告知了波尼法狄斯前往伊庫那一事，因此現在西門的士兵全都加強警戒，嚴查每個下船後要進入城市的人。

……看來戈雷札姆的計畫進行得很順利呢。

既然波尼法狄斯還不會回來，城裡想必一直會是嚴加戒備的狀態。看來她們最好不要靠近西門，喬琪娜如此做出判斷。

「這一路辛苦你了。」

「兩位要去哪裡呢？」

勞各看向西門，再看了看兩人，語帶困惑地這麼問道。喬琪娜以眼神向賽兒緹示意，她便遞了一顆黑色魔石給他。

「我們無法通過大門。這是什麼意思你應該明白的吧？」

多半是理解了黑色魔石也包含封口費，一路與貴族同行的身蝕商人不再作聲地點點頭。接著，喬琪娜與賽兒緹裝作自己是商人的侍從，混在不斷從商船裡搬出貨物的下人們之間，佯裝在搬運她們那不算大的行李，慢慢地遠離西門。

「就是這裡吧？」

眼前即是重新改造平民區時所建造的水道。利用這裡，不必通過大門也能潛進平民區與神殿。賽兒緹將一張紙攤開，那是向喬琪娜獻名的文官在畫好後，送來給她的水道平面圖。

「他們肯定想不到我會從這裡進去吧。」

長久以來，自己渴求的事物正在盡頭等著她。她終於來到了伸手可及之處。

……這一刻終於到了。我終於要奪取基礎，得到屬於我的艾倫菲斯特。

「這些年的等待真是太漫長了。」

心頭的澎湃再也難以壓抑，喬琪娜緩緩地彎起紅唇。

噹啷，噹啷……

第三鐘的鐘聲響起。對她而言，最後一戰正式揭開了序幕。

艾倫菲斯特保衛戰（前篇）

基貝・克倫伯格　打開的國境門

祈福儀式將至之際，來自城堡的緊急信函飛入了克倫伯格的夏之館。白鳥飛進基貝的辦公室後，化作信件落在桌上。文官撿起後，先是察看內容再向我遞來。

「基貝・克倫伯格，是城堡來信。寄信者是奧伯的第一夫人芙蘿洛翠亞大人。」

我皺著眉接過信件，很快地看了一遍。信上寫著，由於亞倫斯伯罕的喬琪娜大人很可能前來進犯，奪取艾倫菲斯特的基礎，因此希望我們加強巡邏，一發現可疑人物便通知城堡。

……打從初春就要我們有所防備，看來是喬琪娜大人終於開始行動了吧。

腦海中浮現的那名少女，曾為了成為下任領主而接受非常嚴苛的教育，卻在弟弟受洗的同時失去了下任領主的候補資格，因而怨憤不已。是當時留下的怨恨至今未消嗎？抑或者有其他理由？

去年冬季肅清，有不少向她獻名的貴族皆遭到處刑。雖說當時她是為了對抗薇羅妮卡大人才要求獻名，但如今艾倫菲斯特領內，應該幾乎沒有喬琪娜大人的爪牙了。

「雖說事態緊急，但這與克倫伯格幾乎毫無關係吧。」

喬琪娜大人進犯時，想必會從亞倫斯伯罕或從舊孛克史德克所在的南方或西南方進入貴族區。畢竟她的目標是基礎魔法，不可能來到領地最東側的克倫伯格吧。

「雖然攻打這裡的可能性很低，但我們也已經做好防範。要順便當作訓練，增加騎士們的巡邏次數嗎？」

「該先做好準備，在收到援助請求時可以借出克倫伯格的騎士，派往與亞倫斯伯罕相接的基貝土地嗎？」

「這方面的判斷必須慎重，因為不能保證敵人絕對不會來到這裡。」

我對文官輕輕頷首，撫著下巴斟酌思索。

「若要借出騎士支援，該以貴族區為優先嗎？能否守住基礎魔法可是至關重要。」

「不如問問亞歷克斯大人吧？他們那邊說不定需要我們的援助。」

意思是要我透過亞歷克斯，賣個人情給下任領主的韋菲利特大人與奧伯・艾倫菲斯特吧。倘若真要派出騎士支援，能為兒子派上用場自然更好。於是我向亞歷克斯送去奧多南茲，詢問他是否需要克倫伯格的援助。

「我是亞歷克斯。喬琪娜大人開始進攻了嗎？現在韋菲利特大人正與領主一族還有騎士團的高層開會，所以我這邊尚未收到相關消息。待主人回來，我再與他商議。」

看著飛回來後，重複了三次傳話內容的奧多南茲，我盤起手臂。實在沒想到亞歷克斯身為領主一族的護衛騎士，竟然還未收到消息。

「所以是開會時突然收到了緊急通知，芙蘿洛翠亞大人才在會議上直接向各地的基貝傳信告知嗎？還是他被禁止透露消息？抑或消息被封鎖了？」

「也可能是奧伯收到了什麼緊急通知，會議暫且中斷，所以其他領主一族正在會議室裡待命吧。」

文官表示，感覺得出在場眾人應該是想在奧伯回來前，盡量先採取一些行動。還真是文官會有的想法，但我也因此強烈地感受到，喬琪娜大人確實即將來襲。

「那麼至少重新檢視騎士的部署，以備之後可能接到的援助請求吧。」

於是我喚來基貝騎士團的高層，出示芙蘿洛翠亞大人的來信，與眾人進行討論。就在這個時候，再度有白鳥飛進屋內，化作信函落在桌上。

「怎麼回事？難道是亞歷克斯來信求援？」

「不，是城堡的來信。寄信者似乎是奧伯．艾倫菲斯特本人。」

「剛剛芙蘿洛翠亞大人不是才送了信過來嗎？這次又有何事？」

距離上一封信並未經過多少時間，若是要為喬琪娜大人的進犯採取對策，奧伯．艾倫菲斯特目前應該還不需要克倫伯格的援助。

「……信上寫著，奧伯．艾倫菲斯特將在今晚造訪克倫伯格，打開境界門。」

「打開境界門？打開境界門要做什麼？」

我一把搶過文官手中的信件。確實如文官所說，奧伯來信的大意為：「為了在夜半時分開啟境界門，我將帶領騎士們利用基貝宅邸裡的轉移陣前來。克倫伯格無須做任何準備，只不過因為會進入宅邸占地，所以先行知會一聲。」我一時間難以理解，用指尖彈了彈信紙。

「基貝宅邸裡的轉移陣是什麼？有這種東西嗎？至今從未有人使用過吧？這個轉移陣在何處？奧伯又會從哪裡現身？」

「雖然奧伯說了無須做任何準備，但我們怎麼可能真的什麼也不做。不只今晚的值班守衛需要重新安排，也得找到轉移陣收拾整理才行吧？」

因為那個轉移陣從未使用過，連在何處也無人知曉，很可能上頭還放了東西，沒有能夠走動的空間。在場眾人的臉色一下變得蒼白。雖說是在基貝的宅邸裡，但其實範圍相當遼闊，要找出目前為止從未注意到的東西並不容易。

「快點找出轉移陣！而且要在夜半時分之前整理完畢！」

「魔法陣肯定是刻在地面或牆壁上，平常不會注意到，但只要灌注魔力，也許就會有反應。」

「侍從負責檢查屋內，騎士們負責包含騎士訓練場在內的屋外，文官則快去調查古老文獻裡有無轉移陣的記載！」

頃刻間，宅邸裡的眾人手忙腳亂起來。

眾人合力查找之後，最終發現轉移陣就刻在如今已是騎士訓練場一部分的石板上。不同於一次最多只能轉移三人的貴族院轉移陣，基貝宅邸內的轉移陣相當巨大，顯然是設計來一次轉移許多人。轉移陣上的架子與假人等物品全數搬走後，騎士們再施展洗淨魔法洗去髒汙，讓轉移陣煥然一新，勉強趕在午夜之前收拾妥當。

「奧伯真的會來嗎？」

「既已特意來信告知，肯定會來吧。」

信上只寫著夜半時分，沒有明確的時間。假寐了一會兒後，我也起來待命。如今雖然已是春季中旬，但夜裡仍舊十分寒冷。我與幾名騎士待在辦公室裡，守著轉移陣。

冷不防地，轉移陣亮起光芒。我們立即衝出陽臺，跳上騎獸。黑金兩色的火焰旋轉交纏，當魔法陣上開始出現人影的時候，我們也趕到了轉移陣旁邊。

「奧伯・艾倫菲斯特，歡迎您大駕光臨。」

問候時我面色如常，但其實心中滿是驚訝。因為出現在轉移陣上的，並不只有奧伯與他所帶來的騎士。

「……那是羅潔梅茵大人嗎？」

「從她身邊的護衛騎士來看，應該是錯不了……」

聽見我的低語，身旁的騎士也語帶困惑地這麼回道。因為眼前的那名少女長大了許多，令人難以相信是羅潔梅茵大人本人。先前羅潔梅茵大人似乎長期臥病在床，因此並未出席慶春宴，但至少冬季的開場宴上曾露過面。然而此時她的面貌，即使以她正值成長期為由也全然說不通。

究竟是怎麼回事，她為何突然成長了這麼多？儘管極度好奇，但眼看奧伯與騎士們正嚴肅地討論著轉移陣可以如何使用，現場氣氛並不適合詢問羅潔梅茵大人為何會有如此驚人的成長。

……不過，那兩位不是跟著斐迪南大人一同去了亞倫斯伯罕嗎？

和羅潔梅茵大人的近侍一同轉移過來的，還有尤修塔斯大人與艾克哈特大人。毫無頭緒的我在胸前交抱手臂。

「養父大人，討論還請之後再說，先去打開境界門吧。」

「說得也是，現在不急著討論。我們走吧。」

看來要求打開境界門的是羅潔梅茵大人。然而，明明已經長成了亭亭玉立的美麗少女，她卻依然還是坐著那個怪異的騎獸。

……真是不相稱。

若要搭配現在美麗的身姿，應該乘坐更高貴優雅的騎獸才對，但羅潔梅茵大人似乎打算繼續乘坐那個形似肥胖窟倫的騎獸。畢竟我曾親眼見過她載著古騰堡等人，所以也知道這個騎獸十分方便，能夠載運大量的行李，但還是希望她能在外觀上更加講究。

我們也騎上騎獸蹬地起飛，領著貴客前往境界門。月光下泛著白光的境界門十分醒目，其實絕無可能找不到，但既然不知奧伯等人前往境界門的意圖，就不能撇下不管。

「是奧伯．艾倫菲斯特，他真的來了。」

在境界門上值夜的騎士們俯首看來，一臉興味盎然。我也非常好奇他們要來這裡做什麼。在我們的注視之下，奧伯變出思達普，詠唱著「耶夫尼圖亞」輕敲境界門。

雪白的境界門隨即緩緩打開，與此同時，國境門也映入眼簾，表面的淡虹色光澤有如螺鈿工藝所用的貝殼珍珠層。而且不單是灑下的月光，國境門自身似乎也散發著微弱光芒。

即使住在克倫伯格，也鮮少有機會能親眼見到美麗不可方物的國境門。正當我們注視著國境門時，只見羅潔梅茵大人走下騎獸，接著走向國境門，變出思達普詠唱：「古得里斯海得。」一眨眼間，她手中便出現了一塊微微發光的板子。

……她說古得里斯海得嗎?!

我猛地倒抽口氣。因為能夠得到那樣東西的，理應只有君騰。然而，羅潔梅茵大人顯然不只是以思達普隨意模仿外形，因為緊接著國境門便大放光芒，三角形的屋頂也開始往左右兩側滑開。能夠打開國境門的，只有持有古得里斯海得之人。所以，那必然是真正的古得里斯海得。

「國境門居然在發光，這種事情……」

「那是古得里斯海得嗎?!」

「難道羅潔梅茵大人……」

看到國境門在睽違了大約兩百年後再度動起來，我與騎士們皆兩眼發直。感動的同時，不安也襲上心頭。我走向同樣注視著國境門的奧伯・艾倫菲斯特。

「這樣不會有篡奪王位之嫌嗎？」

我很清楚埃澤萊赫當初就是因此滅亡。克倫伯格之所以變得蕭條冷清，全是因為埃澤萊赫的領主一族曾意圖篡奪君騰之位。因此，看到羅潔梅茵大人竟然持有當今君騰並未擁有的古得里斯海得，我不由得渾身顫慄。

「放心。檯面下，已經談好了國王要收羅潔梅茵為養女。再說了還有這個。」

奧伯向我明言，王族早已知道羅潔梅茵大人取得了古得里斯海得，第一王子還送給了她有著求愛涵義的項鍊。得知不會因此被扣上謀反罪名，我鬆了口氣，但隨即瞪大雙眼。因為得到了古得里斯海得的羅潔梅茵大人，往後將不會再回到這塊領地。她不單將要成為國王的養女，還尋得了古得里斯海得，受到第一王子的追求。將來，她再也不會回到艾倫菲斯特吧。

艾倫菲斯特即將迎來翻天覆地的變化。正當我啞然失聲時，羅潔梅茵大人毫不理會身後無比震驚的眾人，指示近侍們坐進自己的騎獸。

「養父大人，那我出發了。我一定會帶著斐迪南大人回來。」

「慢著，羅潔梅茵。這個給妳……是席格斯瓦德王子託我轉交的。王子說了，這是王族下達許可的證明，所以妳一定要戴在身上。」

奧伯．艾倫菲斯特遞去項鍊造型的求愛魔導具。那條金色項鍊刻有王族的徽章，還鑲著共計六屬性的魔石，羅潔梅茵大人毫不抗拒地收下。

坐進騎獸以後，羅潔梅茵大人接著飛往國境門上方，降落在滑開後的屋頂內部。奧伯與騎士們也騎著騎獸跟上，我也同樣騎著騎獸追了上去。然而與羅潔梅茵大人不同，我們皆被結界彈開，無法靠近國境門。

羅潔梅茵大人對著我們揮揮手後，手中的古得里斯海得亮起光芒。

「卡修盧瑟爾，戴肯弗爾格。」

綻放著全屬性光芒的魔法陣飄浮至半空中，一邊旋轉一邊在轉移陣上方發出耀眼燦光。彷彿被光芒所驅動，底下的轉移陣也動了起來。

「羅潔梅茵，斐迪南就拜託妳了！」

羅潔梅茵大人一行人離開後，國境門的屋頂彷彿功成身退般開始關上。從來只在史書上讀過的描述，如今真實地呈現在自己眼前。國境門的開啟與前往營救斐迪南大人一事令在場眾人陷入狂喜，但我內心卻是苦澀難當。

羅潔梅茵大人成為國王的養女後，不僅艾倫菲斯特不會被扣上謀反罪名，尤根施密特也能擁有古得里斯海得。無論是對尤根施密特，還是對即將成為王族一員的羅潔梅茵大人來說，這都是值得高興的喜事吧。

……本還希望羅潔梅茵大人能成為下任奧伯．艾倫菲斯特，看來世事並不能如願。

身為艾倫菲斯特的基貝，為此我感到十分遺憾，但羅潔梅茵大人想必是不用為她擔心吧。更加切身且重要的，反倒是羅潔梅茵大人離開以後，艾倫菲斯特與領主一族今後的打算。既然已談好了羅潔梅茵大人要成為國王的養女，還收到了王族贈送的求愛魔導具，代表不久後她與韋菲利特大人的婚約將會解除。可以假定檯面下，就連這件事情也已經談妥了吧。

……那麼婚約解除以後，韋菲利特大人會如何？總不可能忘記他是一位帶有汙點的領主候補生吧，那麼奧伯究竟打算怎麼做？

我注視著奧伯要前往關閉境界門的背影。一直以來，奧伯都堅持要讓韋菲利特大人成為下任領主。縱使韋菲利特大人犯下了足以被廢嫡的罪行，奧伯也藉由讓他與羅潔梅茵大人訂下婚約，使其坐上了下任領主之位。

根據亞歷克斯提供的情報，韋菲利特大人因為辦公態度不佳，已經暫時停止接受下任領主的教育。一旦再與羅潔梅茵大人解除婚約，慘遭波尼法狄斯大人放棄的他將再也無望成為下任領主。

……韋菲利特大人今後仍會是領主一族的一員嗎？既然要從艾倫菲斯特帶走羅潔梅茵大人，對於婚約解除一事，王族是否有任何補償？侍奉韋菲利特大人的亞歷克斯，他的未來又將如何？

尤根施密特的未來固然重要，但在我心中，兒子的未來也一樣重要。明明羅潔梅茵大人使用了古得里斯海得打開國境門、前往他領，這可說是歷史上的一個重大轉捩點，名義上仍是她未婚夫的韋菲利特大人與其近侍亞歷克斯卻未能同行。我深深為他們的將來感到擔憂。

但是，如今在場眾人歡欣鼓舞，不適合當頭潑下冷水。同時我也無法質問奧伯，只能注視著境界門緩緩關上。

布麗姬娣　伊庫那的戰鬥

「布麗姬娣，我是赫夫利特。能請妳來辦公室一趟嗎？」

收到了同時也是基貝・伊庫那的哥哥大人捎來的奧多南茲，我不解偏頭。因為我與維克多結婚以後，如今製紙業也上了軌道，伊庫那內的貴族人數正慢慢增加，所以我很少再被叫到辦公室去。上次叫我過去，是要贈送大量魔紙給羅潔梅茵大人的時候。

「是羅潔梅茵大人又要求送去魔紙了嗎？」

「都送了奧多南茲來叫妳，想必是有急事吧？莉拉羅潔我會看著，妳快去吧。」

和我一起在兒童房裡刺繡的母親大人笑著擺擺手。收好針線，我再看向自己那正在午睡的孩子。

「母親大人，那就麻煩您了。希望莉拉羅潔乖乖的，不要中途醒來……」

把一歲半的女兒交給母親大人，我便快步前往辦公室。多半是聽見了我的腳步聲，沃克從辦公室裡走了出來。他曾是灰衣神官，現在則在幫忙哥哥大人處理公務。

「沃克，哥哥大人找我，能幫我通報一聲嗎？」

「基貝已在等您，請進。」

沃克幫忙開門後，我走進辦公室，便見丈夫維克多與哥哥大人正看著一封信，臉色都十分為難。

「哥哥大人，怎麼了嗎？」

「是芙蘿洛翠亞大人的來信，好像所有基貝都收到了同樣的內容。」

我看起信件。信上寫著，因為亞倫斯伯罕的喬琪娜大人很可能前來進犯，奪取艾倫菲斯特的基礎，所以希望我們加強巡邏，一發現可疑人物便通知城堡。

「初春那時候就有過同樣的指示了吧？所以我們在討論這次要如何應對。」

考慮到也許會有敵襲之類的緊急情況，我們雖然已備好回復藥水等物資，但伊庫那這塊土地的騎士人數本就不多。雖說要我們做好防範以備亞倫斯伯罕來襲，但能做的準備並不多。

「信上只寫著『很可能』，感覺事態並不緊急。畢竟他領的人若想奪取基礎魔法，不會把目光放到我們這裡來。」

伊庫那只有一小塊地方與亞倫斯伯罕相接，儘管現在因為製紙業的關係，慢慢變得比較富庶，但在戰略上並不是什麼重要位置。不僅距離城堡太遠，無法做為奪取基礎魔法的據點，再加上與法雷培爾塔克接壤的土地更多，一旦攻擊伊庫那，很可能會連帶攻擊到法雷培爾塔克。

「況且若有他領的貴族越過領地邊界，奧伯肯定會發現吧？等收到通知再行動也沒什麼問題吧？」

「總之，還是增加騎士們巡邏的次數吧，尤其要特別注意邊界一帶。白天與晚上各一次如何？雖然我自己也提不太起勁，但這也沒有辦法。」

亞倫斯伯罕土地的魔力似乎正日益減少，所以經常有飢腸轆轆的平民為了往山裡尋找食物，闖進伊庫那。如果要對亞倫斯伯罕提高警覺，那麼也得小心這些平民，或把他們趕走。

「至今我們一直睜一隻眼、閉一隻眼，但奧伯說不定會怪罪下來。雖然那些平民教人同情，但也只能狠下心了。畢竟原本該由亞倫斯伯罕的領主一族與神殿，為他們的土地盈滿魔力才對。」

神殿出身的沃克意外乾脆地捨棄了平民。我們驚訝地轉頭看向他後，沃克露出淡淡的苦笑。

「情況不同，對待平民的方式自然也要改變。如今為了伊庫那，比起他領平民，還是優先執行領主一族的指令吧。我認為可以向商人們蒐集情報，因為木材商經常在各地往來走動。」

但即使有維克多與沃克一起討論，除了加強巡邏外，還是想不到什麼該做的事。畢竟我們還是更想把心力放在如今已是重要收入來源的製紙業上，所以在這種不曉得喬琪娜大人是否真會來襲，又會在何時來襲的情況下，很難長期保持警戒。

「那麼告訴騎士們……嗯？又有奧多南茲。」

正想向伊庫那人數不多的騎士們下達指示時，又有奧多南茲飛了進來。還以為白鳥會飛往哥哥大人或者維克多，卻是停在我的手臂上。

「我是羅潔梅茵。」

先前羅潔梅茵大人似乎身體狀況不佳，甚至無法出席慶春宴，現在終於恢復了嗎？聲音聽起來還比過往要成熟一些，儘管看不見人，卻能確切地感受到她的成長。

「人在亞倫斯伯罕的斐迪南大人中了喬琪娜大人的計，如今身陷危機。趁著這個絕佳的好機會，喬琪娜大人很可能來襲進犯。而且她似乎已經來到了距離艾倫菲斯特非常近的地方，快的話今天或明天，慢的話則是這幾天之內應該會有所行動。」

聽完奧多南茲的傳話，我們面面相覷。倘若喬琪娜大人已經移動到了邊界附近，那麼事態可以說是非常緊急，然而，芙蘿洛翠亞大人的來信卻一點也沒透出這種感覺。此外，從羅潔梅茵大人的語氣，十足可以感受到她對我們的擔心。接著她更是告訴我們，如若敵人來襲要注意哪些事情。

「倘若敵人持有銀布，請一定要小心。因為魔力攻擊對銀布完全無效，以思達普變成的武器與攻擊用魔導具都行不通，所以最好是隨身攜帶平民在用的武器。此外敵人也有可能使用毒粉，所以記得要摀住口鼻。喬琪娜大人他們若想隱密地採取行動，也許會乘坐馬車而不是使用騎獸，還請大範圍地向平民打探消息，確認有無看到可疑的貴族，並與鄰近土地的基貝們密切聯繫、保持合作。祖父大人率領的騎士團已經做好了隨時能出動的準備，所以只要發現任何異樣，請與我們聯絡。」

同樣的內容重複了三次以後，奧多南茲變回黃色魔石。我們緊緊盯著告知危機已迫在眉睫的黃色魔石。

「這樣聽起來，情況與芙蘿洛翠亞大人在信上所說的完全不同……」

「看來最好立刻派人出去巡邏。羅潔梅茵大人說了，慢的話也是這幾天之內。」

「那麼我去加強訓練，以備可以上場戰鬥。」

自從春天收到指示，我便重新開始訓練，好讓自己能以騎士的身分上戰場。先前因為懷孕生子，我已經很長一段時間沒有參加訓練，即便抓緊育兒的空檔，也很難恢復到顛峰時期的實力。但是，為了保護伊庫那與家人，能上場的騎士多一名是一名，因此我打算多花點時間投入訓練。

「布麗姬娣，我知道妳心急，但先送去奧多南茲向羅潔梅茵大人道謝吧。多半因為妳曾是她的近侍，她才會提供這些消息。縱然妳已經不再是近侍、離開了她身邊，羅潔梅茵大人依然惦記著妳。」

經維克多提醒，我立即送出奧多南茲致謝。在羅潔梅茵大人身邊服侍時的回憶一一浮現腦海，我真切地感受到當時建立起的情誼至今仍未斷絕，不禁心頭一暖。

「羅潔梅茵大人，我是布麗姬娣。方才芙蘿洛翠亞大人便已聯繫各地基貝，要我們加強警戒，感謝您再提供了更加詳細且貴重的情報。除了鄰近土地的基貝，我也會通知平民，要大家提高警覺。」

我望著奧多南茲飛走時，哥哥大人再拿出了奧多南茲用的黃色魔石擺在桌上。

「布麗姬娣，麻煩妳也向鄰近土地的基貝們送去奧多南茲。由曾是羅潔梅茵大人近侍的妳親口告知，他們更能理解到事情的嚴重性吧。」

要是看了芙蘿洛翠亞大人的那封信後並不覺得事態緊急，那麼即使再收到伊庫那的通知，他們多半也不會放在心上。但由於我曾是羅潔梅茵大人的近侍，若再表明「羅潔梅茵大人向我送來了緊急通知」，他們便不可能等閒視之吧。

在我寄送奧多南茲的時候，哥哥大人他們開始討論接下來的行動。既然羅潔梅茵大人說了，喬琪娜大人也有可能今天就入侵來襲，那麼很多事情都得好好商議，首先是現在要做什麼。

「向平民蒐集情報固然重要，但是否也該提醒他們，現在進入山裡會有危險？萬一遇上入侵的他領騎士就不好了。」

「我們已經儲好足以據守幾日的糧食，也安排好了避難處所。請考慮必要時得引導平民避難。」

「那麼，在再次接到有關喬琪娜大人的消息前，先提醒居民避免進入邊界附近的山區。接下來幾天之內，一定會有事情發生。」

發現哥哥大人他們只想著要如何保護平民，我不禁輕聲嘆氣。身為理應保護人民的基貝，這樣的思維當然十分正確，但若不先想好避難前可能面臨的各種情況，騎士們會無法及時應對。

「哥哥大人，就算要讓平民去避難，但現在都還不曉得會有大批的騎士從亞倫斯伯罕攻打邊界，還是因為目標只有基礎魔法，所以會是一小支小隊隱密地朝著城堡移動。根據當下情況，騎士們的裝備與巡邏人數都得做調整。連帶地，需要避難的人數與範圍也會產生變動吧？」

「布麗姬娣，我明白妳的意思，但現在根本不曉得敵人會發動何種攻勢。如果要從亞倫斯伯罕攻打過來，目標是格拉罕、威圖爾、嘉爾敦或格利貝的可能性更高吧。特意從伊庫那攻打進來的可能性我想很低。」

維克多看著地圖說道。從與亞倫斯伯罕接壤的土地面積來看，攻打伊庫那的可能性確實很低。對此，哥哥大人原先也是同樣的看法吧。但是，我們絕對不能鬆懈大意。

「維克多，你的主張我也明白，但伊庫那的貴族人數最少，守備也最薄弱。倘若喬琪娜大人知道這一點，很可能會利用我們這裡來聲東擊西。」

「聲東擊西……」

「沒錯。雖然一有狀況可以取得波尼法狄斯大人的協助，但在我們請求奧伯派遣騎士團後，等到他下達許可、向騎士團下令，騎士團再做好出發的準備，這整個流程還不知道要耗費多少時間。」

「是呀。而且若利用騎獸從貴族區來到伊庫那，再怎麼趕路也要花上整整一天的時間。這段時間我們只能靠自己堅持住。」

在場最了解騎士團行事與內部情況的，便是曾任羅潔梅茵大人的護衛騎士，出入過騎士團的我了。因此越是細思，我越能深刻地感受到，若敵人在伊庫那採取佯攻戰術會有多麼危險。聽完我們的說明，維克多似乎也明白了事情的嚴重性。

「既然關鍵在於及早發現與聯絡，那就增加巡邏的次數吧。既已預期敵人幾天之內會有動作，如果只是增加邊界一帶的巡邏次數，即使騎士人數不多，應該也沒問題。」

哥哥大人點一點頭。

「倘若敵人的目標是艾倫菲斯特的基礎，應該會想盡快抵達，不會屠殺一路上見到的平民吧。我們要做的，就是盡可能把傷亡降到最低，並且在騎士團趕到前盡量爭取時間。」

隨後我立即前往騎士們的訓練場，說明目前情況。

「……所以就是這樣，還請增加邊界附近的巡邏次數，巡邏時我也會同行。昨晚巡邏有什麼發現嗎？」

「昨晚與今早都沒發現任何異常。」

伊庫那騎士團的騎士團長如此回答後，我不由得鬆了一大口氣。

「羅潔梅茵大人說了，近幾日內敵人會有所行動，所以夜間巡邏的時候必須格外謹慎。畢竟若想偷偷潛入，最好的方法是趁著夜色行動。」

「他們要是能趁著平民入睡時悄悄行軍經過，而我們只須向領主一族通報，那當然是再好不過……」

在場騎士都只有討伐魔獸的經驗，除了貴族院時期的術科課外，從未與其他騎士交過手。不僅如此，現在伊庫那內的成年騎士只有十五人，即使再加上見習騎士與重返工作崗位的我，依舊不到二十人。對於有可能要與大領地的騎士交手，我完全可以理解他們的態度為何如此消極。

「我也希望如此，但他們如果想隱密行動，多半就會選擇經過格利貝，而不是伊庫那吧。雖然敵人不見得會在伊庫那出現，但我們還是提高警覺，加強巡邏吧。」

「您說得是，倘若真要交手，最好還是能交給貴族區來的騎士們。只不過他們要是使用魔導具大打出手，可就教人傷腦筋了。」

倘若在使用攻擊魔導具時波及山林，將會對製紙業造成難以估計的重創。希望交戰時，不會發生要大量使用魔導具的情況。

「先不說敵人會有何行動，光是有布麗姬娣大人加入騎士團，我們的意見就比較容易被基貝接受，而且您是中級貴族，可是珍貴的戰力。」
需要重點巡邏的，是與亞倫斯伯罕接壤的邊界附近。我們與法雷培爾塔克的關係十分良好，加上羅潔梅茵大人也沒有提醒過要注意那個方向，所以應該不會有敵人從那裡入侵。騎士團巡邏時我也陪同前往，但當天並未發現任何異常。

翌日，下午巡邏的時候。

「山脊那邊的形狀是不是有些奇怪？」

我與五名騎士騎著騎獸巡視時，發現景色似乎與往常有些不同。原本林木繁茂的山頭像是中間突然缺了一塊，徐緩流暢的稜線不自然地往下凹陷。

「我們飛低一點，靠近看看吧。」

察覺情況有異，我們謹慎靠近，赫然發現從基貝宅邸看過來的另外一邊，向著亞倫斯伯罕的那面山頭竟然林木都消失了。地表露出紅褐色的土壤，彷彿是討伐過陀龍布後才會有的景象。

「這是怎麼回事?!」

我瞇起眼想要細看時，更前方土地上的林木忽然消失。我茫然愣在原地，完全不明白這是怎麼一回事，這時又有騎士大喊：

「快看！那裡有人！」

「是亞倫斯伯罕的披風。」

只見紅褐色的地面中心有幾道人影，而且每個人手上都拿著黑色武器。我見了駭然大驚。

「那種武器是專門用來奪取黑色魔物的魔力，但說不定不只對魔獸有效，也能用來奪取土地的魔力。」

由於事先收到領主一族的通知，我們早就做好心理準備會有敵人入侵，然而敵人的入侵方式卻是教人始料未及。因為敵人竟然沒有為了基礎魔法往城堡進軍，而是在土地上奪取魔力。

「倘若敵人只是經過伊庫那，那我們只要待在遠處偵察就好。然而他們竟在奪取土地的魔力，使得森林消失無蹤，這我們絕對不能坐視不管。」

我渾身不寒而慄。山上的林木若是消失，將會重創製紙業，也會影響到降雨時河川的走向，而且平民生活所需的食物，有很大一部分是仰賴山林裡的恩惠。損害若過於慘重，伊庫那的人民很可能無法維持正常的生活。

「總共四個人嗎？如果只有他們，是否要動手攻擊？」

「……不。我們還是先回去通知奧伯，請他派人支援。萬一還藏有其他敵人，光憑我們幾人應付不來。」

說時遲，那時快，箭矢破空飛來。原來是敵人正一邊向我們發射箭矢，一邊往有樹蔭的地方跑去。

「被敵人發現了！他們正在發動攻擊。」

「在躲起來前抓住他們！」

「魔力攻擊會被黑色武器吸收！大家小心！」

在沒了林木的紅褐色地表上，就可以毫不顧忌地使用攻擊魔導具，於是我們從半空中朝著敵人投擲魔導具。其中兩人解除了黑色武器，變出盾牌抵擋。

「黑色武器一旦解除，要等上整整一天才能再次施咒使用！繼續攻擊，讓他們只能解除黑色武器，變出盾牌！」

如果能讓他們解除加護，今天就無法再奪取土地的魔力。我們繼續發動攻擊，但突然間感受到的複數氣息令我倒吸口氣。

「我的魔力感知感應到附近還有其他小隊！正往這裡逼近！」

原本騎士的實力就有差距，現在附近的其他小隊又前來會合，情況對我們極其不利。再打下去沒有勝算，甚至可能沒有機會撤退。

「不要追擊！先撤退！」

先送出奧多南茲，提醒其他人有敵人來襲後，我們頭也不回地飛回基貝的宅邸。

「哥哥大人，如同羅潔梅茵大人所說，敵人出現了。除了奪取土地魔力這意想不到的攻擊外，人數也相當眾多，分布範圍極廣，只靠我們絕對應付不來。請立即以基貝的身分向奧伯求援。」

回來後，我與騎士團長直奔哥哥大人所在的辦公室，只見哥哥大人與維克多已經攤開伊庫那的地圖在等我們了。

「收到妳的奧多南茲後，我馬上就向奧伯求援了，奧伯的回覆是波尼法狄斯大人會率領騎士團前來。只不過，這麼短的時間內受害範圍就如此廣闊，真不知伊庫那能否撐到援軍到來。布麗姬娣，身為騎士妳怎麼看？」

這次的情況並非只要趕跑敵人就好，關鍵在於能否阻止敵人的行動，避免影響到伊庫那人民的生活。

「方才發現的敵人都是少數幾人分頭行動，但我在好幾個地方都感知到了魔力。即便集結伊庫那的所有騎士，也不曉得我們能夠支撐多久，更是無法估計在援軍抵達前，受害情況會有多麼慘重。」

倘若敵人的目的只是奪取土地的魔力，那我們只要守在這裡不主動出擊，應該可以降低人員傷亡。但是，伊庫那這塊土地將遭受到毀滅性的破壞。

「……那些人是舊孛克史德克的貴族。」

「咦？」

「我曾在貴族院見過他們，所以絕對錯不了。而他們保護著的，正是舊孛克史德克的基貝。」

騎士團長如此說道。從平民會闖入我們這邊的山裡尋找食物，就可以知道舊孛克史德克與亞倫斯伯罕的土地如今魔力非常匱乏。只是，我怎麼也沒想到基貝竟會為了奪取土地的魔力而入侵他領。

「倘若此次進攻是由喬琪娜大人一手策劃與推動，然後是由土地缺乏魔力的基貝帶頭領軍，他們絕不可能收手吧。」

身為基貝一族的我們最是清楚，面對魔力貧瘠的土地與飢腸轆轆的人民，基貝會有多麼渴求魔力。雙方都絕無可能退讓。

「舊孛克史德克與亞倫斯伯罕都是大領地，人數遠比我們眾多，所以伊庫那落入他們手裡只是時間早晚的問題吧。儘管我也知道這樣是有勇無謀，但無論戰況如何不利，我們都只能抱著殊死的決心與敵人奮戰，直到波尼法狄斯大人的援軍抵達。只不過，我真是不想看到年輕人犧牲。」

騎士團長發出沉痛的嘆息。

「身為伊庫那的騎士，當然要竭盡所能守住伊庫那人民的生活。所以，我也會一起上戰場。」

「布麗姬娣，妳等一下。」

聽到我如此宣告，維克多的臉色刷地變白，然後不可置信地左右搖頭。

「妳已經不再是騎士，而是基貝一族，還是莉拉羅潔的母親。就連騎士團長都說了，這次面對敵人只能有勇無謀地奮戰，那麼妳該為了女兒留下才對。而且為了待產與育兒，妳已經很久沒有參加訓練與執行任務了吧？妳去了會比其他騎士還要危險。」

雖然我可以理解維克多的主張，但卻無法贊同。

「我既是基貝一族也是騎士，所以理所當然該為保衛伊庫那挺身而出。我若只敢躲在後方，也會打擊騎士們的士氣。」

「可是……」

「而且此次迎敵，其他騎士也一樣危險。結婚時，我會辭去羅潔梅茵大人的護衛騎士一職，就是為了伊庫那，所以為了保護伊庫那，我絕不會只是待在後方。」

即使我已辭去護衛騎士的職務，回到相隔遙遠的伊庫那，羅潔梅茵大人依然惦記著我們。不僅在發展製紙業時給予支持，這次還預先提供了詳細的情報。儘管我只服侍了羅潔梅茵大人短短一段時日，卻蒙受了她莫大的恩惠。所以，我要當個不令羅潔梅茵大人蒙羞的騎士。

「再說了，若沒能守住伊庫那，又要如何保護莉拉羅潔？即便我在奮戰的過程中失去性命，莉拉羅潔也還有你這個父親，有擔任基貝的哥哥大人與母親大人。然而，現在能夠守護伊庫那的騎士卻是寥寥可數，所以女兒就交給你，請讓我上戰場吧。」

維克多神情苦惱地看向哥哥大人，但哥哥大人並沒有阻止我。

「維克多，抱歉，身為基貝，我也希望能有多一名騎士上戰場。況且妹妹自己都說了她想為伊庫那而戰，我總不能因為危險就阻止她，卻要其他人上場戰鬥。布麗姬娣，既然妳想要守護伊庫那，那麼我會尊重妳的決定……但切記千萬別逞強。」

哥哥大人這麼說完後，維克多無力垂首，緩緩吐了口氣。

「妳還真是徹頭徹尾的騎士，教人無可奈何。我明白妳想守護伊庫那的決心與身為騎士的堅持了，但是，妳同時也是莉拉羅潔的母親，所以請千萬不要逞強。該退的時候一定要退，因為這次最重要的是爭取時間。」

看到維克多最終妥協，騎士團長露出無奈的苦笑。

「布麗姬娣大人，您也別怪大家如此擔心，畢竟犧牲是越少越好。維克多大人說得沒錯，這次最主要的是爭取時間，若能設法讓他們解除黑色武器上的加護，一定能爭取到更多時間。我們可以動員伊庫那的所有騎士，各個擊破。」

正當我們討論著要如何讓敵人解除加護、哪些魔導具有用處時，有奧多南茲飛來。

「我是波尼法狄斯。奧伯已准許我使用轉移陣，因此我將在第五鐘轉移前往。轉移陣就在基貝宅邸的前庭，記得騰出空間，並且吩咐還在宅邸裡的騎士們做好準備，等我一到立刻出發。」

重複了三次同樣的內容後，奧多南茲變回黃色魔石。但就算聽完了整整三遍，我還是不敢相信。

「第五鐘？是指今天的第五鐘吧？波尼法狄斯大人說了，騎士團將轉移前來嗎？」

我們是午餐過後，外出巡邏時發現了敵人的蹤影。與敵人短暫交手後，一回來我們就向哥哥大人他們報告此事，但都還未通知伊庫那的騎士們。然而現在，援軍竟然再過不久就要抵達。

「第五鐘不就是等一下嗎！轉移陣在哪裡?!前庭在哪裡?!」

「赫夫利特大人，請您冷靜。前庭就在前庭。」

「布麗姬娣大人，我們馬上去通知所有騎士！因為我們根本還沒做好準備！」

方才下定的悲壯決心頃刻間被拋到腦後，現在必須立即準備好迎接騎士團的到來，而剛剛才去巡邏過的我們也得恢復好狀態，為接下來的戰鬥做準備。

如同奧多南茲所傳達的，第五鐘一響，前庭立即浮現一道魔法陣。轉移魔法特有的黑金兩色火焰搖擺起舞，內側開始出現人影。連結貴族院的轉移陣一次最多只能轉移三人，但這個轉移陣上卻出現了將近五十個人。

火焰熄滅散去後，以波尼法狄斯大人為首，騎士們踏著整齊劃一的步伐邁出轉移陣。然而，仍有十幾個人站在轉移陣上動也不動。看到站在中心的人物，哥哥大人訝然大喊。

「奧伯．艾倫菲斯特?!」

雖然已經預期會有騎士團援軍轉移前來，卻沒想到連奧伯也來了。面對瞠目結舌的我們一行人，奧伯輕輕擺手。

「不必多禮。僅是因為這個轉移陣只有我才能發動，所以我只是送來援軍，很快便會回去。」

「奧伯．艾倫菲斯特，您竟願意使用轉移陣送來援軍，實在教人感激不盡。我甚至從來不知宅邸裡有這樣的轉移陣。」

哥哥大人以基貝身分表達感謝後，奧伯微微頷首。

「沒有羅潔梅茵提醒，我也不知道。因為這次作戰，也是頭一次使用這個轉移陣。她好像是看了某處的古老文獻發現的，你們也知道，羅潔梅茵經常利用聖典與古老文獻在重現魔法陣與儀式吧？所以也才能發現這個轉移陣。」

「所以是羅潔梅茵大人……」

我心中對羅潔梅茵大人的感激之情難以言表。若不是羅潔梅茵大人，恐怕根本沒有人會發現這個轉移陣，波尼法狄斯大人也無法在我們一籌莫展之際及時趕到吧。

「基貝．伊庫那，這些文官只是被我帶來發動轉移陣，所以可別把他們也算進援兵當中。」

還待在轉移陣上的人們似乎負責供給魔力，讓奧伯能夠返回城堡。

「目前艾倫菲斯特能派出的援兵就是這些。伊庫那就拜託你們了。」

交由哥哥大人他們目送奧伯返回城堡，我則是走向正在對騎士們下達指示的波尼法狄斯大人。

「為轉移使用過魔力的半數騎士在此留守，優先恢復魔力，其他人隨我先行出發。伊庫那這邊的負責人是誰？說明一下詳細情況。」

「波尼法狄斯大人，就由身為基貝一族的我為您說明吧。我們是在巡邏途中發現此次敵人的蹤影。」

「嗯，布麗姬娣嗎？許久不見了。」

其實本該由伊庫那的騎士團長為波尼法狄斯大人說明，但騎士團長說了：「面對領主一族，我怕我緊張得說錯話。」於是把這件事交給我。我曾以羅潔梅茵大人的護衛騎士之身分接受過波尼法狄斯大人的特訓，所以對於要直接交談並不感到緊張。

「原來如此，黑色武器確實棘手。不僅會奪走土地的魔力，我們的魔力攻擊也只會被對方吸收，看來最好是使用能對抗銀材質的武器。對了，敵人是否身穿銀色的布？」

「不，至少在肉眼觀察下並未發現。要是對方還想以黑色武器奪取敵人的魔力，那就不能使用銀布了吧。」

「但奧伯並未感應到有他領貴族入侵，所以持有的可能性極高嗎……」

波尼法狄斯大人思索了片刻後，點一點頭。

「先設法讓敵人解除加護這個方針不錯，此外，奪取土地魔力的基貝似乎很可能是使用了小聖杯，所以只要搶走小聖杯，就能恢復土地的魔力。走吧。」

難道這也是羅潔梅茵大人提供的情報嗎？我想起了從前陪著羅潔梅茵大人去舉行儀式的那些日子。小聖杯是為土地盈滿魔力的神具之一，但若以不當的方式使用，或許也能用來奪取土地的魔力吧。

留下飲用了回復藥水的騎士們，波尼法狄斯大人率領著另一半的騎士邁步出發。

……啊啊，這下子伊庫那不用擔心了。

明明這場仗才剛剛開始，尚未結束，但看著波尼法狄斯大人那可靠的身影，我卻感到無比安心，沒來由地堅信著一定沒有問題。

……首先，要奪回我的主人與其他神殿人員為伊庫那灌注的魔力。

「波尼法狄斯大人，就是那裡……與方才相比，魔力被奪走的土地變多了。」

我帶領著波尼法狄斯大人前往邊界，發現紅褐色的地表比剛才要擴張許多，內心不甘又氣憤。

「有人能感知到敵人的魔力嗎？」

「……再飛低一點看看吧。」

有時距離太遠也感知不到魔力。我們剛剛開始下降，視野邊緣赫然有樹木消失。

「就是那裡！」

「你們從後方追擊，奪取小聖杯！」

這樣下達指示後，波尼法狄斯大人便一鼓作氣加快速度，將騎士們遠遠拋在身後，單槍匹馬地往前疾飛。他似乎打算繞到奪取了土地魔力後就想逃跑的敵人前方，手中變出了思達普。但是，明明他吩咐了騎士們要使用對付銀材質的武器來應付黑色武器，自己卻是將思達普變作斧槍。

「波尼法狄斯大人?!」

不知道他想做什麼的我們忍不住揚聲大喊，而前方的波尼法狄斯大人則是高高舉起斧槍。

「波尼法狄斯大人嗎?!他怎麼會在這裡?!」

「別停！用黑色武器吸收魔力攻擊！」

「保護基貝！」

「快散開，分頭逃脫！」

在敵人眼裡，波尼法狄斯大人就像是朝著他們迎面衝去吧。敵人開始陷入混亂之際，斧槍揮下。

「喝！」

然而，波尼法狄斯大人並不是朝著敵人釋出魔力攻擊，而是將敵人行進路徑上的樹木砍作數段。幾棵樹木旋即朝著敵人倒去，遭到砍斷的粗壯樹幹與樹枝更是如傾盆大雨一般砸向敵人。

「嗚哇啊啊！」

「因特凡弗……嗚啊！」

面對毫無魔力的斷樹殘枝，黑色武器根本沒有用武之地。敵人顯然也來不及解除祝福、變出盾牌，被紛紛砸落下來的樹木掩埋。

「別讓他們逃了！」

我們追上來後，波尼法狄斯大人立即下令，後來幾乎是一眨眼就結束了。因為被埋在斷樹底下的敵人全都身受重傷，就算有騎士受了輕傷也來不及逃脫，一下子便被我們擒獲。

「找到小聖杯了！這下子就可以恢復土地的魔力！」

將抓到的基貝全身剝個精光、搶得小聖杯後，伊庫那的騎士們發出勝利的歡呼。

但是，戰鬥並未就此畫下句點。因為上一次敵人還會從四周聚集前來，但這次卻是對波尼法狄斯大人感到懼怕而四處逃竄。

「我們也已向法雷培爾塔克示警，所以敵人能逃的地方有限。此次的敵人並不難對付，只是一旦受害範圍太廣，就會演變成長期抗戰。這肯定就是敵人的目的，把騎士團引來這裡，分散戰力，敵人人數也比我預期的還要少。」

波尼法狄斯大人面色不快地這麼說道。他說這波攻勢雖然不足以擊潰伊庫那，但光靠伊庫那的騎士根本應付不來；而且既然土地的魔力遭到奪取，他身為領主一族勢必得前來禦敵。

而波尼法狄斯大人的推斷也非常正確。因為原先在伊庫那邊界出沒的敵人，隔天也開始出現在了格利貝。

「格利貝也請求了支援。我們會一路掃除敵人，從伊庫那的邊界往格利貝前進。布麗姬娣，你們要守住邊界！」

「是！」

於是伊庫那的騎士們直接在邊界附近紮營，防止敵人入侵。儘管波尼法狄斯大人會留下幾名騎士與我們並肩作戰，但老實說，少了他總教人惶惶不安。

「放心吧，我會先清空視野裡的障礙物，你們只要守住邊界就好。敵人人數太多再通知我。」

彷彿在洩憤一般，波尼法狄斯大人一行人邊朝著格利貝移動，邊對著亞倫斯伯罕釋放魔力攻擊，把邊界另一邊的樹木全部砍倒。

「原來如此，現在視野變得還真開闊呢。」

「雖然敵人這下變得無處可藏，但想必還是會有人堂而皇之地從空中來襲。大家還是不要放鬆警戒。」

正如波尼法狄斯大人所說，敵人的目的是在這裡絆住騎士團的腳步，所以即使並不難對付，敵人還是一直陸陸續續出現。

「布麗姬娣大人，我有事向您稟報。其實本想通知基貝，但因為召集命令一下達，我就被帶到這裡來了……」

兩軍交戰期間，一名見習騎士走向我說道。

「有個經常以船隻運送木材至萊瑟岡古的木材商告訴我，他在萊瑟岡古看到了一群疑似是貴族的可疑人物，準備要搭上前往艾倫菲斯特的船隻。」

聽完他詳細的報告，我感到冷汗淌下背脊。木材商看到一群疑似是貴族的人，已經是兩天前的事了，縱使是沿途停靠的商船，現在也很可能已經抵達艾倫菲斯特。

「必須馬上通知羅潔梅茵大人！」

我立刻送出奧多南茲，然而，奧多南茲卻回到了我手邊。

……難道羅潔梅茵大人她……？

我狠狠倒吸口氣，腦中閃過最壞的可能性。當寄送的對象已經不在人世，奧多南茲便不會起飛。我顫抖著手，再往柯尼留斯與安潔莉卡送去奧多南茲。「我是布麗姬娣。請問你們那邊的情況如何？」但是，帶著這段傳話的奧多南茲都沒有起飛便返回。

「難不成達穆爾也是……？」

出乎意料的是，寄給達穆爾的奧多南茲倒是如常飛出，而他只是送來「我們正在警戒敵襲」的回覆，彷彿什麼事也沒有發生。由於我正處在與敵人不斷交手、身心完全無法放鬆的情況下，方才甚至恐懼著羅潔梅茵大人是不是與護衛騎士一起身亡了，結果卻聽到達穆爾的話聲就與記憶中一樣溫吞悠哉，心頭不禁無名火起。

其實腦海一隅也知道，我這只是莫名其妙的遷怒，但如果敵人尚未來襲，為何奧多南茲送不出去？交戰期間，情緒緊繃的我遠比平常要暴躁易怒，再加上感受到了和過往一樣能隨意交談的氛圍，因此我緊接著送出了怒氣沖沖的奧多南茲。

「我有緊急要事稟報，為何這種非常時期奧多南茲卻送不出去?!羅潔梅茵大人與柯尼留斯還有安潔莉卡去哪裡了，又都在做什麼？」

先是厲聲抱怨一番後，我再轉述了從木材商那裡得到的消息。

「目前我們這裡正與敵人交戰，所以無法去調查從萊瑟岡古出發的船隻是何時抵達艾倫菲斯特。麻煩你們查清此事，加強警戒。」

「我們會負責向萊瑟岡古詢問此事。在辛苦的戰鬥期間，感謝妳還提供如此貴重的情報……啊，羅潔梅茵大人他們因為人在亞倫斯伯罕，所以奧多南茲送不出去喔。」

對於我蠻不講理的發火，達穆爾沒有任何表示，只是以溫文沉靜的嗓音再告訴了我有關羅潔梅茵大人的消息。發覺只有自己情緒失控，我羞愧得霎時怒意全消。冷靜下來之後，便能發現達穆爾提供給我的消息，就連波尼法狄斯大人也隻字未提。

……羅潔梅茵大人去了亞倫斯伯罕嗎？

明明奧伯說過他無法再提供更多援兵，但為了守護艾倫菲斯特，代表羅潔梅茵大人也在奮戰吧。

……這位大人還是老樣子，無論任何事情都全力以赴呢。

我回想起為了採集尤列汾藥水的原料，曾一起討伐魔物的那些日子。換作是一般的領主候補生，都會把採集的工作交給護衛騎士，然而，羅潔梅茵大人明明身體虛弱，甚至時常陷入昏睡，卻總是挺身與魔物奮戰。從那時開始，羅潔梅茵大人便不只是一味要人保護的貴族女性。

……雖然現在在她身邊的人，都和以前不一樣了。

那時候，是我與達穆爾，還有斐迪南大人與他的近侍們一起並肩作戰。當時還未成年的柯尼留斯與安潔莉卡只能留在城堡，如今他們皆已成年，也多了新的護衛騎士。後來我因為要結婚辭去職務，斐迪南大人也因為婚約的關係，帶著近侍們前往了亞倫斯伯罕。

眼看羅潔梅茵大人身邊的人幾乎換了一輪，我深刻感受到時光的飛逝，也感受到了自己的立場已與那時不同。現在我該守護的不是羅潔梅茵大人，而是伊庫那與自己的家人，但是，為守護重要的事物而戰這個信念，始終沒有變過。既然羅潔梅茵大人正為守護艾倫菲斯特而戰，那麼曾任護衛騎士的我也不能輸給她。藉由守住邊界、贏得勝利，我將能與羅潔梅茵大人一同守衛艾倫菲斯特吧。

「布麗姬娣大人，又有敵人出現！」

聽見把守的騎士這麼大喊，我彈也似地站起來。周遭的騎士們也跳上騎獸，臉上的神情鬥志昂揚。

……羅潔梅茵大人，祝您好運。我也會傾盡全力守住伊庫那。

菲里妮　按照演練進行

「菲里妮，快點，我們要遲到了。」

「是啊，我們不走不行了。大家，我們先失陪了。」

我與谷麗媞亞一起快步離開準備室，上樓前往近侍室。為了營救斐迪南大人，此刻羅潔梅茵大人已經前往了亞倫斯伯罕，所以主人並不在城堡裡。但是第二鐘一響，在艾倫菲斯特留守的近侍們都要前往主人房間裡的近侍室集合，互相報告消息。彼此分享了情報以後，再各自行動。

「大家早安，抱歉讓你們久等了。」

「菲里妮、谷麗媞亞，今天妳們難得動作比較慢呢。發生什麼事了嗎？」

奧黛麗擔心地注視我們。

「因為剛才準備室裡的人有點多。自從波尼法狄斯大人他們去了伊庫那，大家都非常積極地想交流資訊……」

領主一族的近侍大多是上級貴族或者偏上級的中級貴族，所以住在城堡的近侍，通常會從家裡帶來侍從，打理自己的生活起居。像我與谷麗媞亞這樣沒什麼錢，只能在準備室裡找人互相穿上工作服的近侍少之又少。偏偏我們兩人又還未成年，身分地位也比較低，因此成了大家蒐集情報時的絕佳目標。被想要打探消息的其他侍從團團圍住時，總是難以脫身。

「那麼，之後只要我覺得妳們兩人有些晚到，便送去奧多南茲吧。」

奧黛麗說完，貝兒朵黛也笑著接道：「那我到時候去接妳們。」身為上級貴族的她從未進入過準備室，想必是非常好奇吧。

我與谷麗媞亞坐下後，奧黛麗環顧在場眾人。

「那麼由我先報告吧。我收到了黎希達的奧多南茲。」

如今主人羅潔梅茵大人不在，領主一族之間有什麼重要消息時，黎希達或者麥西歐爾大人的近侍便會與我們分享。而奧黛麗平常都在城堡，便負責接收他們的奧多南茲，加上奧黛麗的丈夫是芙蘿洛翠亞大人的文官，以她的身分也比較容易取得情報吧。

「聽說現在不只伊庫那與格利貝，格拉罕那邊也有可疑的動靜，因此波尼法狄斯大人十分警戒。他還說城堡這裡也隨時都有可能出事，所以要我們提高警覺。」

前天傍晚，波尼法狄斯大人一行人轉移至了伊庫那提供支援，自那之後城堡裡的氣氛就十分緊繃，而且聽說昨天不只伊庫那，就連格利貝也出現了敵人。隨著戰場範圍擴大，情況相當緊急。然後，是今天早上又多了格拉罕。感覺得出戰爭的腳步正一點一點地靜靜進逼。

「此外，我還收到了克拉麗莎的來信。她說羅潔梅茵大人尚未醒來，但斐迪南大人已帶著戴肯弗爾格的騎士們趕往艾倫菲斯特。此事也已向奧伯報告完畢。」

奧黛麗拿出信封來。多半是亞倫斯伯罕的境界門已在敵人的掌控之中，所以除了隸屬於戴肯弗爾格的克拉麗莎，其他信件都沒能送到我們這邊來。因為克拉麗莎的來信裡有一句「就像哈特姆特在信上說的那樣」，由此可以推敲得知。

「貝兒朵黛，領主一族的情況如何？」

在奧黛麗的注視下，貝兒朵黛窸窸窣窣地拿出一張紙。目前羅潔梅茵大人不在，貝兒朵黛是在布倫希爾德的身邊輔佐。除了是因為布倫希爾德的近侍人數還不多，也是為了要在領主一族身邊蒐集情報。

「我看看喔……從昨晚開始，偶爾會改由夏綠蒂大人負責與騎士團聯絡，並且在後方指揮。這樣一來，奧伯就可以放心地守在基礎之間裡。另外，前天是在芙蘿洛翠亞大人的指揮之下為騎士們送去食物與回復藥水等物資，但昨天改由姊姊大人負責，所以這部分也是隨時可以交接換手。」

看貝兒朵黛那麼努力唸出紙上的內容，那多半是布倫希爾德整理歸納好的報告。如今領主一族也是隨時有可能要上戰場，本館那裡正嚴陣以待。

「話說回來，羅潔梅茵大人竟然奪得了亞倫斯伯罕的基礎，我至今還是不敢相信呢，原來這種事情真的辦得到。」

大概因為我是下級貴族，對基礎魔法一無所知吧。從小到大，我一直以為奧伯之位是世襲制的，從沒想過基礎魔法其實是他人可以奪取的東西。

「羅潔梅茵大人身為領主候補生都知道了，代表喬琪娜大人也有辦法能夠奪得艾倫菲斯特的基礎。」

達穆爾神色肅穆地這麼說道。為了能夠迅速取得送到騎士團的消息，波尼法狄斯大人離開以後，達穆爾便不再待在神殿，而是留在騎士團。從他身上，彷彿可以感受到騎士團那裡的緊張氣氛。

「菲里妮、羅德里希，神殿那裡還在做避難訓練嗎？」

達穆爾問道。我與羅德里希對看一眼後，用力點頭。

「是的，現在我們已經能與麥西歐爾大人的近侍們合作無間。」

一開始大家都只注意自己負責的部分，因此有許多漏洞，但隨著一次次演練，現在已經可以順利地互相聯絡。因為青衣神官與灰衣神官他們無法使用奧多南茲，若不好好練習，緊急情況發生時，就連要聯絡彼此也不容易。

「莉瑟蕾塔、谷麗媞亞，古騰堡成員的收容準備進行得如何了？」

「目前已經備好了兩天份的糧食，也搬好了寢具。畢竟現在是非常時期，對象又都是平民，所以我們並沒有硬是準備客房，而是遵照指示，簡單分成男女兩個房間，但也因此非常簡樸……我們還與拉塞法姆在討論，是否要使用下人房裡的床鋪。」

身為領主一族的侍從，雖說對象是平民，但只要是客人，她們就無法容忍自己的準備不夠周到吧。聽著兩人的回答，我想起了自己也有事要報告。

「對了。普朗坦商會提出請求說，希望出事時不只是之後要搬去中央的古騰堡成員們，也能讓奇爾博塔商會的裁縫師們帶著做到一半的服裝，一起去圖書館避難。因為現在還動員了領主一族與艾薇拉大人的專屬在縫製服裝，他們不希望這些衣服在打起來時受到波及。」

今後，羅潔梅茵大人將前往中央成為國王的養女，所以必須盡快縫製好新衣。在侍從們眼裡，服裝的完成可謂大事。只見莉瑟蕾塔與奧黛麗互相對望後，點一點頭。

「服裝要是沒有完成就糟了呢。莉瑟蕾塔、谷麗媞亞，麻煩妳們與拉塞法姆協調溝通，做好準備收容裁縫師們，畢竟拉塞法姆可能不曉得該如何準備裁縫室。」

奧黛麗說完，莉瑟蕾塔與谷麗媞亞點頭回應。

「那麼，今天也請貝兒朵黛隨侍在布倫希爾德身邊，負責輔佐與蒐集情報；莉瑟蕾塔與谷麗媞亞就去圖書館，為收容做準備；優蒂特請與菲里妮還有羅德里希一同前往神殿；達穆爾請守在騎士團。另外也請大家做好心理準備，以備接到任何通知都能即時應對。那麼原地解散。」

報告會結束後，我們跟著麥西歐爾大人還有他的近侍們一起前往神殿。

「大家早安。」

在麥西歐爾大人與羅潔梅茵大人的神殿侍從迎接下，我們進入神殿。在出來迎接的人員當中，我發現了吉魯的身影，但往常這個時間他應該已經在工坊工作了，肯定是在等著要送去給普朗坦商會的回覆吧。

「吉魯，普朗坦商會的請求已經獲准。需要避難時，請讓裁縫師們帶著羅潔梅茵大人的服裝一起移動。」

「知道了，我馬上去回覆他們。」

顯然是一直在等著答覆，吉魯立即快步前往工坊。

「優蒂特大人、羅德里希大人，這邊請。菲里妮大人會有莫妮卡隨侍在側。」

在法藍的指示下，優蒂特與羅德里希前往了神殿長室。我因為要換上見習青衣巫女的服裝，則是與莫妮卡一同前往孤兒院長室。雖然獲賜了孤兒院長室，但由於侍從與專屬廚師仍屬於神殿長室，所以孤兒院長室還不是可以生活的地方。目前的我，算是不住在神殿的見習青衣巫女。

「菲里妮大人，亞倫斯伯罕那邊已經打贏了吧？羅潔梅茵大人何時會回來？您有沒有再收到信呢？」

莫妮卡一邊為我穿上見習青衣巫女服，一邊憂心忡忡地這麼問道。我忍不住露出微微苦笑，因為她昨天也問過一模一樣的問題。

「目前還沒收到信說羅潔梅茵大人已經醒來了，但應該今天就會醒了吧。」

儘管已經很習慣羅潔梅茵大人為了祈福儀式與收穫祭而不在神殿，但這次她可是去了他領，而且還是上戰場，也難怪會這麼擔心吧。不只莫妮卡，就連法藍與吉魯也會委婉地向我問起羅潔梅茵大人的消息。

「我也和神殿裡的大家一樣，期盼著羅潔梅茵大人及早歸來。」

換好衣服後，我再找了優蒂特，一起前往麥西歐爾大人的房間處理神殿公務。這段時間，羅德里希則是留在神殿長室裡抄書。因為羅德里希將與羅潔梅茵大人一同前往中央，所以不必再經手神殿的相關公務，然後因為中央沒有多少書籍，他正為了羅潔梅茵大人在努力抄書。

「今天要核對羅潔梅茵工坊與孤兒院的收支。」

據說每月一次的帳目核對會直接影響到孤兒們的生活，所以對孤兒院長來說這是最重要的一項工作。而且為免孤兒院長私吞公款，必須與神殿長還有神官長一起核對。

接著，莫妮卡把記有收支明細的木板與紙張，放在我、接下神殿長一職的麥西歐爾大人，還有其近侍中接下神官長一職的卡濟米爾大人面前。資料相當大量，有普朗坦商會提交的明細、工坊自己的紀錄，還有葳瑪在孤兒院所整理的帳目等。

「伙食費突然增加了許多呢，這有什麼原因嗎？」

「因為過冬期間已經結束，開始有市集出現，所以採買的東西變多了。」

「不是有冬季的手工活這筆收入嗎？但我沒有看到這一項……」

「那要下個月的明細才會有。因為雖然已經拿到報酬，但普朗坦商會還沒有提交最終的明細資料。」

我們會比對上個月的收支明細，或與去年的資料比較，核對帳目有無錯誤或是問題。

噹啷，噹啷……

第三鐘已經響起，但我們還沒核對完畢。像斐迪南大人只要很快地看過一遍，就可以揪出錯誤與標示不清的地方，但我們還遠遠達不到他那種程度。此外雖然這樣想很不成熟，但能與大家一起吵吵鬧鬧地核對資料，其實我十分開心。

「這份名單是春季將要參加成年禮的見習生，而這一份是夏季將要參加洗禮儀式的孤兒。我們已經根據名單準備好了房間與服裝，這是一覽表。」

「……金額跟我布置自己的房間時完全不一樣，我突然覺得自己好浪費喔。」

「麥西歐爾大人，您的房間與孤兒的房間不可相提並論。」

我們正這樣閒聊的時候，忽然有奧多南茲飛了進來。還以為那隻白鳥會飛往麥西歐爾大人或是他的近侍卡濟米爾大人，結果卻是停在我的手臂上。

「菲里妮，我是達穆爾。」

聽到守在騎士團的達穆爾送來奧多南茲，不光是我，麥西歐爾大人他們也都聚精會神地注視白鳥。

「雖是平民提供的消息，但據說有一群疑似是喬琪娜大人等人的可疑貴族，在萊瑟岡古搭上了前來艾倫菲斯特的商船。方才已詢問過萊瑟岡古，收到的答覆是那艘船預計在中午左右抵達西門，所以請你們在這之前完成避難。敵人中午才到，所以你們不必驚慌，照著演練過的行動就好。」

雖然達穆爾要我們冷靜行動，但我的心臟已經開始撲通狂跳。喬琪娜大人他們真的往艾倫菲斯特來了。我緊握著思達普，想要輕敲黃色魔石好回覆達穆爾，然而手卻抖個不停，無法順利敲到魔石。

「菲里妮，我會通知麥西歐爾大人的護衛騎士，請他們引導青衣神官去避難。那麼在回覆達穆爾以後，妳還記得自己該做什麼嗎？」

卡濟米爾大人話聲冷靜地問道。我依然渾身發抖，但和往常一樣下意識地回答：

「我要引導孤兒院裡的人與守門神官去避難。」

「很好。」卡濟米爾大人這麼回應後，我總算稍微冷靜下來，重新握好思達普。

「我是菲里妮，感謝通知。接下來我們會讓大家去避難。達穆爾，祝你好運。」

揮下思達普後，奧多南茲振翅飛起。注視著奧多南茲一路飛遠，直到再也看不見蹤影後，我馬上開始收拾手邊的紙筆。而莫妮卡早已幫忙收好資料，優蒂特則是向人在神殿長室的羅德里希送去奧多南茲。

「羅德里希，我們收到達穆爾的通知了。中午之前要讓大家完成避難。接下來我們會直接去孤兒院，再麻煩你也照著演練行動。」

羅德里希負責用魔導具信通知普朗坦商會，然後要在神殿長室裡做好準備。

「菲里妮，我們走吧。」

卡濟米爾大人他們忙著往各處送出奧多南茲時，我們離開了麥西歐爾大人的房間。像孤兒院與工坊這類沒有貴族在的場所，必須要有人親自前往通知。我們一邊快步移動，一邊叫住正在打掃走廊的灰衣神官和巫女，要他們趕快收拾好工具，前往孤兒院避難。離開貴族區域，來到迴廊上時，我發現了正在打掃的弟弟康拉德。

「康拉德，你也快點放好東西，前去避難吧。」

「戴爾克他們不會有事吧？」

康拉德將抹布放進桶子裡，擔心地看著貴族區域的方向。因為戴爾克他們已經以貴族身分受洗，如今是見習青衣神官，搬出了孤兒院。

「等一下我會確認所有人是否都去避難了，所以你放心吧。你再不去避難，反而是戴爾克他們會擔心你唷。」

「是。」

康拉德正點頭回應時，身後傳來法藍的話聲。

「菲里妮大人，那麼由我前往工坊。因為我得確認路茲他們皆已返家。」

孤兒院的工坊裡有普朗坦商會的人，其中有些人是說好要前往羅潔梅茵大人的圖書館避難的古騰堡成員，所以必須盡快通知。

「那就麻煩你了。按照演練進行，等男舍裡的人都避難完畢，請到食堂會合。」

法藍點一點頭，朝著孤兒院的男舍向右轉，我們則是左轉往女舍走去。莫妮卡負責開門，走進去以後，我出聲叫喚葳瑪等人。

「剛才我們接到了騎士團的通知，所以現在要開始避難。請大家冷靜行動。」

葳瑪神色僵硬地頷首，旋即走上三樓，確認樓上還有沒有灰衣巫女。戴莉雅則是立即下樓，說：「我去檢查一樓的房間裡是否沒人了。」莉莉則是引導著食堂裡的孩子們往地下移動。看來都很順利地照著演練在行動。

「我們只是遵照羅潔梅茵大人的吩咐，照著預先演練過的避難而已。」

中斷外邊工作的灰衣巫女們一一趕回來，交由莫妮卡去引導她們進入地下後，我自己則與優蒂特前往底樓，要正在煮湯當午餐的灰衣巫女們也停下工作，趕緊去避難。途中，優蒂特收到了奧多南茲。

「我是馮杰爾，現在抵達貴族門了。岱德立克正往正門而去。」

看來是原先在騎士團的麥西歐爾大人的護衛騎士們，一一開始知會他們抵達了神殿的大門。

「菲里妮，那我直接從這裡去後門，要灰衣神官們交接工作，發動蘇彌魯。等妳確認了孤兒院裡的人都避難完畢後，就要和法藍還有莫妮卡回到神殿長室喔。」

「我知道，大門那邊就拜託妳了。優蒂特，妳自己也要小心。」

優蒂特卸下護衛我的工作，從底樓離開到外面去。這時，剛才在工坊工作的灰衣巫女們也回來了。

「菲里妮大人，今天去工坊工作的灰衣巫女就是我們這些人了。」

「那麼關門吧。」

聽說從前底樓的門只能從外面打開，但現在內側也裝了門閂，可以從裡面開門與關門。儘管我不認為喬琪娜大人他們會從孤兒院這裡入侵，但是為防萬一，還是決定搬來缸甕與作業臺堵住門口。看著大家俐落地搬好這些東西後，我回到食堂。

「現在上面的樓層沒有半個人了。」

「所有人都已進入地下。」

聽完葳瑪與莉莉的報告，這時法藍也走進食堂，向我告知男舍已經避難完畢。對於自己成功盡到了孤兒院長的職責，我安心地吐出大氣。

「那麼在我們過來迎接之前，請大家千萬不能離開這裡，安靜待命。」

隨後，我與法藍還有莫妮卡一起走出孤兒院。「喀嚓」的上鎖聲從門內傳來，葳瑪她們的腳步聲也向著深處逐漸遠去。

「那我們也回去吧。」

緊接著我也關上貴族區域的門扉，盡量抵擋敵人的入侵。然後，我再分別前往康拉德十分擔心的戴爾克，還有勞倫斯的異母弟弟貝特朗所在的房間，提醒他們小心。

「你們一定要保持安靜，不可以大聲喧譁。就算聽到外面有慘叫聲或是任何聲響，都不可以打開門察看情況，知道了嗎？」

對兩人耳提面命之後，再走上神殿的三樓。三樓是女性居住的房間，所以麥西歐爾大人他們說了，除非事態緊急，否則他們不方便上來，於是由身為同性的我前來察看。

「妳們可能會很害怕，但無論發生什麼事情，都絕對不能出來喔。只要待在房間裡面就會很安全。」

我也再三叮囑見習青衣巫女們，千萬不能離開房間。

「菲里妮，妳辛苦了。」

一回到神殿長室，羅德里希便出來迎接。除他之外，吉魯與弗利茲，還有妮可拉與雨果等這些在廚房工作的人，也都聚集來到了神殿長室。原本平民下人是不能進入神殿長室的，但現在是因為他們是羅潔梅茵大人的專屬。羅潔梅茵大人已經吩咐過我與羅德里希，要灌注魔力發動結界魔導具，保護大家。

這時，神殿長室裡的桌椅都已經搬開，在房間中央設置好了結界魔導具。這是羅潔梅茵大人為了保護我們這些沒有戰鬥能力，但要留在神殿裡的人所製作的魔導具。她說有了這個，神殿長室就可以得到和圖書館一樣的守護。

「我是菲里妮。孤兒院裡的人已經避難完畢，貴族區域的門扉也關上了。另外三樓的見習青衣巫女，我也叮囑了她們要待在房內。神殿長室的侍從也全都回來了，接下來要發動結界魔導具。」

確認該在的人都到齊了，我向卡濟米爾大人送去奧多南茲。

「大家，我們要發動結界魔導具了喔？結界一旦發動，直到解除為止，任何人都不得進入或離開神殿長室。」

我環顧房裡的所有人，再看向羅德里希點一點頭。羅德里希喝了大幅恢復魔力的回復藥水後，神情緊張地將手放在魔導具上，開始灌注魔力。

羅潔梅茵大人製作的這個魔導具非常厲害，可以抵擋任何攻擊，但在發動時需要非常大量的魔力。而且魔導具吸收起魔力又多又快，只要慢了點收回手，我與羅德里希就有可能會魔力枯竭。我也和羅德里希一樣拿著回復藥水，準備接手。

「菲里妮，換妳了！」

羅德里希大喊道，我於是馬上灌下回復藥水，把手放在魔導具上。確認我的手已經放上來，魔力不會斷絕後，羅德里希才把手移開。

……呀啊，我的魔力！

雖然喝了藥水以後，魔力開始自體內深處增加，但緊接著就不顧我的意願自行往外流出。這種陌生的感覺令我感到非常不適，但是如果不堅持住，就無法保護主人託付給我們的人們。

……跟在外面要與敵人戰鬥的護衛騎士們相比，這根本不算什麼！

由於讓魔力快速恢復的關係，羅德里希也臉色難看地皺著眉，呼吸急促。

「啊，魔石已經變色，就快成功了。」

大概是魔力已經恢復到了一定程度，羅德里希深深吸一口氣後，再度把手放在魔導具上。緊接著幾秒過後，魔石一度亮起耀眼強光。隨後，黃色光芒盈滿整個房間，形成了牢固的風之結界。

與此同時，魔力在體內快速流動的感覺也消失了。一從緊張當中釋放，強烈的疲憊便席捲而來。羅德里希多半也一樣吧，我們都用手撐著地板，不讓自己倒下。

「菲里妮大人！羅德里希大人！」

莫妮卡與妮可拉伸出手來扶住我，法藍與吉魯則是上前扶著羅德里希。四人扶著我們到長椅坐下後，我與羅德里希同時大口吐氣。

「妳沒事吧？」

「……這下神殿長室就安全了。羅德里希，我們成功了呢。」

能夠趕在魔力耗盡前就發動結界魔導具，對此我鬆了一大口氣。羅德里希也一臉如釋重負地看著魔導具。

「這樣一來，我們的任務暫時就結束了，也不會挨哈特姆特的罵吧。」

因為哈特姆特對我們說了：「雖然你們在戰鬥時完全派不上用場，但好歹是貴族而不是平民，至少要發動守護魔導具，保護羅潔梅茵大人重視的平民。」

「菲里妮大人、羅德里希大人，兩位辛苦了。」

法藍開口這麼慰勞道，薩姆則是端來果汁水給我們，侍從與廚師們也大力表揚說：「兩位真是太厲害了。」我心中油然生起了難以言喻的成就感。看著靠自己魔力發動的結界，能夠完成被交付給自己的任務，我由衷感到自豪。

這時，有奧多南茲飛進屋內。

「我是優蒂特。達穆爾捎來通知說了，船隻已經抵達西門，而且有人身穿銀布。他要大家全神戒備。」

神殿長室裡的眾人全都面色緊張。終於要開始了。

「……願勝利與艾倫菲斯特同在，請保佑大家平安無事。我們一起向司掌浩浩青空的最高神祇與分掌瀚瀚大地的五柱大神，水之女神芙琉朵蕾妮、火神萊登薛夫特、風之女神舒翠莉婭、土之女神蓋朵莉希與生命之神埃維里貝獻上祈禱吧。祈禱獻予諸神！」

就在我們獻上祈禱的時候，第四鐘的鐘聲開始響亮迴盪。

伊娃　強大的守護與牽絆

「媽媽，妳快點跟我來！老爺要我們馬上去避難！」

第三鐘剛響不久，兒子加米爾忽然衝進我所在的工坊來。

「等一下士兵應該也會過來通知大家。聽說不久後會在西門開打，所以要大家都在中午前去避難。」

加米爾說完，工坊裡的人鬧烘烘地亂成一團。但這也難怪吧，因為早就聽說有敵人從領地邊界入侵，兩、三天前還派了騎士團前去禦敵。而且我還聽說最近不只北門，就連其他三處大門也有騎士在進進出出。騎士們吩咐過，之後會有他領的貴族大人來襲，所以要我們一旦收到通知，不管是在工作的地方還是在家裡都好，得盡快躲起來。因為貴族大人之間的戰鬥，平民根本沒有插手的餘地。

「媽媽，我們走吧。」

於是我與加米爾一起跑出工坊。這是因為要與羅潔梅茵大人一同前往中央的古騰堡與專屬們，得前往貴族區避難。事前就說好普朗坦商會會派馬車載送，所以要立刻前往集合。

「現在集合地點改在了奇爾博塔商會，不是普朗坦商會喔。」

「為什麼？」

「因為行李太多了！」

儘管孩子的說明讓我一頭霧水，但班諾先生想必就是怕我去錯地方，才派了加米爾來接我吧。目前士兵們應該還沒開始通知居民避難，所以路上行人一點也沒有驚慌或是著急避難的樣子，而我與加米爾則是一路狂奔。

「媽媽妳先進去，多莉在店裡面。」

這時奇爾博塔商會的店門前已經停有三輛馬車，雖說是馬車，其實更像是高級的載貨馬車，專門用來載運大量乘客。許多人正急急忙忙地把東西搬到馬車上，我則照著加米爾說的進入店裡，隨即看見多莉向我招手，「媽媽，這邊。」依然一頭霧水的我跟著她走進後面的房間，發現房裡立了屏風，有好幾名女性正在屏風後頭換衣服。

「妳穿這樣不能到貴族區去，能換上這套衣服嗎？」

「我們得在中午前進到貴族區最裡面，所以沒時間了，快點、快點。」

在幫忙更衣的裁縫師催促下，我急忙換下衣服。對方遞來的服裝遠比我自己的正裝還要精緻，換作平常我根本不敢穿，但在周遭一大群人的催促之下，我連猶豫不決的時間也沒有。

「換好衣服的話就先上馬車。媽媽，妳幫忙拿這個跟這個……古妮拉！東西全部就這些了嗎？」

多莉朝著其他裁縫師扯開喉嚨問道，我於是抱著木箱來到屋外。這時士兵們已經在路上通知居民去避難，趕著回家的人們皆行色匆匆。被慌亂的氣氛影響，我心中忽然感到強烈的不安。

「薩克，你坐前面那輛馬車。你妻子可以跟你一起坐，但如果她想坐在女性比較多的馬車，就坐中間那一輛。」

馬車前方，路茲正指引著換好衣服的人們上車。班諾先生一個箭步越過他身旁，對著店內怒聲大喊：

「我們要出發了！再不上車就留在這裡！」

要是被留在這裡就糟了。我急忙詢問路茲，自己該搭哪一輛馬車。

「伊娃阿姨，妳搭後面那輛馬車。雖然裡面放了一堆奇爾博塔商會的行李，坐起來可能不太舒服，但妳忍耐一下。我們馬上就要出發了，妳先上車等著吧。」

我照著路茲說的放好木箱，坐上馬車。乘坐這輛馬車的，似乎都是奇爾博塔商會的裁縫師。沒過多久，珂琳娜夫人與多莉她們也坐了進來。

「今天早上班諾先生才通知我們，說因為一定要保護好羅潔梅茵大人要帶去中央的服裝，所以奇爾博塔商會的裁縫師們得一起避難，行李也才會這麼多。我們把工具都帶上車了，到了避難處就能繼續工作。」

多莉為我說明時，馬車也開始行進。到了要進入貴族區的北門，馬車暫且停下。

「啊，是達穆爾大人。」

多莉看著外面，用如釋重負的語氣說。珂琳娜夫人也微笑道：

「太好了。哥哥說過，達穆爾大人會在北門與我們會合，真是幫了我們大忙呢。因為如果只有我們，都得在北門等上一段時間，遲遲無法通過。」

她說一般平民若想進入貴族區，都會被騎士大人攔下，遲遲不肯放行。大概是有達穆爾大人幫忙居中協調，馬車很快又開始移動。

「這裡就是貴族區喔。媽媽，妳是第一次進來吧？」

聽到多莉這麼說，我也在馬車上悄悄往外張望。梅茵現在所住的地方到處都鋪著美麗的白色石板，而且林木眾多，非常寬敞遼闊，和我們所在的平民區完全不一樣。只不過路上沒有半個人影，一片靜悄悄的，讓人不禁懷疑這裡是否真的有人居住。

「可是，完全沒看到馬車和行走的路人呢……」

「應該是貴族大人都去避難了吧，因為平常還能看到馬車。」

「這樣啊。」我這麼應和多莉，繼續參觀街道。一棟棟白色的建築物，似乎就是貴族的宅邸，而且明明是那麼大的房子，卻不是好幾戶人家一起住在裡面。

「但貴族的宅邸裡還有住宿的侍從與下人，好像也能說是住著好幾戶人家呢。」

珂琳娜夫人輕笑著這麼對我說。

「每棟屋子都非常寬敞，很驚人吧？而且聽說每戶人家都有水井呢。」

居然就連水井也不是共用的，那就無法在井邊交流消息了。貴族大人都是怎麼與鄰居往來的呢？

「媽媽，那道牆壁後面就是領主大人的城堡喔。不久前我第一次去，真的大到我下巴都快掉下來了。」

多莉指著高牆說道。看來梅茵居住的地方要再更裡面。

「我聽說今天是要去羅潔梅茵大人的圖書館，那麼是在城堡裡面嗎？」
「應該是在其他地方喔。聽說是前任神官長去其他地方之前，讓給羅潔梅茵大人的房子。因為只是聽吉魯說過，路茲好像也不清楚。」
「這樣啊……不過，真是期待呢。」
「是啊。貴族大人的宅邸外觀都一樣，但內部裝潢卻是截然不同。我也很期待進去參觀羅潔梅茵大人的宅邸呢……」
裁縫師們似乎非常期待看到宅邸內部所用的布製品與擺設，還說可以用來當作參考，設計今後的服裝。
……但其實我期待的並不是宅邸呢。
這次古騰堡們是要前往羅潔梅茵大人的宅邸避難。既然要收容這麼多平民，屋主想必會在吧。雖然大概只能打聲招呼，但一定有機會親眼見到女兒。在城市面臨著危機的時候，這是我心中暗藏的小小期待。
就在大家從布製品聊到染布的時候，馬車改變了行進的方向。我聽說每個區塊都是貴族大人的住家，但一個區塊裡面都有三座建築物，那其他房子是誰在住的呢？有這麼多平民乘坐馬車前來，不知道鄰居會不會向梅茵抱怨？我擔心著這些事情的時候，馬車經過了兩座建築物前方，在最大的那座建築物前面停下。
「……這裡就是羅潔梅茵大人的住處嗎？」
走出馬車後，我仰望眼前的建築物，呆若木雞地低喃。因為眼前的房子大到難以相信是個住家，就連神殿前面富裕人家的房子也沒有這麼大。況且梅茵只是個孩子，都還沒有結婚，繼承的房子也未免太大了。

「這裡不是住處，是圖書館。」

聽見我的低語，達穆爾大人開口訂正。這位貴族大人在梅茵還是見習青衣巫女時，便曾擔任護衛負責接送，而現在，也以護衛騎士的身分隨侍在梅茵身邊，聽說還經常在貴族與士兵之間幫忙協調。昆特說過，他是位親切又值得信賴的人。

「那個，請問圖書館是什麼呢？跟平常生活的地方不一樣嗎？」

「就是一種收藏書籍用的設施，可以在這裡閱讀與保管蒐集到的書籍，不知這樣解釋妳聽得懂嗎？雖然也能在這裡過夜，但因為羅潔梅茵大人平常都住在神殿或城堡，所以這裡稱不上是生活的地方。」

……收藏書籍用的住家？

我完全無法理解。我知道梅茵從以前就特別喜愛紙張與書籍，但沒想到她竟然把神官長讓給她的這麼大的房子用來放書。我只覺得她又在給身邊的人添麻煩了。

「媽媽，快點！」

加米爾走到一半，停在通往玄關的階梯上呼喚我。達穆爾大人也示意我快點前進，因此我走上長長的階梯。

「各位是羅潔梅茵大人的專屬與古騰堡們吧。這邊請。」

一名青年打開門，指引我們進屋。從他的舉止與談吐來看，明顯是位貴族。沒想到貴為貴族大人的侍從居然來迎接我們，大家驚訝又緊張地停下腳步。

「我明白你們的吃驚，但還是先進去吧。」

達穆爾大人走上階梯來，面帶苦笑這麼說道。

「那個，請問羅潔梅茵大人身在何處？沒向屋主打聲招呼就進屋，恐怕不妥……」

班諾先生一派誠惶誠恐地問道。不會拜訪貴族大人的我雖然不太清楚，但這想必是應有的禮節。

「羅潔梅茵大人並不在這裡……因為領主一族必須為保衛領地而戰，她也已經率領著騎士們前往戰場。」

達穆爾大人說完，古騰堡們全倒吸口氣，而我也不例外。因為我完全沒想到邀請了人前來，屋主竟然不在，更沒想到尚未成年的梅茵竟然得率領騎士上戰場。

「羅潔梅茵大人沒問題嗎？她可是身體虛……抱歉，我是說她一向體弱多病。」

路茲似乎是下意識地脫口而出，對此達穆爾大人挑了挑眉。

「雖然我也不敢保證絕對沒問題，但我相信羅潔梅茵大人。因為她憑藉著任何人也想不到的，或者就算想得到也難以實行的方法取得了戰力，並且依著心中所想勇往直前。無論身陷怎樣的困境，我都相信她一定能贏得勝利。」

聽完，路茲笑著點頭說：「您說得沒錯。」而非常了解梅茵在成為貴族後是什麼模樣的班諾先生與馬克先生，聽完也放鬆了表情，我因此稍微安下心來。

「總之寒暄就不用了，在擊退敵人之前，你們只要在這裡專心待命。因為要與羅潔梅茵大人一同前往中央的你們，必須待在這裡才行。這裡有強大的魔導具守護著，無論發生任何事情，都絕對安全無虞。雖然羅潔梅茵大人吩咐過我要保護你們，但接下來敵人將抵達西門，所以我必須趕去那裡。」

……敵人將抵達西門?!

在達穆爾大人的催促下，第一個踏進屋裡的是在場最習慣與貴族大人接觸的班諾先生，接著是馬克先生。但我只是用眼角餘光看著這一幕，渾身動彈不得，腦海裡全是無法到這裡來的丈夫。

……這裡或許絕對安全無虞，但人在西門的昆特呢？

腦海中頓時閃過了許多畫面：有想要擄走當時還是見習青衣巫女的梅茵的他領貴族大人、手臂受了傷的昆特，和他那懊悔著沒能守護女兒的背影。這一次，為了守護家人與城市，昆特肯定也會竭盡全力吧。

心中不安的我，下意識緊緊握住了梅茵送給我們的護身符。聽說在遭到會讓人身受重傷的衝擊時，這個護身符就會發動。

……如果能多一個護身符，昆特會安全一點嗎？

儘管應該能對昆特有幫助，但我無法親自送去。如果拜託接下來要去西門的達穆爾大人幫忙轉交，會不會太過不敬呢？我裹足不前，看著達穆爾大人站在玄關大門前，與一名應該才剛成年不久的年輕女性侍從交談。

「莉瑟蕾塔，要來圖書館避難的平民都在這裡了。等我一離開，妳們就發動結界魔導具。」

「好的，我會與谷麗媞亞一起發動。達穆爾，你也多加小心。」

說完話後，眼看達穆爾大人就要轉身離開。

「媽媽，妳在做什麼？行李都搬完了，大家也都進去了喔。」

多莉與加米爾擔心地拉起我的手，但是，我的雙腳動也不動。一想到只有現在這個機會，身體就無法動彈。

聽見多莉的聲音，達穆爾大人轉頭看來。發現我還站在玄關前，沒有進屋，達穆爾大人稍微偏過了頭像在鼓勵我開口。他那雙灰色眼睛裡有著對我們的關心。

「怎麼了嗎？」

……如果是達穆爾大人，應該不會不屑一顧。

我摘下自己的護身符，遞給達穆爾大人。

「達穆爾大人，我也知道這個請求非常冒昧，但倘若您要前往西門，懇請幫我把這個護身符交給外子。如果這裡絕對安全，我希望羅潔梅茵大人的護身符能用來保護無法到這裡來的昆特。」

「……知道了，交給我吧。」

想了一會兒後，達穆爾大人收下護身符。「真是感激不盡。」我這麼道謝時，身旁的多莉跟著伸出手去。

「達穆爾大人，我的護身符也拜託您了。因為現在是家父更需要護身符。」

加米爾見了也摘下自己的護身符。

「請幫忙告訴羅潔梅茵大人，我們是希望護身符能保護好爸爸。」

「我確實收下了。那麼我要前往西門，你們快點進去吧。」

達穆爾大人溫柔地瞇起雙眼，答應了我們的請託。他拿著我們的護身符，坐上騎獸迅速飛遠。

……希望昆特能平安回來，還有千萬別逞強。

我們一進到屋裡，那名年輕的男性侍從便鎖上大門，看來是一直在等著我們進屋。大家都在玄關大廳裡待命。

「拉塞法姆，麻煩你為大家帶路了，我們去發動魔導具。」

對負責關門的青年侍從說完，莉瑟蕾塔大人與谷麗媞亞大人便往宅邸深處走去，應該是要去發動剛才與達穆爾大人說過的那個魔導具。魔導具發動以後，這裡就是絕對安全的所在。

目送兩人離開後，拉塞法姆大人帶著我們在宅邸內移動。

「樓上是主人的私室，所以請大家小心不要上樓。」

他告訴我們哪些地方可以進去，哪些地方不行，以及戰事還未結束時，要在哪個房間就寢。不管走到哪裡，都看得出來內部裝潢花了很多的錢，我不禁深深慶幸自己在奇爾博塔商會換了衣服過來，要是還穿著平常的衣服，我連椅子也不敢坐吧。

「奇爾博塔商會諸位，羅潔梅茵大人的服裝還請搬到這裡來。我們也為各位準備好了裁縫室，若有需要請在這裡工作。」

「實在感激不盡。」珂琳娜夫人向拉塞法姆大人道謝後，再看向搬進來的成堆行李。

「那個，反正我們在這裡也沒事情做，這種體力活就讓我們來幫忙吧。請告訴我們每樣東西要搬去哪裡。」

「哎呀，薩克先生、約翰先生，太謝謝你們了。」
珂琳娜夫人笑容可掬地道謝。這時，一旁的多莉似乎是看到了認識的人，與乘坐其他輛馬車過來的女性攀談。
「艾拉，好久不見。原來妳也來這裡避難了啊，我還以為專屬廚師都在神殿。」
「因為懷孕生產的關係，我暫時休息。這是我媽媽，這是我兒子。我們一家人會一起搬走，以後也請多多指教啦。」
艾拉笑著說完，把懷裡的小寶寶交給母親，然後走向拉塞法姆大人。
「拉塞法姆大人，突然多了這麼多人來避難，要準備午餐應該不容易吧？我母親會幫忙照顧孩子，那我就以羅潔梅茵大人的專屬廚師身分來幫忙吧。」
「太好了。艾拉，謝謝妳。」
「那我們也一起幫忙吧？雖然我們做不出貴族料理，但一般的食物倒沒問題。」
古騰堡成員的太太們也表示願意幫忙，艾拉與拉塞法姆大人開始討論是否要接受。好像是因為他們雖然需要人幫忙，但又不想讓陌生人進入廚房。
「不然別讓她們進入廚房，而是在下人房裡幫忙削皮如何？」
「這倒是應該可以。」
「但只是削皮的話，有兩個人幫忙就夠了呢。」
於是艾拉帶著薩克與迪莫的太太離開。
……看來幫忙煮飯的人手很充足了。
看到多莉在提供給奇爾博塔商會的房間裡忙進忙出，我於是好奇加米爾在做什麼，轉頭環顧四周。只見加米爾做為普朗坦商會的學徒，正跟在商會一行人身後。

「加米爾，你聽好了，平常可沒有什麼機會能像這樣好好參觀貴族大人宅邸裡的裝潢，所以你要看仔細了。以後可以套用在義大利餐廳的內部裝潢上，若有旅館或店家想走高級路線，為其他商人提供裝潢設計圖還能賺錢。不僅如此，我們要在中央開店時也能當作參考。」

「是！」

班諾先生說完，加米爾精神抖擻地回道，開始到處察看。看見加米爾這副樣子，路茲露出苦笑後，接著轉向拉塞法姆大人。

「冒昧請教一下，我聽說這裡是圖書館，那請問書本放在哪裡呢？我雖然照著羅潔梅茵大人的指示在為艾倫菲斯特印製新書，卻很少有機會親眼看到舊有的書籍。如果可以，能否讓我參觀？」

「……說得也是呢。只要你保證會非常小心，絕不弄髒或是損壞書籍，我可以帶你過去。」

「這我當然知道。因為若不好好對待書籍，羅潔梅茵大人還會氣得眼睛變色。」

路茲一臉認真地回道。想起生氣時眼睛會變色的梅茵，我輕笑起來。要是讓她生氣到那種地步可就糟了呢。

「媽媽、媽媽，妳能過來一下嗎？珂琳娜夫人說想請妳幫忙。既然爸爸有護身符跟達穆爾大人保護著，我們就做自己能做的事情吧。」

聽見多莉的叫喚，我從加米爾他們身上別開目光，走向裁縫室。屋內滿是從木箱裡拿出來的東西，有縫製到一半的服裝與布料，還有各種裁縫工具。

「衣服還真多呢。要製作這麼多衣服嗎？」

我在加米爾的洗禮儀式上見過梅茵，雖然成長的幅度確實教人吃驚，但如果這些衣服全是梅茵一個人要穿，未免也太多了。是不是還有其他客人委託奇爾博塔商會製作的服裝呢？

「不只這些，還有其他工坊託給我們保管的服裝呢。因為如果全部都要奇爾博塔商會自己做，根本不可能。啊，珂琳娜夫人，試裝敲定時間了嗎？」

「收到的回覆是說，至少要等到這場仗打完之後了。但對方也說了，會盡量幫忙協調，早點定好試裝的時間。畢竟眼看領主會議就要到了嘛。」

珂琳娜夫人暫且停下忙碌的雙手，朝我看來。

「伊娃，妳很擅長刺繡吧？可以請妳幫忙嗎？」

我吃驚地張大眼睛。我確實還算擅長刺繡，但那只是與左鄰右舍的婦女相比，自身可從來沒為這種貴族大人的服裝刺過繡。而且說到底我是染布工匠，自知自己在裁縫上只是業餘水準。

「……我可以經手羅潔梅茵大人的服裝嗎？」

能夠參與女兒的服裝製作，我自然是求之不得。但是，領主一族的服裝絕不容許任何閃失，否則會嚴重影響到店家的聲譽。我不能只因為對女兒的思慕之情就答應。

「因為現在時間真的不夠，人手也不足。況且比起安靜待著不動，做點事情更能分散注意力吧？邊緣這邊可以麻煩妳嗎？照著這個圖案。」

我顫抖著手，接下珂琳娜夫人遞來的布料與圖案。多莉在旁邊編織髮飾時，我則是借來裁縫工具，照著圖案小心翼翼地繡著花朵。

同時，往一針一線傾注自己的祈求。

希望梅茵與昆特都能平安歸來。

昆特　實現誓言之日

「喂～昆特，今天的份好像也送到了，你帶見習士兵過去吧。」

「知道了，我們塞好鼻子就過去。」

聽到西門士長的吩咐，我轉身去叫見習士兵們。確定要與羅潔梅茵大人一起前往中央的我，春天尾聲就會辭去現在的工作，所以位階從士長降為了班長，目前主要是負責帶領見習士兵。

「今天又有喔？」

見習士兵們都厭惡地垮下臉來，我也非常能夠明白他們的心情。雖然知道有用處，但還是很難掩藏住心裡的厭惡。我與見習士兵們一起塞住鼻子，再用布掩住嘴巴，伸手抓住桶子。

「唔呃，臭死人了！」

「所有人都覺得臭，別囉哩囉嗦的了，快點搬。」

奉騎士大人之命，現在西門正在囤積穢物，以備敵人來襲時可以從頭潑灑在他們身上。因為貴族大人的魔力攻擊對披著銀布的人沒有效，所以士兵到時也得拿起武器迎戰，而穢物就是我們準備的武器之一。

「騎士大人只要下令就好，但要準備穢物的可是我們耶。」

「到底是誰想出來這種辦法的？真不像是貴族大人的作風！」

我一邊搬運穢物，一邊默不吭聲地聽著見習士兵們的抱怨。因為我忍不住在想，若有人能想出這種一般貴族大人想不到的辦法，那搞不好是梅茵。

……不不不，怎麼可能是梅茵嘛。

往敵人潑灑穢物這麼骯髒的事情，我那可愛的女兒怎麼可能想得出來，況且梅茵可是愛乾淨愛到了幾乎不正常的地步。

「你們別在貴族大人可能聽得到的地方抱怨他們的決定，而且最近雖然有羅潔梅茵大人與達穆爾大人在保護我們，但求援時不見得會及時趕到。外地的貴族大人動起手來可是毫不猶豫。」

我說完後，見習士兵全閉口不語。所有士兵都知道，當初就是因為有外地貴族跑來胡作非為，我的女兒才會喪命。而且貴族大人常常不講道理，很輕易就能奪走平民的性命，這也不是什麼新鮮事。

「這次的差事雖然又髒又臭，但不至於強人所難，也不是莫名其妙的命令。實際上現在正有外地的敵人入侵，兩天前一部分的騎士團員還趕往了領地邊界。敵人可是隨時都有可能出現。」

敵人的目標似乎是貴族區，所以從兩天前開始，出入大門的騎士大人就變多了。他們一一嚴查進城的人，連從其他城鎮來談生意的商人們也都大吃一驚。

「騎士大人還說了，有任何情況會向我們示警。光憑這一點，就和以前有很大的不同。換作以前，貴族大人都會理所當然地捨棄平民。」

現在多虧了達穆爾大人會確實提供情報，騎士大人們也開始出入北門以外的大門，城裡的樣子漸漸與以往有所不同。你們多少該心懷感激才對——我沒好氣地瞪過去後，見習士兵們都大嘆一聲，露出受不了的表情。

「會為平民著想的，也就只有羅潔梅茵大人了對吧？她清洗城市時的描述我都不知道聽過多少遍了。」

「不過，最近會為平民著想的貴族大人好像變多了。我聽說現在貴族大人還會在神殿與商人開會……」

「居中安排的正是神殿長羅潔梅茵大人。」

「是、是。班長，你真的很喜歡羅潔梅茵大人耶。我們會乖乖工作不再抱怨，請班長也就此打住吧。」

我才開始說起羅潔梅茵大人的豐功偉業，見習騎士們立刻全部閃得遠遠的。虧我還想鉅細靡遺地炫耀自己的女兒，只可惜總是沒人願意聽。

搬完穢物後，我們脫下上半身的衣服，簡單沖洗身體。因為實在臭得沒有辦法，要不然其實春天的水還很冰。

「喂，你們知道萊瑟岡古來的船隻何時抵達嗎?!」

可能是在井邊沖水的我們看來相當有空，騎士大人衝著我們問道。我們一行人面面相覷。

「從萊瑟岡古過來的船隻有好幾艘，不知道您指哪一艘……像昨天也有，今天等一下跟中午的時候，應該也都會有船隻抵達。」

「這樣根本無法確定。總之提醒守門士兵，要比平常更小心留意從萊瑟岡古來的乘客，知道了嗎？」

騎士大人的聲音尖銳，緊繃壓抑。難道是船上有敵人嗎？想當初東門士長就是因為聯絡工作做得不夠確實，才讓外地的貴族進城，所以這種事最好盡快傳達。

「我馬上去傳達。一有任何情況，你們要通知城裡的居民去避難。到時得跑好幾個地方，你們還記得自己的負責範圍嗎？記得再確認一遍，敵人應該就快出現了。」

我用布簡單擦拭身體後，為了向守門士兵傳話，還沒穿好衣服就拔腿狂奔。

「船就快到了，現在手邊沒事的人都到門邊監督。」

每當有船隻抵達，要進城的人就會一鼓作氣增加。依照指示，我們得格外小心外地人與言行舉止很像貴族的人，以及身上有銀布的人，一發現就要立刻通知騎士大人。

「這艘船好像有不少富商，貴族大人應該很容易混在裡頭，大家看仔細了。」

來到艾倫菲斯特的船隻，有的因為是以載貨優先，人只能縮在角落坐著，所以船票便宜；而有的雖然收費高昂，但坐起來就比較舒適。接下來抵達的，是從萊瑟岡古直達艾倫菲斯特的船隻，乘坐的都是有錢商人，甚至經常能看到有的商人像貴族大人一樣，身邊有好幾個人隨侍。

「你是從哪裡到萊瑟岡古的？是商人就拿出公會證。進城後要去哪些店家？」

放行之前我們會問不少問題，比如乘船前人在哪裡，平常的活動範圍與預計要去哪些店家，以此來確認對方是不是真的商人。

「我是格拉罕的商人，名叫勞各。平常在做植物的買賣生意，這次是為了春天採摘的藥草與染料原料來談生意。貨物之後才到……就是預計中午抵達的那一艘船。我打算先去拜訪大道上的維特藥舖與墨水工坊，住宿的話每次都是住多塔斯旅館。」

勞各出示商業公會發行的許可證，答得非常流利，之前我就見過他好幾次，回答也沒有可疑之處。雖然這次難得沒有帶著助手或侍從，但有不少商人會讓手下的人搭乘載了貨物的船隻，直接在旁看守，所以分開行動也很正常。我點一點頭，讓勞各進城。

放行了一個，還有下一個商人。我們重新問了一遍剛才的問題，同時仔細觀察同行的助手，因為可不能讓假扮成侍從的貴族大人進城。

……隊伍還真長，而且中午也預計有一艘大船抵達。

今天要做的工作恐怕不少——我正這麼心想時，第三鐘的鐘聲響起。

噹唧，噹唧……

鐘響後沒過多久，騎士大人就下令：「快去通知平民避難。」好像是他們收到了消息，說有敵人在預計中午抵達的那艘船上。貴族大人互相聯繫過後，確認船上的敵人並未中途下船，所以現在必須對中午抵達的那一艘船採取最高警戒。

「昆特，見習士兵跟城裡就交給你了。我們去準備迎敵。」

士長一聲令下，我就得帶著見習士兵們前往城裡各處。但和以前不一樣的是，現在我們不必再跑去每個大門傳遞消息，因為騎士大人會用白鳥互相通知。

「各自去自己負責的區域！」

見習士兵們以水井為中心，要通知附近住家與工坊裡的居民快躲起來。我負責的區域則是中央廣場一帶，要去通知商業公會與各職業協會。當然，一路上若遇到了人，或是看到有人在大道上擺攤，我也會通知大家快去避難。

「聽說中午抵達的那艘船上有外地的貴族大人，要是在打鬥時受到波及就危險了。快點在中午前回家，直到戰鬥結束之前都別出來。」

我也催促正在買東西的親子還有正在跑腿的學徒快點回去，看到攤販老闆準備要販售簡便的午餐，同樣命令他們趕快收起來。

「這可不像酒鬼之間打架，貴族大人們交手時都會施展危險的魔法。雖然騎士大人說了，他們會盡量把敵人引到貴族區去，但情況還是一樣危險。萬一被他們的攻擊擊中，你們的攤位跟商品就算被砸壞了，也沒人會賠償。快點收好回家避難！」

沿著大道，我一路打開每間工坊的大門咆哮示警。

「工作再重要，現在是性命更重要。手邊的工作都先停下來，看要回家還是躲在工坊裡面！船隻中午就會抵達了喔！」

接著雖然離大道有段距離，但我也繞到了伊娃所屬的染布工坊察看。工坊裡的人幾乎都避難去了，作業工具也都收拾妥當，不見工匠的身影。

「噢，是昆特啊，辛苦啦。大家都順利去避難了喔，多虧你家的小子前來通知。」

看來在士兵開始通知之前，加米爾就前來示警，伊娃已經去避難了。雖然知道羅潔梅茵大人的專屬都會在普朗坦商會的帶領下去其他地方，但親耳聽到他們都順利去避難了，我這才安下心來。而且從工坊移動的話，普朗坦商會比我們家更近，到了避難地點又有羅潔梅茵大人的保護，也比待在家裡安全。這下子我可以不用擔心家人，專心與敵人對抗。

在城中附近繞了一圈，通知完所有人後，只見趕著回家的居民在大道上擠成一團。

我對著人潮扯開喉嚨大喊，提醒大家小心，同時從中央廣場這裡注視神殿的大門。不知道梅茵現在是在神殿還是在城堡裡，但不管她在哪裡，既然他領的貴族大人即將來襲，希望她能躲到安全的地方避難。

……不過，他領的貴族大人嗎……

想起梅茵不再是自己女兒的那個瞬間，我懊悔得直想捶胸頓足。一想到這次自己的家人又有可能遭遇難以挽回的不測，身體更是不由自主僵硬。

……可惡！這次我一定要在大門就把人攔下來，他們休想踏進城裡半步。

既然已經知道敵人會坐船抵達，我絕不會讓他們到人在神殿或城堡的梅茵那裡去。我用力握住梅茵給的護身符。

當居民差不多都已完成避難，時間也將近中午了。我一邊確認居民避難的情況，一邊返回西門。

「昆特，你動作真慢，達穆爾大人在等你喔。」

「達穆爾大人嗎?!」

由於羅潔梅茵大人總指定我擔任護衛，護送前往哈塞小神殿的隊伍，士兵們都以為我與羅潔梅茵大人的護衛騎士多少有些交情。但與其說是交情，比較算是因為達穆爾大人曾在梅茵還是見習青衣巫女時擔任她的護衛，所以我才有辦法和他攀談。

「達穆爾大人，我是昆特。聽說您找我……」

到了達穆爾大人所在的騎士等候室，我緊張地朝著屋內喚道。正與騎士們在討論事情的達穆爾大人「嗯」地應聲，轉身走來。離開等候室後，他往沒什麼人的地方走去。
「羅潔梅茵大人拜託過我，希望我能保護她的家人與平民區，所以這次包含你的家人在內，我們已經讓羅潔梅茵大人的所有專屬都前往貴族區避難。人我已確實送到，所以你可以放心。」
「真是感激不盡。」
「然後方才，你的家人把這些託付給我。」
達穆爾大人從腰間的皮袋裡拿出了三個護身符。那是羅潔梅茵大人送給我們的護身符，伊娃、多莉與加米爾一直都不離身地戴在身上。聽說在有可能受重傷時，這個護身符能保護我們。但是，他們怎麼把護身符摘下來了？又為何在達穆爾大人手上？我一時間滿頭問號。
「這是……」
「他們說了，因為自己有羅潔梅茵大人強大的魔導具保護著，所以希望這些護身符能用來保護你。」
正如同我擔心家人的安危，家人也擔心著我，而這些護身符，正是他們的不安與擔心最好的體現。家人的心意令我胸口發熱，我接下三個護身符，戴在身上。
「達穆爾大人，那請問羅潔梅茵大人呢？她也待在強大的保護當中嗎？」
就算無法再以家人相稱，但是這種危險的時候，真希望梅茵也能與家人待在一起。這麼心想的我開口詢問後，達穆爾大人卻是面帶苦笑搖搖頭。
「不，羅潔梅茵大人是領主的養女，所以為了守護自己重視的事物與艾倫菲斯特，正率領著騎士奮戰。」

聞言，我想起了梅茵的誓言。

「雖然我的名字會變，也不能再稱呼爸爸為爸爸了……可是，因為我是爸爸的女兒，所以，我也會連同城市一起保護大家。」

為了保護家人，下定決心成為貴族的梅茵；成為貴族以後，努力保護著我們不被蠻橫貴族刁難的梅茵。而現在，她正以領主養女的身分，迎戰來自他領的敵人。

……真是我引以為傲的好女兒。

聽到女兒正遵守自己的誓言，會連同城市守護家人，我的眼眶發熱。

「昆特，為了羅潔梅茵大人，你也要小心別受傷了。祝你好運。」

達穆爾大人小聲補上的這句話滿溢著關心之情。雖說是因為梅茵才有幸相識，但貴為騎士大人的他似乎也擔心著我。

「謝謝您，家人的心意我確實收下了。達穆爾大人，也祝您好運。我們一起守住這座城市吧。」

身為領主一族護衛騎士的他將在最前線作戰，要去的地方遠比我們這些士兵還要危險。我抹去幾乎要滑下眼眶的淚水後，挺直背脊，用拳頭敲了兩下左胸。

「嗯，一定。」

達穆爾大人同樣以拳頭敲了兩下左胸，然後轉身離開。

我們士兵搬出了為這一天所準備的穢物，各自放到指定好的位置上。

「船到了。」

由於從萊瑟岡古來的船很大艘，一眼就可以認出來。我們緊盯著接連下船的乘客。

「是銀布，他們在披風底下還穿了東西！」

「有沒有帶狗？」

和指示中需要警戒的對象一致，有乘客穿著銀布，那就是想謀害領主一族的敵人，也是會威脅到梅茵的危險人物。

……快點來吧。

偏偏這種時候，他們前進的步伐看來格外緩慢，讓人心浮氣躁。和我一樣在旁邊待命的士兵列克爾微微動了一下。

「不行，列克爾。還不能衝出去。要等他們靠得夠近才行，而且之後他們就會懂得躲開了。一開始的攻擊一定要命中。」

我制止著感覺隨時要衝出去的年輕士兵們，自己也強忍下想往外衝的衝動。

「要是讓他們在這時逃跑就麻煩了。敵人可是貴族。他們既能使用騎獸，也能使用魔法。我們要做的，就是潑灑穢物，逼得他們脫下身上的銀布。別搞錯了。」

我這麼提醒列克爾他們，同時也是在提醒自己。不能以為我們的攻擊會對敵人有效，因為貴族大人能夠使用一些我們根本想不到的道具與魔法。

噹啷，噹啷……

就在身穿銀布的敵人要踏進大門時，第四鐘響了。巧合的是，這也成了西門開始執行作戰計畫的信號。

「我會連同家人，保護這座城市。」

隨心所願

「不知道你的魔力直到枯竭為止要花多久時間呢？若是我能在那之前取得古得里斯海得就好了……」

蒂緹琳朵瞥了我一眼後，便踩著響亮的腳步聲離開供給室。看來對這個行事不經大腦的女人來說，無論是國王的命令，還是他領領主一族的這個身分都毫無意義。早知道不該從貴族的角度，來思考這個一心只想實現自己願望的女人會有什麼行動。

要是身體能和往常一樣動彈，我早就扯下她身上能阻隔魔力的銀布，再對她施展魔力攻擊，或是摘下那片似乎使用了銀線的面紗，用魔法召喚出的火焰，燒毀她那一張像極了薇羅妮卡的可憎臉孔。

然而可恨的是，因為萊蒂希雅撒出的毒粉，此刻我的身體無法自由動彈。儘管羅潔梅茵給的護身符立即發動了守護與淨化的魔法陣，但我仍是動彈不得，顯見那是非常猛烈的毒藥。

……蒂緹琳朵還說了，那種毒本會讓人當場死亡。

雖然大腦可以理解萊蒂希雅只是受到蒂緹琳朵操控，但我還是難以壓下心中對她的失望。明明我已警告過她：「這很可能是個陷阱，引誘我們去救璐思薇塔。」「為免波及到身邊更多的人，妳最好放棄。」然而萊蒂希雅終究沒能明白，最終向我下了毒。

眼看萊蒂希雅徹底上了敵人的當，成為實際動手的殺人犯，在我心中她就此從「需要保護與教育的對象」，變成了「無法聽進勸告，會為自己帶來不利的愚蠢之人」。

……她已無可救藥。

從前，韋菲利特曾擅闖白塔，想要救出裡頭的囚犯，因而遭到處罰。連視為領內糾紛加以平息的時候，韋菲利特都險些遭到廢嫡。

萊蒂希雅的年幼不能當作藉口，因為她是領主一族，加上父母還不在身邊，有著像蒂緹琳朵與喬琪娜這樣意欲將她排除的敵人，她的處境容不得她有半點瑕疵。而我不僅是奉王命前來的他領領主一族，還是負責教導她的人，對我下了殺手的萊蒂希雅不知將面臨何種處罰，恐怕要賠上的也不只她這條命吧。

……身為領主候補生，她竟然沒有自覺到了這種地步。

真不知有多少近侍會跟著萊蒂希雅一同受到處分，而且不光近侍，只要巧立名目或者聲稱應該施行連坐，萊蒂希雅派的貴族們也會連帶受罰。蒂緹琳朵與喬琪娜肯定不會放過這種大好機會，慘遭牽連的人將不計其數。

再者，既已成功操控了萊蒂希雅，璐思薇塔很可能遭到滅口，不可能被釋放。即使獲得釋放，璐思薇塔也只能眼看著因為自己被抓走的關係，主人竟變成了殺人犯，然後身為首席侍從的她將與主人一同受罰。屆時，不知璐思薇塔會有多麼絕望。比起萊蒂希雅，我更加擔心因她膚淺的舉動而慘遭波及的近侍們。

……不知尤修塔斯與艾克哈特是否已成功逃脫？

想像著近侍們將要面臨的未來時，我跟著想起了自己的近侍尤修塔斯與艾克哈特。兩人倘若繼續留在亞倫斯伯罕，只會慘遭連累。在有心人的操弄之下，甚至有可能把萊蒂希雅的罪行都推到他們身上。

如今只能祈禱獻名石已確實送到兩人手中，兩人也解除了獻名，存活下來。因為即使察覺出了意外，他們也不可能進到這裡來。即使能往艾倫菲斯特傳送消息，也無人能來拯救此刻正在他領供給室裡的我。我祈求著效忠自己的人，能在艾倫菲斯特繼續活著。

……差不多是明天中午吧。

我的魔力約莫會在那時枯竭。不知我的魔力，能否撐到尤修塔斯他們順利進入艾倫菲斯特，拉塞法姆也解除獻名那時候。這是我心中最掛念之事。

「危險也沒關係，請帶我一同前往。」

拉塞法姆曾如此請求，但我只是命道：「你要守住這座宅邸與我留下來的東西。」本打算等到身分確定、生活周遭也沒有危險，再讓他帶著餘下的行李一起過來，但如今看來已沒有實現的一天。對於我沒能遵守諾言，拉塞法姆或許會咳聲嘆氣吧。

……尤修塔斯與艾克哈特搞不好還會展開報復。

但近侍們姑且不論，樂見我死去的人應該多得多。除了蒂緹琳朵與喬琪娜，君騰也因為嫌我礙眼，命我入贅至亞倫斯伯罕。懷疑我透過羅潔梅茵在尋找古得里斯海得的王族與中央貴族們，若知道我死了肯定會如釋重負吧。

羅潔梅茵或許會傷心嘆氣，但艾爾維洛米可是要她殺了我，好完成梅斯緹歐若拉之書。如果我們不必互相殘殺，而是我先死在他人手中，她便可以放下心來，毫無罪惡感地得到我所擁有的智慧。因為那傢伙非常難接受有人在她面前喪命，但只要我死了，便能阻止尤根施密特崩毀。先前我還曾吩咐羅潔梅茵製作最高品質的魔紙，如果是她，或許也能察覺那些魔紙的用途。

……啊，我還有重要的事沒告訴齊爾維斯特。

策劃這一切操控萊蒂希雅的人，似乎就是喬琪娜。既然已經對我下了毒手，她現在肯定正假借祈福儀式的名義，往艾倫菲斯特直奔而去。我託給尤修塔斯與艾克哈特轉交的情報當中，並不包含這一項。不知尤修塔斯或者齊爾維斯特能否察覺。

「斐迪南，我把艾倫菲斯特與齊爾維斯特，交給受到時之女神指引的你了。」

父親大人最後的命令閃過腦海。明明是為了看住喬琪娜這號危險人物才來到亞倫斯伯罕，結果最重要的消息卻沒能傳達出去。一想到自己失敗了，這次換作薇羅妮卡的話聲浮現腦中。

「沒能留下成果的無用領主一族，真有存在這世上的必要嗎？花在你身上的養育費用根本白白浪費了嘛。無能之人沒有活著的價值。」

薇羅妮卡說得沒錯，我在關鍵時刻，似乎只是個派不上用場的領主一族。

……非常抱歉，沒能如父親大人所願，守住艾倫菲斯特與齊爾維斯特。

許多人的臉龐在腦海中一閃而過，接著視野逐漸模糊，意識也不再清晰，就連要睜著眼睛也感到吃力。我不再抵抗襲來的痛苦，任由身體無力軟倒。

不知已過了多少時間。感覺自己只閉上了眼睛一會兒，也感覺過了許久。但是，我發現原本不間斷地慢慢被吸走的魔力，有那麼一時半刻停止了流動。正確說來，是感覺到了自己被其他人的魔力包覆住。

……我的名字被奪走了?!

這種被他人魔力包覆住的感覺並不陌生，但與過往向父親大人獻名時不同，這次即使被魔力束縛住了，我也並不感到痛苦。因為包覆住自己的魔力，與萊蒂希雅下毒時釋出魔力來保護我的護身符相同，都來自於羅潔梅茵。

把獻名石託給羅潔梅茵保管的人確實是我，而且為了不被她輕易發現，我還藏在了皮袋內層的暗袋裡。但是，刻在石頭上的名字是庫因特，她不可能會知道是我。更重要的是，羅潔梅茵一向不喜歡接受獻名、對他人的性命負起責任。我萬萬沒想到她竟會奪走完全不認識的人的名字。

我正驚訝於自己被奪走了名字時，羅潔梅茵的話聲直接在腦中響起，向我命令道：

「斐迪南大人，請你不要放棄。我絕對會去救你，所以不管用什麼方法都沒關係，請一定要活下去。」

……那個笨蛋，怎麼下這種命令?!

我下意識地想要反抗命令時，不同於中毒的另一種痛楚襲向全身。那種感覺就像被主人用魔力勒住脖子，我呻吟著急忙表示「遵命」。

……好吧。不管用什麼方法，我都會活下去。

就在我接受了羅潔梅茵命令的同時，痛苦也消失了。被奪走名字已經夠突然了，沒想到即使奪走名字的主人不在眼前，依然能對自己下令。再加上不必化作言語，只是在心裡想著遵命，也同樣算是服從。對於這種名字能被隨意奪取的駭人情事，我不禁想要嘆氣，但實際上只能氣喘吁吁。

……雖然也是我不該把獻名石放在那種地方，但慫恿她的肯定是尤修塔斯吧。

對於接受獻名，羅潔梅茵一向避之唯恐不及。但是，尤修塔斯十分清楚主人的魔力也能用來使獻名者活下去，也知道羅潔梅茵極度不忍看到有人喪命，所以想要慫恿她奪取名字並不難吧。她肯定是一心希望我能活下去，便奪取了我的名字。

……明明神希望我們互相殘殺，她卻命令我活下來，真不知道之後作何打算。

羅潔梅茵肯定什麼也沒在想。明明她只要什麼也不做，就能得到我所擁有的智慧；但現在要是兩人都活著，就得照著神的旨意互相殘殺。

明明艾爾維洛米應該親口向她下了令，羅潔梅茵卻還是選擇了讓我活下來。只能說她還是和以前一樣笨，總任由情緒主宰自己。但是與此同時，得知羅潔梅茵並不樂見我的死亡，我又感到安心。看來我在羅潔梅茵心裡，依然等同家人。

……但話說回來，請一定要活下去嗎？

被奪走名字的衝擊散去後，意識也再度模糊起來。這時，過去的情景倏然浮現。

「你以後可以活得隨心所欲了呢。」

在阿妲姬莎的離宮裡，為我取了斐迪南這個名字的女性這麼說道。聽說她是我的母親，但當時的我並不了解母親是什麼。在我記憶當中，她僅只與我交談了那麼一次。唯一一次的對話，她說了我可以活得隨心所欲。

但是，我不明白「活得隨心所欲」是什麼意思。一直以來只知自己日後會變成魔石的我，根本想不到不成為魔石的話，自己可以怎麼生活，又該有什麼願望。

「伊繆荷黛大人，願望是什麼？」

從阿妲姬莎離宮來到艾倫菲斯特的我，這麼問了當時擔任監護人的伊繆荷黛大人。伊繆荷黛大人是父親大人的異母妹妹，雖然在我受洗前就去世了，但如果還活著的話，她原本會成為父親大人的第二夫人，並且成為我的貴族母親。

對於年歲尚幼的我所提出的問題，可能是不知如何回答，她輕輕撫著鬆散盤起的淡色髮絲，思索了一會兒。

「願望就是自己想要達到的事情，斐迪南有什麼願望嗎？」

「聽說我以後可以活得隨心所欲，那我的願望是什麼？」

「那就是你還沒有願望吧。就算現在還不明白，將來總有一天會懂的。希望你以後能有自己的願望，並且為了實現或守護它而活呢。」

伊繆荷黛大人並不習慣與小孩子相處，因此動作有些僵硬地輕撫我的臉頰，以溫柔的嗓音這麼說。當時也鮮少有人對我露出溫柔的微笑，所以記憶中，我一直目不轉睛地盯著她那雙介於金色與褐色之間的眼眸。

……結果我的願望究竟是什麼？

或許是因為正身在生與死的交界處上，平常不會回想起的過往一再浮現又消失。

由於與伊繆荷黛大人的相處時間算短，我對她的記憶並不多。有關她的事情，反倒更多是她在去世之後聽來的。

「伊繆荷黛大人，我為什麼會在這裡？」

「因為有人希望你能活下來，所以你才會在這裡唷。我也期盼著你活下來後，健健康康長大，有朝一日能夠遇見那位大人。」

時至今日我還是不曉得，伊繆荷黛大人究竟是期盼著我與誰相遇，但是唯獨這一句話，始終鮮明地殘留在記憶裡。儘管在阿妲姬莎離宮裡被視為日後要變成魔石的人，被帶來到艾倫菲斯特以後，薇羅妮卡也成天對我說「你沒有活著的必要」，但年幼時的我一直把這句話視作心靈支柱。

……不過現在看來，在遇到伊繆荷黛大人希望我能遇見的「那位大人」之前，我就要先走一步了。

過往回憶不間斷地浮現時，我驀然發現被魔法陣吸走的魔力減少了一些。大概是因為主人羅潔梅茵命令我要活下去，所以她的魔力將我全身都包覆住了吧。儘管擅自奪走我的名字教人火大，但我也確實離死亡稍微遠了一步。

……但是，這未必就能帶來希望。

我確實能再活久一點，但也只是多活一點時間，不先解毒就無法動彈的情況依然完全不變。就算能多活一點時間，最後被給予致命一擊的機率比被救出去要高得多吧。因為能夠進入這裡的只有萊蒂希雅、蒂緹琳朵與喬琪娜三人，而她們都只會加害於我。

……如果手能稍微動彈……

我身上有即使思達普被封住也能使用的魔導具，羅潔梅茵給的護身符裡也有淨化魔法陣。只要能夠徹底阻止魔力流出，再往魔導具注入魔力，就有辦法淨化解毒。

我試著移動雙手，手只是微微抖動，不過，似乎還是稍微偏離了原本的位置，因此往魔法陣流去的魔力更是減少。

然而，我的抵抗也到此為止。在我大口喘氣時，視野忽然變作一片黑暗，人也就此失去意識。

緊接著再次醒來時，是因為冷不防有強大的水流襲來。水流毫不留情地將我吞沒，身體於是浮起，難以呼吸。事情發生得太過突然，我如墮五里霧中。

……終於要來給我致命一擊了嗎?!

但是幾秒之後，水便盡數消失，全身也沒有溼透的感覺。朦朧的意識中，我明白到了剛才的水流來自洗淨魔法。我嗆咳了幾聲，但施術者不知是否是為了洗去毒粉，總之我的鼻子到喉嚨深處都輕鬆了許多。

……腳步聲？

我知道有人來了，但身體依舊動彈不得，眼睛也還無法張開，而且就連耳朵似乎也不太對勁。我只是靠著地板的振動察覺到有人走進來，但耳朵聽不太到聲音。只不過靠著振動，我可以肯定那絕非來自孩童。

……所以，是蒂緹琳朵還是喬琪娜？

要來給予致命一擊的人移動了我的身體，再往我嘴裡灌了某種液體。由於我的手一離開供給魔法陣後，魔力便開始往魔導具與護身符流去，也感覺得出體內的毒素正逐漸被淨化。倘若對方灌給我的只是一般的毒藥，應該不成問題。我一邊感受著體內魔力的流動，一邊等著毒素慢慢被淨化。

……唔?!毒藥嗎?!

緊接著被灌入口中的，是某種具有強烈刺激性的液體。我吐出被灌進嘴裡的毒藥，奮力驅使還不太能夠動彈的身體，將敵人壓在身下。羅潔梅茵命令了我得活下去，所以我必須排除敵人不可。

「是誰？」

我瞇起還無法清楚視物的雙眼，努力想要對焦。看起來不像是蒂緹琳朵三人中的任何一人，而且被我壓在身下後，來人驚訝地瞪大雙眼，眼眸是似曾相識的金色。「我是羅潔梅茵！」儘管聽不太清楚，但對方如此自稱的嗓音，確實與羅潔梅茵十分相似。然而，對方無論是臉型還是體型都與記憶中大不相同，更何況羅潔梅茵不可能進來這裡。

「……不可能，羅潔梅茵只有這麼大。」

我一邊保持警戒，一邊想要移動雙手，稍微鬆開勒住對方脖子的鎖鏈。但是，身體依舊不聽使喚。看來還要再花不少時間才能淨化毒素。正當呼吸也有困難的我這麼心想時，底下的人大聲抗議道：「什麼不可能?!」然後自己朝鎖鏈撲了上來。

「唔呃！咳咳、咳咳。」

……看來這確實是羅潔梅茵。

如此確信以後，我忽然覺得再緊張與戒備下去實在很蠢，於是往橫一倒，注視著雙眼泛淚、咳個不停的羅潔梅茵。

她的外貌改變太大，難以像對常人一樣，只是簡單說句「妳長大了」。她看起來就像一口氣長大了四到五歲，但即使正值成長期，僅僅一年又多一些的時間，不可能變化如此巨大。不僅如此，她的五官也工整到了教人不可置信的地步。以常理來看，這樣的成長著實不可思議。

……難道是諸神的力量促使她成長？

這麼說來，艾爾維洛米曾說過像在偏袒羅潔梅茵的話。羅潔梅茵前往創始之庭時，肯定發生過了什麼事。那麼她這宛如人造藝術品般的美貌，也就可以理解。她的容貌沒有半點成長過程中通常會有的偏差與不對稱，可以說是完美無瑕。然而與此同時，羅潔梅茵的言行舉止卻也足以糟蹋這一切，讓人直想嘆氣。

「……妳是無可救藥的笨蛋嗎？」

不只是主動往鎖鏈撲來這一點，包括去找艾爾維洛米、明明叫她別來卻還是跑來救人，以及不知用了什麼方法出現在這裡，這些全是傻瓜才會有的行為。

「嗚嗚……現在就連我自己也有些這麼覺得。所以我自己也知道，請你不要用那麼感慨的語氣說。」

都到了這種時候，她依然只是「有些這麼覺得」。看來與外表不同，她的內在全然沒有成長。我不由得無力嘆氣。

……但是，眼前的人就是羅潔梅茵吧。

無論是完全沒有發現遭到我攻擊的遲鈍、與外表呈現強烈反差的言行，還是絕不放棄自己重視事物的貪心……身為貴族女性，這些全都是應該改正的缺點，但我卻不怎麼感到不快。這究竟是為何？

「斐迪南大人明明動彈不得，只有嘴巴還是和以前一樣毫不客氣呢。」

「如果妳真想抱怨的話，就先收斂一下臉上的笑容。」

枉費我從以前便耳提面命，要她懂得壓抑情感，表現得像是貴族，羅潔梅茵卻絲毫沒有長進。此刻她也拍著自己的臉頰，但笑容根本沒有收起來。

「因為我很高興看到斐迪南大人正慢慢恢復，還能說些討人厭的話，所以要收起笑容好像不太可能呢。」

羅潔梅茵笑得那雙金色眼眸都瞇了起來。倘若諸神促使她成長後，這雙金色眼眸也不再筆直地望著自己、真誠散發喜悅，那我還會為此感到高興嗎？

「等你可以動彈了，看是要摸摸我的頭，稱讚我做得非常好，還是要抱抱都可以喔，想要捏臉頰也沒問題……所以，請你快點好起來吧。」

居然能邊笑邊哭，妳還真是了不起——原本想要說出口的揶揄停在嘴邊。看來比起她成長後的美貌，她沒有改變的那一部分對我來說更加重要。

……我得與她互相殘殺，完成梅斯緹歐若拉之書嗎？

想起艾爾維洛米說過的話，我回過神來。再怎麼不願意，有些事還是必須面對。

「更何況妳根本不必來救我。我分明要尤修塔斯他們也這麼傳話給妳，妳為何會在這裡？又是如何來到這裡的？」

她只要別來救我，裝作什麼也不知道，就能在犧牲人數最少的情況下讓尤根施密特免於崩毀，這樣才是明智的選擇。不僅艾爾維洛米如此希望，而且比起互相殘殺，這麼做也比較不會對羅潔梅茵造成心理上的負擔。儘管我如此認為，但令人驚訝的是，羅潔梅茵似乎從沒想過要對我見死不救。

「咦？所以那又如何？要是斐迪南大人沒有得救，就算保住了尤根施密特也沒有意義吧？」

羅潔梅茵神情一愣，側過臉龐。聽到她以再理所當然不過的語氣這麼說，我完全說不出話來。

她說過我就和家人一樣，也威脅過無論發生什麼事都會來救我，所以我一定要過得幸福才行，這些話我從未忘記。但是，我怎麼也沒想到自己會比尤根施密特更重要。

「我沒說過嗎？就算要與大領地、中央、王族以及諸神為敵，我都會來救你喔？」

「……最後的諸神我可是第一次聽說。」

雖然是頭一次聽說，但在這種時候已經無關緊要。尤根施密特內還有她比任何事物都要重視的家人與平民好友，想不到比起他們的安全，她竟優先選擇來營救我。

……雖說等同家人，但不可能比真正的家人更重要。一般難道不是這樣嗎？

父親大人儘管稱呼我為兒子，但比起我更加重視薇羅妮卡、齊爾維斯特與波尼法狄斯大人。齊爾維斯特也同樣自稱是我的兄長，但最為重視芙蘿洛翠亞與自己的親生孩子們，父親大人亡故時，還選擇了讓我進入神殿而不是薇羅妮卡。

我一直以為會有不同的對待也是理所當然，所以還猜想羅潔梅茵的「等同家人」也是如此。儘管我在貴族當中是特別重要的存在，我若出了什麼事，她會像保護家人一樣亂來，但那也是在不會危及平民區家人的前提下。然而有的時候，羅潔梅茵似乎會把我看得比平民區的家人更重要。

……真是始料未及。

「總之就是這樣，讓我們一起思考如何能夠兩個人都活下去，並且完成梅斯緹歐若拉之書吧。」

羅潔梅茵絲毫沒有想過我的心情，自顧自露出悠悠哉哉的傻氣笑容，說起有關艾爾維洛米的事，還冷不防地吐出超出常理範圍的話語：「只要為國境門供給魔力，就能爭取到更多時間。」

艾爾維洛米恐怕怎麼也沒料到，他明明已經下令「殺了其中一人，完成梅斯緹歐若拉之書」，我們竟會抗命。他肯定以為既然是尤根施密特的居民，理所當然會照著他的指令行事。

……話又說回來，羅潔梅茵是不是活得太隨心所欲了點？

我半是無言以對，想像了一臉錯愕的艾爾維洛米後又半是愉快，微微勾起嘴角。

就在這個瞬間，瀕死時回想起的伊縿荷黛大人的話語浮上腦海。

「希望你以後能有自己的願望，並且為了實現或守護它而活呢。」

……嗯，隨心所願而活似乎也不錯。

大概是身體開始恢復了力氣，我萌生了與方才不同的想法。接著，我試著動了動手指。在解毒藥水與護身符的雙重作用下，可以活動的範圍正慢慢擴大。我一邊估算著還要多少時間才能行動自如，一邊開始思考如何能夠最有效率地摧毀亞倫斯伯罕。

後記

大家好久不見了，我是香月美夜。

非常感謝各位購買本作，《小書痴的下剋上：為了成為圖書管理員不擇手段！【第五部】女神的化身Ⅷ》。

序章是尤修塔斯視角，時間線與上一集的終章重疊，尤修塔斯與艾克哈特得知了斐迪南身陷險境。內容主要描寫兩人從城堡趕往艾倫菲斯特的經過，以及與齊爾維斯特的對話。基本上這兩個人的思考有夠危險，執筆的時候，我重新體認到了。

本傳內容則是從羅潔梅茵到達圖書館後，為戰鬥進行準備開始。然後是與尤修塔斯以及艾克哈特會合，在睡了一會兒覺後就出發。接著再有效活用好不容易取得的梅斯緹歐若拉之書，利用國境門縮短時間、拉攏戴肯弗爾格的騎士們……對於勇往直前，秉持著「為救斐迪南大人不擇手段」精神的羅潔梅茵，還請為她加油打氣。

與此同時，在收到了已經排除斐迪南的通知後，喬琪娜這方也開始對艾倫菲斯特發動攻勢。馬提亞斯得知了攻擊自己故鄉的，竟是過去長年以來擔任基貝治理這塊土地的父親。極力想要親手守護故鄉的馬提亞斯，是否能夠贏過戈雷札姆呢……

終章是喬琪娜視角，寫到了喬琪娜的行動與過去。先前雖然寫過齊爾維斯特眼裡的喬琪娜，但從來沒寫過喬琪娜眼中的薇羅妮卡與齊爾維斯特，所以感覺非常新鮮。在喬琪娜心中，母親與弟弟是怎樣的存在呢？

這次本傳的內容比較短一點，但也因此收錄了「艾倫菲斯特保衛戰（前篇）」一閒話集。為了讓讀者能夠了解羅潔梅茵出發後艾倫菲斯特的情況，我以基貝・克倫伯格、布麗姬娣、菲里妮、伊娃與昆特這五人為主角寫了全新短篇。我真是非常努力。保衛戰裡還會出現許多來自伊庫那與平民區的熟悉角色，希望大家看得開心。

最後的全新短篇，則是斐迪南視角。這是最多讀者表示想看的視角，我也就決定要寫他。然而真正開始動筆後，卻因為把斐迪南與羅潔梅茵重逢後的想法寫得太過鉅細靡遺、讓他流露出了太多情感，也就透露了太多今後的發展與情報，所以稿子被退回好幾次（笑）。經過一番深思熟慮之後，決定以走馬燈的形式加入過往的回憶。

這次同時發售的廣播劇7附贈的特別短篇，也是斐迪南視角。內容是關於斐迪南為了再次獲得智慧，前往爺爺大人的所在。

然後有消息要通知大家。

●動畫版《小書痴的下剋上》第三季。

終於要開播了呢。動畫內容是小說的第二部後半，除了與印刷業有關的平民角色，比如鍛造工匠約翰、墨水工坊的海蒂與約瑟夫外，還有神秘的青衣神官與盯上了梅茵的貴族們等等，大量的新角色即將登場。

●【八月十日】第五部IX＆廣播劇8。

第五部IX也將推出廣播劇，內容會是在格拉罕的激戰與艾倫菲斯特保衛戰，而且這次也是兩張CD！想必可以透過聲音，感受到各個角色大顯身手的模樣。

tobooks.jp/booklove_dramacd8/

●【四月十五日】漫畫版第二部第七集。

收錄內容從過冬準備到陀龍布的討伐，達穆爾與卡斯泰德即將首次登場。特別短篇則是達穆爾視角。

●【五月十四日】漫畫版第四部第四集。

收錄內容從貴族院圖書館的閱覽室開始，到思達普的取得。除了會畫到貴族院裡的設施，他領的領主候補生也即將登場。特別短篇則是哈特姆特視角。

●電子漫畫平臺「CORONA EX」

可以最快看到《小書痴的下剋上》漫畫版最新連載篇章的電子漫畫平臺「CORONA EX」開張囉：https://to-corona-ex.com

這集封面是蘭翠奈維之戰的想像圖。有施展奧伯守護的羅潔梅茵、斐迪南一行人，以及英勇奮戰的漢娜蘿蕾與海斯赫崔，背景則是國境門與蘭翠奈維的船隻。真是壯闊迷人。

拉頁海報則是重逢的場景。原本我與責任編輯的請託是：「請像多圖拼貼那樣，把放不進封面裡的近侍們也畫進來，呈現蘭翠奈維之戰。」但椎名老師表示：「可是這樣一來會和封面很像，所以我試著畫了重逢場景的想像圖，剛好能與第四部IX的別離對照。」

結果真是多虧了椎名優老師神來一筆的提議。實在是非常感謝。

最後，要向購買本書的各位讀者獻上最高等級的謝意。

第五部Ⅸ預計夏天發行。期待屆時再相會。

二〇二二年二月　香月美夜

每回都出場的
卷末漫畫
輕鬆悠閒的家族日常
作畫 椎名優
要是把沒什麼交手機會、滿懷不滿的騎士們帶回去，只怕後續會有更多麻煩。
啊啊——嗯，說得也是呢——我懂——
嗚奧
迪塔—迪塔—迪塔—迪塔—
嘎鏘
嘎鏘
嘎鏘
過剩的鬥志

艾克哈特雖然是斐迪南控，
但對弟弟妹妹還是有一定的手足之情。

終究以斐迪南為主

現在——
我要去救斐迪南大人，
而且是不擇手段!!
咚!

以前的好感度排名
1 柯尼留斯
怎麼說也是老么，感覺特別可愛
2 蘭普雷特
希望他能再振作一點
3 羅潔梅茵
奉斐迪南大人之命，要當作妹妹看待
4 尼可拉斯
不想死的話就不要進入我的視野

開心——
不愧是我的好妹妹!
1
2
3

疑惑

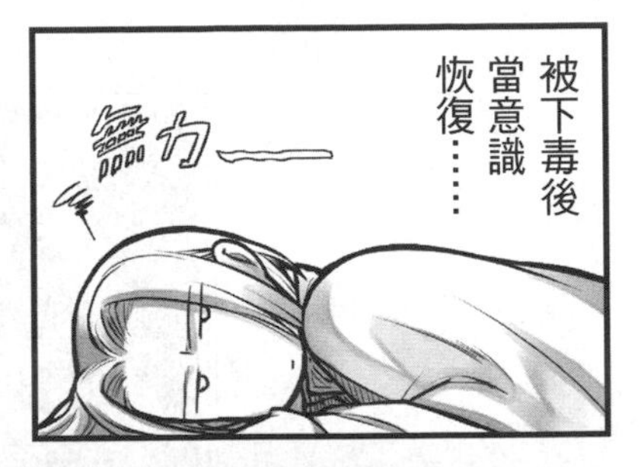

被下毒後
當意識
恢復……

不知為何
眼前出現了
羅潔梅茵。
但這是
羅潔梅茵嗎？
斐迪南大人
搖搖搖搖

過去的記憶
最愛書了
滾來
滾去

……不對。
不對是什麼意思?!

確信

妳就成為亞倫斯伯罕的奧伯，把這裡當作妳的遊樂場吧。
遊樂場?!
太過分了
那領民呢？

這裡有妳想要的大海、有魚，而且很可能有機會取得各式各樣的辛香料。
唔噢

不、不，可是，哪能這麼輕易……
而且也能改造成妳夢想中的圖書之都吧。
叮咚
!!

這、這種做夢般的發展，我口水……
啊，可是，斐迪南大人一定有什麼企圖。
哈呼
哈呼
搖搖搖搖
嗯……錯不了，這是我家的孩子。
羅潔梅茵

●中文版書封製作中

和羅潔梅茵一起，
見證撼動尤根施密特的大戰！

小書痴的下剋上

第五部　女神的化身IX

香月美夜 原作　　**椎名優** 繪

格拉罕之戰揭開序幕，在護衛騎士的保護下，羅潔梅茵坐上騎獸衝進敵營。她和馬提亞斯潛入基貝之館，與戈雷札姆展開宿命對決。大戰後，羅潔梅茵回到家鄉艾倫菲斯特，她傾聽領地內的戰爭經過、確認神殿和平民區的狀況，同時繼續成為國王養女的準備，度過了短暫的悠閒時光。然而，安穩的生活一瞬即逝，這一連串事件的主謀仍在暗中策劃、伺機行動……

【2024年2月出版】

國家圖書館出版品預行編目資料

小書痴的下剋上：為了成為圖書管理員不擇手段！. 第五部，女神的化身. Ⅷ／香月美夜 著；許金玉 譯. -- 初版. -- 臺北市：皇冠文化出版有限公司，2023. 11
384面；21×14.8公分. --（皇冠叢書；第5126種）
(mild；52)
譯自：本好きの下剋上：司書になるためには手段を選んでいられません. 第五部，女神の化身. Ⅷ

ISBN 978-957-33-4082-9（平裝）

861.57 112016993

皇冠叢書第5126種
mild 52

小書痴的下剋上

爲了成爲圖書管理員不擇手段！

第五部 女神的化身Ⅷ

本好きの下剋上
司書になるためには
手段を選んでいられません
第五部 女神の化身Ⅷ

作　　者—香月美夜
譯　　者—許金玉
發 行 人—平　雲
出版發行—皇冠文化出版有限公司
台北市敦化北路120巷50號
電話◎02-27168888
郵撥帳號◎15261516號
皇冠出版社(香港)有限公司
香港銅鑼灣道180號百樂商業中心
19字樓1903室
電話◎2529-1778　傳真◎2527-0904
總 編 輯—許婷婷
責任編輯—蔡承歡
美術設計—嚴昱琳
行銷企劃—謝乙甄
著作完成日期—2022年
初版一刷日期—2023年11月

法律顧問—王惠光律師

讀者服務傳真專線◎02-27150507
電腦編號◎562052
ISBN◎978-957-33-4082-9
Printed in Taiwan
本書定價◎新台幣320元/港幣107元